ERA UMA VEZ

UMA CORTESÃ

OBRAS DA AUTORA JÁ PUBLICADAS PELA HARLEQUIN

IRMÃOS TREWLOVE

Desejo & escândalo
O amor de um duque
A filha do conde
A sedução da duquesa
Fascínio da nobreza
A tentação do bastardo

ERA UMA VEZ UM DUCADO

Era uma vez um renegado
Era uma vez uma impostora
Era uma vez uma cortesã

Lorraine Heath

ERA UMA VEZ
UMA CORTESÃ

Tradução:
Daniela Rigon

Título original: The Return of the Duke

A Harlequin é um selo da HarperCollins Brasil.

Contatos: Rua da Quitanda, 86, sala 601A — Centro — 20091-005
Rio de Janeiro — RJ
Tel.: (21) 3175-1030

Edição: *Julia Barreto e Cristhiane Ruiz*

Copidesque: *Thaís Paiva*

Revisão: *Thais Entriel e Júlia Páteo*

Design de capa: *Renata Vidal*

Imagem de capa: *Malgorzata Maj © Arcangel*

Diagramação: *Abreu's System*

Publisher: *Samuel Coto*

Editora-executiva: *Alice Mello*

CIP-Brasil. Catalogação na Publicação
Sindicato Nacional dos Editores de Livros, RJ

H348e

Heath, Lorraine
Era uma vez uma cortesã / Lorraine Heath ; tradução Daniela Rigon. - 1. ed. - Rio de Janeiro : Harlequin, 2024.
256 p. ; 23 cm. (Era uma vez um ducado ; 3)

Tradução de: Return of the Duke
ISBN 978-65-5970-316-6

1. Romance inglês. I. Rigon, Daniela. II. Título. III. Série.

23-86691 CDD: 823
CDU: 82-31(410.1)

Gabriela Faray Ferreira Lopes - Bibliotecária - CRB-7/6643

Dedicado a Dora,
que conquistou nossos corações
com seu jeitinho gentil e agora está caçando
coelhos do outro lado do arco-íris.

Capítulo 1

Setembro de 1874

Era uma vez o herdeiro do ducado de Wolfford, um título de prestígio e poder. Ele se chamava Marcus Stanwick e havia nascido em uma das famílias favoritas da realeza britânica desde os tempos de Guilherme, o Conquistador.

Marcus tinha muitos amigos com quem festejava, experimentava as melhores bebidas e apostava nos cavalos mais rápidos. Era respeitado por seus colegas e pelos amigos do pai, além de ser considerado um ótimo partido pelas damas da alta sociedade. Todos o adoravam, admiravam e esperavam que ele tivesse uma vida fácil e gratificante.

Ele nunca havia passado necessidade e não dava o devido valor às regalias que tinha, como já era de se imaginar.

Mas isso foi antes de uma cilada destruir sua vida. Antes de a Coroa tirar tudo de sua família sem piedade, incluindo a honra, e condená-los a sobreviver nas ruas de Londres contando apenas com a própria perspicácia, coragem e determinação. Antes de o pai, a quem Marcus tanto tentava impressionar, ser enforcado por traição, no verão de 1873, e da morte de sua querida mãe logo depois — em consequência da vergonha insuportável e do desgosto ao descobrir que o marido fora o responsável por planejar a tentativa de assassinato da rainha Vitória.

Antes de Marcus se tornar um homem que mal se reconhecia, um homem dominado pela fúria, a cólera e a sede de vingança. Um homem com um propósito muito mais sombrio que a frivolidade de sua vida passada. Um homem consumido pela necessidade de retaliação.

Era esse propósito feroz que o mantinha acordado à noite e o levou naquele momento à sala sofisticada e repleta de janelas de uma certa casa. Tentou não notar os tapetes macios que pareciam pouco usados, o aparador de jacarandá sem um único arranhão, a elegância das obras de artes que enfeitavam as paredes. Ele se esforçou para não pensar quantas coisas naquela sala tinham sido compradas por seu maldito pai para sua famosa amante com o dinheiro da família, que na época era abundante. Antes de a família perder todo o ouro e a prata. Antes que tudo de valor fosse tomado pela Coroa.

Marcus tinha evitado aquele encontro por pouco mais de um ano. Evitou estar ali, *confrontá-la*. Mas seu desespero atingira o limite, e ele batera em sua porta. Um mordomo altivo, com um nariz levemente torto e disforme, que indicava uma luta que decerto não ganhara, abriu a porta e disse que era muito tarde para visitas. Marcus deu um sorriso debochado. A prostituta que morava naquela casa devia estar acostumada a receber visitas inesperadas de homens, mesmo sendo tarde da noite. Ele então ordenou que o mordomo chamasse a *dama* da casa em um tom que não dava abertura para discussões — o tom de um homem que teria sido duque um dia. O tom que ele usara quando seu futuro estava assegurado e o caminho que o levaria até seu destino era perfeitamente conhecido. Embora nenhuma dessas circunstâncias fossem mais as mesmas, era difícil abandonar velhos hábitos.

Sem esperar por uma resposta, ele passou pelo mordomo e aguardou perto de uma das janelas da sala. Estava decidido a encontrar a antiga amante do pai e não sairia dali sem conseguir cada migalha de informação que pudesse ajudá-lo em sua missão.

Marcus só a vira uma vez, de longe, enquanto o pai a ajudava a subir em uma carruagem. Montado em um cavalo preto que não lhe pertencia mais, ele seguira o veículo pelas ruas movimentadas de Londres até vê-los entrando naquela mesma casa. Depois, ao confrontar o pai, o patife admitira a participação dela em seu entretenimento naquela noite. Marcus passou a desprezar a mulher por sua contribuição em agravar o relacionamento frio dos pais — logo depois da conversa com o pai, o duque de Wolfford não se preocupara mais em esconder sua infidelidade. Todos em Londres sabiam que ele estava envolvido com uma mulher que tinha idade para ser sua filha. Pelo que Marcus sabia, o pai nunca havia quebrado os votos de casamento até a cortesã descarada usar suas artimanhas sobre ele.

Ele refletia sobre essas questões quando o objeto de seu ódio entrou graciosamente na sala, dominando o espaço. Ela era deslumbrante, com seu cabelo vermelho preso em um penteado elegante por presilhas de pérola, e mais alta do que ele havia notado, sendo apenas alguns centímetros mais baixa que ele e seu quase um metro e noventa. A parte superior do vestido carmim acentuava as curvas de seu corpo e grande parte de seu decote, enquanto a saia fluía pelos quadris como as águas de uma cachoeira, sugerindo que talvez ela não usasse anáguas por baixo. Uma mulher que poderia ser tomada com intensidade, força e brutalidade, e que com certeza responderia com entusiasmo.

Aquilo o irritou imensamente, porque ele entendeu o motivo do deslumbramento do pai, ou de qualquer homem com sangue correndo em suas veias, porque ela era capaz de fervê-lo. Seu pau reagiu de forma tão imediata que o deixou aturdido. Marcus sentiu vontade de socar a parede pela traição inesperada de seu próprio corpo. Mas era apenas uma luxúria selvagem, não desejo, anseio ou atração. Desde que perdera tudo, ele não tivera tempo ou cabeça para pensar em sexo. Além disso, o tipo de mulher que se dignaria a ir para a cama com o filho de um traidor não o atraía. Por infelicidade, aquela cortesã era diferente. Uma mulher que entendia seu próprio valor e o ostentava, uma mulher que não tinha vergonha de mostrar que conhecia bem o corpo de um homem.

O olhar dela o percorreu dos pés à cabeça, lenta e minuciosamente, avaliando seus méritos — fazendo-o endireitar a coluna e odiar a ideia de que ela pudesse achá-lo imperfeito de alguma maneira. Então, ela foi até o delicado aparador que abrigava vários decantadores de cristal e uma variedade de copos.

— Marcus Stanwick. Acredito que goste de uísque.

Então a maldita sabia quem ele era e do que gostava? Talvez fosse um bom sinal. Se o pai tinha compartilhado com ela esses pequenos detalhes sobre seu herdeiro, talvez também tivesse confidenciado detalhes pertinentes sobre seus planos nefastos. Ela serviu o líquido âmbar em dois copos, deslizou pelo tapete como se andasse sobre nuvens e estendeu um para ele.

— Achei que você viria antes.

Ela falou com convicção e confiança, mostrando que não era o tipo de mulher que se acovardaria diante dele e falaria tudo o que ele exigisse num instante. Marcus teria que mudar a estratégia que havia considerado usar, pressupondo que ela ficaria impressionada, talvez até temerosa, por quem ele já havia sido. Ele presumira que ela se mostraria ainda mais cautelosa com o que os olhos dele revelavam: um homem que conseguia o que queria sem vergonha ou remorso. Quando o viam na rua, as pessoas o evitavam como se ele carregasse uma placa em volta do pescoço com a frase APROXIME-SE POR SUA CONTA E RISCO. Mas essa mulher parecia determinada a ignorar o aviso.

Era mais velha do que ele imaginava, devia ter pouco mais de 30 anos, enquanto ele acabara de completar sua terceira década. Sentindo certa frustração por ela ser tão bonita e por se sentir atraído por ela, Marcus aceitou a bebida, mas não deixou nenhuma de suas emoções transparecer no tom de voz, mantendo-o monótono e indiferente.

— Estou em desvantagem, pois não sei seu nome.

— Pode me chamar de Esme.

Ela ergueu o copo, tomou um gole e passou a língua nos lábios carnudos moldados para dar prazer a um homem. Virando as costas para ele e movendo os quadris de forma provocante, ela foi até uma poltrona azul-escura perto da lareira e sentou-se relaxada, e ele a imaginou relaxando em outras coisas. Uma cama. Um colo. Um pau. O pau *dele*. Maldita!

Com a mão elegante que segurava o copo, ela indicou a poltrona à sua frente. Ele não deveria se sentar. Deveria ficar onde estava, restabelecer seu domínio, comandá-la como fizera com o mordomo, mas ela havia deixado um rastro de fragrância fresca e floral, duas coisas que infelizmente estavam ausentes em sua vida desde o ano anterior. Não houvera tempo para passear por jardins, nenhum interesse em beijar o pescoço perfumado de alguém. Então, ele a seguiu e sentou-se sem cerimônia na poltrona como o monstro sem modos que havia se tornado.

Marcus lutou para não se sentir envergonhado pelo estado deplorável de suas roupas, gastas e puídas. Havia poupado algumas de suas preciosas moedas para ir até uma casa de banho a fim de se lavar e se barbear antes de ir visitá-la, mas, como caminhara até ali, agora fedia a suor. Duvidava que aquela mulher tivesse cheirado mal alguma vez na vida. Ao dar um gole no uísque, ele quase gemeu com o sabor familiar. Proveniente das melhores destilarias escocesas, já fora seu favorito. A meretriz parecia ter bom gosto para tudo.

— Tem alguém esperando por você no andar de cima? — questionou ele de forma grosseira, sem se importar em esconder a aversão pelo modo como ela escolhera levar sua vida.

— Minha cama não é problema seu.

— Peço desculpas. Não é mesmo.

Marcus suspirou, lembrando-se de um tempo em que não a julgaria, quando teria aceitado uma mulher como ela em seus braços com muito gosto e até ficado grato por ela não se preocupar com as regras da sociedade. Quanto mais rápido tratasse do assunto, mais rápido iria embora e esqueceria que ela existia.

— Você foi amante do meu pai. Alguma vez ele falou algo sobre seus planos ou comparsas, algo que talvez possa me ajudar a encontrar aquelas cobras traiçoeiras?

Ela pareceu surpresa pela primeira vez, e seus olhos castanho-dourados se arregalaram um pouco. Então, inclinou a cabeça como se o visse com novos olhos, como um cachorro acostumado a ser maltratado que acabara de encontrar uma mão para lhe acariciar.

— Você está em busca dos outros envolvidos no plano para assassinar a rainha Vitória? Para quê?

— Para restaurar o nome da minha família — disse ele de forma sucinta. Ou, pelo menos, seu próprio nome, algo que o ato do pai havia lhe roubado. Associar-se a traidores era muito malvisto. — Para que os outros envolvidos sejam julgados e enforcados assim como meu pai. Para que o país se livre dessa corja.

Ela o observou com atenção, como se pudesse ver seu coração sombrio, um coração que havia apodrecido e atrofiado a ponto de Marcus temer que nada do que conquistasse fosse o suficiente para repará-lo ou para transformá-lo no homem que deveria ter sido.

— Seu pai não me procurava exatamente para conversar.

Ele se inclinou para a frente, apoiando os cotovelos nas coxas e segurando o copo entre as mãos. Ela era a última esperança que ele tinha para ajudá-lo a provar que não estava envolvido na tentativa equivocada do pai de colocar outra pessoa no trono. A não ser por seu irmão e sua irmã, todos que ele conhecera ou com quem se importara se distanciaram. Seus outros parentes, próximos ou distantes, bem como as pessoas que considerava amigas não queriam saber dele. Havia se tornado um pária, evitado por todos a qualquer custo. Até aquela cortesã o tratava com desdém, como se ele fosse pior do que ela. Marcus cerrou os dentes. Pior do que *ela*, uma mulher sem moral.

— Talvez ele tenha mencionado algo que não se referisse diretamente ao plano, algo que tenha parecido inofensivo: um nome, parte de uma conversa que não fez sentido ou estava fora de contexto. Deve haver alguma informação nessa sua bela cabeça que poderia pelo menos me colocar no caminho certo. É impossível que vocês tenham transado o tempo todo. Devem ter conversado sobre alguma coisa. Pense, mulher!

— Pensar? Que presunção a sua acreditar que não analisei com cuidado cada palavra de seu pai. — Ela se levantou da poltrona num floreio de justa indignação, e nunca em sua vida ele se sentiu tão desprezado, tão sem importância. — Você e seu irmão foram arrastados para a Torre. Eu fui levada para Whitehall, onde os melhores e mais implacáveis da Scotland Yard me interrogaram, intimidaram e acusaram. Depois, me trancaram na prisão de Newgate na tentativa de me fazer confessar que também estava envolvida nessa conspiração malconcebida. Duvidaram da minha reputação. Minha ligação com seu pai arruinou minha vida.

Marcus também ficou de pé e deu um passo à frente.

— E, ainda assim, você vive de forma luxuosa enquanto eu não tenho onde cair morto.

Sentindo-se inundar de emoções e não querendo que ela as testemunhasse ou decifrasse, Marcus deu três passos até a lareira e olhou para o espaço vazio que refletia a inutilidade de sua vida. Não estava disposto a aceitar que sua busca era um desperdício de tempo e esforço. Nunca recuperaria a vida de antes, mas, por Deus, podia ao menos garantir que a próxima geração de sua família não tivesse que andar com a cabeça baixa por vergonha, que as ações embaraçosas do pai fossem ofuscadas por ações mais heroicas vindas dele próprio.

— E por que agora? — perguntou ela baixinho, quase em tom gentil, quando ele teria jurado que aquela mulher não possuía um pingo de ternura. — Por que está interessado em encontrar os culpados agora?

Ele bebeu o resto do uísque antes de admitir:

— Estou tentando encontrá-los desde que tudo aconteceu.

Por conta dos perigos decorrentes de sua investigação, Marcus fora forçado a abandonar os irmãos mais novos, de vez em quando dando-lhes dinheiro quando conseguia algum, mas na maioria das vezes deixando-os à própria sorte. Althea havia trabalhado — veja bem, *trabalhado* — em uma taverna até conhecer Benedict Trewlove, que lhe ofereceu outro emprego. Ela acabou se casando com ele e, até onde Marcus sabia, estava feliz. Antes de estar sob a proteção de Trewlove, Griff havia morado com a irmã, supervisionando seu bem-estar e trabalhando nas docas. Uma vez livre dessa responsabilidade, por um curto período, ele se juntara a Marcus em sua busca. No entanto, o irmão não tinha muita habilidade para se esconder nem paciência para esperar por um resultado que ainda demoraria a chegar. Então, Griff seguiu seu caminho e agora estava casado e era dono de um clube. Embora Griff estivesse disposto a financiar a obsessão do irmão, Marcus não conseguia aceitar mais do que já havia sido dado. Voltando à poltrona, ele colocou o copo vazio na mesinha próxima e esperou que ela se sentasse de novo.

— Meu pai chegou a mencionar o nome Lúcifer?

— O diabo?

— Possivelmente. — Ele soltou um suspiro frustrado. — Não sei o que significa. Pode ser um homem, uma mulher, um lugar. É um nome que ouço com certa frequência.

— Onde? Que lugares você já investigou?

Marcus não devia confiar nela, mas que mal faria? Ainda mais se ele conseguisse descobrir algo que seu pai pudesse ter mencionado.

— Deve haver outros envolvidos. Meu pai não era inteligente o suficiente para elaborar planos. Era um seguidor, não um líder. É possível que os conspiradores ainda estejam se preparando para atacar, por isso tenho me esforçado para me informar acerca de outra tentativa de assassinato. Comecei espionando os amigos aristocratas do meu pai, mas não descobri nada. Então pensei que, se algum nobre estivesse envolvido, ele provavelmente não faria nada com as próprias mãos, mas contrataria alguém com habilidade, um passado suspeito e experiência. Estive nos recantos mais sombrios de Londres e até espalhei que alguém chamado Wolf estava disponível para prestar esse tipo de serviço, esperando que me contratassem.

Ela arqueou a sobrancelha ruiva.

— Wolf?

— Uma homenagem ao título que deveria ter sido meu, duque de Wolfford. Suspeito que cheguei perto de descobrir algo, pois precisei me esconder ainda mais para não ser assassinado.

A maioria das mulheres teria ofegado ou empalidecido, mas ela apenas deu um gole no uísque como se estivesse ouvindo algo trivial.

— Você foi atacado?

— Diversas vezes.

— E ainda está aqui.

— Pois é.

Marcus se afastara de Londres por um tempo, e só recentemente informara Griff de seu retorno, mas não Althea. Embora o cunhado também conhecesse o pior de Londres, Trewlove tinha assuntos mais importantes a tratar, já que descobrira havia pouco tempo ser herdeiro de um ducado.

— Você deve ser muito habilidoso, se conseguiu escapar do perigo tantas vezes.

— Aprendi algumas coisas, mas não o suficiente. O nome Lúcifer não significa nada para você?

— Temo que não.

— Não consegue pensar em nada que meu pai possa ter dito enquanto estava no auge da paixão?

— Eu normalmente deixo os homens sem saber o que dizer na cama.

Ele fez uma careta para a frase grosseira, mas fora ele que havia dado o tom combativo da conversa, e estava bastante arrependido disso.

— Eu mereci ouvir isso.

— Mereceu mesmo. Costumo dar aos homens o que eles merecem.

Ela abriu um pequeno sorriso, indicando que estava se referindo tanto ao prazer quanto à punição. Marcus foi tomado pelo desejo absurdo de tê-la conhecido antes do pai.

— Desculpe não poder ser útil — disse ela, parecendo realmente sincera.

— Bom, já se passou mais de um ano mesmo. Talvez se eu tivesse vindo antes...

— E por que não veio?

Porque não suportava a ideia de vê-la.

— Não queria incomodá-la — respondeu ele.

Ele ficou de pé, e ela o acompanhou de forma graciosa. Deve ter recebido a educação de uma dama em algum momento de sua vida.

— Sinto muito por atrapalhar sua noite.

— Eu não tinha nenhum compromisso importante. Caso eu me lembre de algo que possa ajudá-lo, como encontro você?

— Não há como. Deixe uma mensagem com o meu irmão no clube dele, o Reduto dos Preteridos. — Griff era dono de um estabelecimento onde solteiros buscavam companhia. — Ele fará o recado chegar a mim.

— Ah, sim, já ouvi falar do Reduto. É um lugar bem escandaloso, pelo que entendi. Ele está trabalhando com você, então?

— Não, mas sabe como entrar em contato comigo. — Uma lâmpada do andar de cima do clube indicava quando Griff havia colocado um recado atrás de um tijolo solto nos fundos do imóvel. — Bom, vou indo. Boa noite.

— Acompanho você até a porta.

— Não é necessário.

— Que tipo de anfitriã eu seria se deixasse você ir embora assim?

Ele ficou tentado a perguntar como ela conhecera seu pai, como eles se tornaram amantes, por que ela ficara com um homem tão mais velho — mas, pelo jeito que vivia, seu pai fora muito generoso, ou alguém havia sido. Será que tinha um amante agora? Uma mulher como ela não ficava muito tempo sem um protetor. Antes que pudesse saciar sua curiosidade, Marcus caminhou até a porta. Ela o acompanhou sem problemas, a vantagem de ser uma mulher com pernas longas, e ele lutou para não olhar para ela. Marcus estava irritado por se sentir tão atraído pela cortesã.

Ele abriu a porta, cruzou o patamar e, quando foi fechá-la, descobriu que ela ainda estava parada ali.

— Cuide-se, Marcus Stanwick — disse ela baixinho, mas ainda assim soou como uma ordem.

Ele se perguntou onde ela ganhara tanta confiança, e desejou que alguma outra razão o tivesse levado até ali, uma que o permitisse explorá-la sem limites. Então deu um breve aceno de cabeça antes de descer os degraus, passar pelo pequeno portão de ferro forjado e sumir na noite.

Logo após voltar a se acomodar na poltrona da sala de estar, Esme Lancaster se viu acompanhada novamente. Mas, desta vez, a companhia era bem mais agradável: Laddie, seu cocker spaniel de pelagem preta e branca. Depois de pegar o cachorro no colo, ela se permitiu pensar na última visita que havia recebido.

Marcus Stanwick era mais bonito que o pai. O cabelo preto havia sido aparado recentemente. Os olhos eram de um azul profundo, mas a fúria os fizera brilhar em um tom ainda mais intenso, e ela percebera pequenas listras cinzentas em suas íris. Eram olhos que o tornavam mais intrigante do que deveria. Ela gostou do fato de precisar erguer a cabeça para encará-lo. Ao contrário do pai, ele ainda não tinha engordado, embora suspeitasse que nunca fosse seguir por esse caminho. Suas roupas não lhe caíam bem, mas ele era um belo exemplo de homem musculoso. Era evidente que não ficara ocioso desde que perdera tudo.

Também era óbvio que ele a detestava. Não que Esme o culpasse. A associação dela com o pai a pintou como uma cortesã, um papel que ela não tivera escolha a não ser abraçar. Foi muito trabalhoso cair nas graças do duque, conseguir intrigá-lo e garantir que ele quisesse passar tempo em sua companhia. Para seu desgosto, no entanto, o relacionamento deles fora público durante a maior parte do período de pouco mais de dois meses em que estiveram juntos. A maioria dos homens casados preferia manter suas amantes em segredo, mas, por alguma razão, Wolfford sentira necessidade de se exibir. Talvez porque estivesse se aproximando dos 60 anos e quisesse se gabar de ainda ter a capacidade de atrair a atenção de uma mulher muito mais jovem. Ele a acompanhara por Londres como se não tivesse esposa e filhos crescidos a quem pudesse envergonhar. O comportamento do duque sempre a deixara sem jeito, mas, por causa dele, seu filho mais velho agora aparecera em sua porta. Ela havia presumido a preferência dele por uísque, vira o lampejo de irritação cruzar seu rosto e sabia que tinha acertado. O que mais conseguiria adivinhar sobre ele se tivesse oportunidade? Descobrir coisas sobre as pessoas era um de seus pontos fortes desde criança.

Por um bom tempo, quando era pequena, sua mãe a disciplinara à base de chicotadas, para, como dizia, tirar Satanás de seu corpo, embora Esme nunca tenha entendido de verdade o que fizera para merecer tal punição. Será que era por causa de sua vontade de entender o mundo? Ou porque se concentrava em qualquer situação que despertasse sua curiosidade até ser capaz de encaixar o que conhecia em algo que fizesse sentido e saciasse suas dúvidas? Como um vigário que visitava sua mãe com muita frequência quando o pai de Esme estava fora; ou o dono de uma doceria que dava muito mais atenção aos meninos do que às meninas; ou ainda um grande número de crianças na aldeia que se pareciam muito com o herdeiro que morava na grande mansão da colina.

Com o pai, ela aprendera a ser observadora. Sempre que não estava lutando pela rainha e pelo país, ele a levava para passear e analisar os arredores. De que cor era o vestido usado pela menina loira que acabara de entrar na padaria com a mãe? Quantos rapazes estavam agachados jogando bolinhas de gude no beco por onde haviam passado um minuto antes? Certa vez, quando tinha 8 anos, ele a levou a uma loja de brinquedos em Londres para comprar uma boneca. Ela ficou hipnotizada com todas as opções e finalmente encontrou a de porcelana que queria mais que tudo quando o pai de repente se ajoelhou ao lado dela e disse:

— A loja está pegando fogo. As pessoas estão se aglomerando na porta e agora estão presas. Como saímos?

Eles não estavam em perigo. Não havia fogo algum, mas a urgência no tom do pai fez seu coração disparar. Ele esperava que ela soubesse a resposta, e Esme não queria decepcioná-lo. Ele era um dos heróis da Grã-Bretanha, porém, mais importante: era o herói dela.

— Pela janela. Se ela não abrir, podemos jogar algo para quebrar o vidro e saímos.

— E se nos cortarmos?

— É melhor do que morrermos queimados.

Ele sorriu e deu um tapinha em sua cabeça.

— Então, qual boneca você quer?

A boneca que usava um vestido cor-de-rosa e um grande gorro adornado com flores tinha ido a todos os lugares com ela ao longo dos anos e agora estava sentada em um canto de sua penteadeira. Servia como um lembrete para sempre ter um plano de fuga caso houvesse algum perigo iminente, e o perigo estava bem próximo na forma de Marcus Stanwick. No entanto, a última coisa em que Esme pensara enquanto ele estava em sua sala fora em escapar.

Passos leves foram ouvidos pouco antes de seu mordomo entrar na sala e parar perto da soleira da porta.

— Eu o perdi de vista.

— Até onde ele permitiu que você o seguisse?

— Ele não *permitiu*.

— Ele certamente permitiu, Brewster, ou você não o teria perdido de vista quando ele decidiu acabar com a brincadeira.

Mais do que um mordomo, seu *assistente* era muito habilidoso em rastrear pessoas, mas nunca teve talento para esconder seu descontentamento quando ela estava certa sobre alguma coisa.

— Apenas alguns quilômetros. Ele anda muito rápido, até fiquei cansado. Peguei um cabriolé para voltar depois que ele desapareceu.

— Hum. Mais longe do que imaginei. — Embora ele pudesse ter feito isso só por teimosia. — Você por acaso conseguiu ter alguma ideia de para onde ele estava indo?

— Ele pareceu dar muitas voltas. Por um tempo, pensei que estivesse perdido.

Um homem como Marcus Stanwick nunca se perdia. Ela podia apostar tudo o que tinha nisso.

— O que você vai fazer com ele? — perguntou Brewster.

— Ainda não decidi.

Mas de uma coisa Esme estava certa: eles se veriam de novo.

Capítulo 2

— Marcus Stanwick foi até minha casa ontem à noite.

— Qual o motivo da visita? — A voz ecoou em meio à escuridão, vinda do canto mais distante do cômodo.

Era como um jogo; não ser visto o fazia parecer mais terrível e ameaçador. Esme suspeitava que o verdadeiro motivo para que ele se mantivesse nas sombras era sua altura, que mal chegava aos ombros dela. Ou a corcunda, talvez. Ah, como os homens podiam ser sensíveis... Especialmente aquele. Ele tinha vários nomes, mas ela o chamava de Og.

— Ele queria saber se o pai havia me contado algo sobre a tentativa de assassinato, se eu tinha alguma informação para ajudá-lo a encontrar os envolvidos no esquema.

— E o que você respondeu?

— Que eu não sabia de nada.

— Ótimo. Não precisamos dele atrapalhando nossos planos.

— Tarde demais. Ele perguntou se eu conhecia um tal de Lúcifer.

— Maldito!

Em sua agitação, Og deixou-se ver na luz que cintilava das poucas tochas presas em arandelas de ferro nas paredes de pedra. A alcova, uma das muitas em uma rede de túneis sob a cidade, não era nada confortável, mas servia bem para encontros clandestinos, especialmente os que envolviam tramas nefastas para acabar com o reinado de uma rainha.

— E o que disse a ele?

Ela soltou um suspiro impaciente por Og estar sempre questionando o que era de seu conhecimento. Trabalhavam juntos havia quase dois anos. A essa altura, ele já devia saber que ela tinha perfeita noção do que estava fazendo.

— O que acha? Eu não disse nada, ora.

— E ele acreditou?

— Por que não acreditaria?

Ele abriu um sorriso que faria uma mulher mais delicada se arrepiar de medo, mas Esme era imune a esse tipo de coisa. Ela não tinha sentimentos. Era chamada de "cortesã sem coração". Isso quando aquela parte da sociedade que se considerava melhor do que ela se dignava a reconhecer sua mera existência. Embora *tivesse* sentido algo inquietante ao ficar frente a frente com Marcus Stanwick, o despertar de algo que julgava estar morto havia muito tempo.

— Não seria vantajoso me aproximar dele? — comentou ela sem emoção, mesmo que a simples ideia de ver Stanwick mais uma vez fizesse seu coração bater um pouco mais forte e o estômago se revirar. — Descobrir tudo o que ele sabe ou suspeita.

— Stanwick não é importante, e estamos muito perto de atingir nosso objetivo. — Og caminhou até uma mesa centenária, que oscilou quando ele retirou algo dela. — Haverá um... *evento* na próxima quarta-feira na casa de lorde Podmore. Consegui um convite para você. Não haverá necessidade de se identificar e todos estarão de máscara. Você precisa conseguir vasculhar o escritório dele para encontrar o que procuramos.

— Se estiver lá, vou encontrar. — Ela devia deixar as coisas como estavam, esquecer o assunto, mas não conseguia se livrar da sensação de que Marcus Stanwick poderia interferir em seus planos. — Stanwick acredita que o plano para assassinar Vitória ainda está em andamento.

O homem abriu outro sorriso assustador.

— Em breve provaremos que ele está certo.

Capítulo 3

Esme não tinha o costume de desobedecer a ordens, mas nas duas noites que se passaram desde que Stanwick invadira sua casa — e sua paz —, não conseguira pensar em outra coisa além dele. Ele emanava uma voracidade, como se fosse um animal enjaulado esperando o momento de ser liberto — e que Deus ajudasse quem estivesse em seu caminho depois que a jaula fosse aberta.

Sua intuição dizia que Og estava errado. Talvez Stanwick tivesse algumas respostas. Esme deixou que ele a interrogasse, enquanto ela fizera poucas perguntas. Naquele momento, ela estava do outro lado da rua do Reduto dos Preteridos, pois percebera que, de alguma forma, Stanwick havia conseguido desestabilizá-la menos de dois minutos depois de cumprimentá-la em sua sala. Sua presença dominante, as belas feições, a profundidade de sua solidão — algo que ela reconhecia muito bem, porque espelhava a sua. Ela não podia se dar ao luxo de se aproximar de ninguém, de permitir que qualquer um significasse algo em sua vida. Seu trabalho era lidar com o perigo todos os dias.

E esse perigo não dizia respeito só a ela. Era o tipo de situação que destruiria qualquer pessoa com quem ela se importasse. E, por esse motivo, fazia anos que não sentia o calor de um toque suave, desde que enredara seu coração em gelo e transformara sua alma em uma concha que lhe permitia fazer o que precisava ser feito sem remorsos ou arrependimentos. Esme era como uma engrenagem no maquinário de uma fábrica: tinha um único propósito e focava apenas nele, sem se importar com mais nada.

Marcus Stanwick, no entanto, era uma distração. Ela precisava saber o motivo, precisava entender o que seu instinto estava tentando lhe dizer.

Depois de atravessar a rua, subiu os degraus e ficou de frente para o homem grandalhão que bloqueava a entrada. Ela o imaginou empunhando uma espada, trajando peles de animais que havia abatido. Por força do hábito, começou a calcular como o derrubaria, caso fosse necessário.

— Me deixe passar.

— Mostre o cartão de membro.

— Não tenho.

— Então tem que se tornar membro.

— Não. — Ela não precisava ser afiliada de um lugar frequentado por pessoas em busca de companhia. Esme arqueou uma sobrancelha. — Só quero entrar.

O homem franziu a testa.

— Só pode entrar quem é membro ou quem quer ser.

— Preciso falar com o sr. Stanwick.

— Sobre virar membro?

Esme olhou feio para o guarda e, por fim, ele assentiu.

— Tá bom. Vem comigo.

O brutamontes abriu a porta e Esme o seguiu. Enquanto caminhavam, ela ouvia as risadas alegres que ecoavam das salas naquele andar e no de cima. Cruzou com pessoas sorrindo, se divertindo. Ela não conseguia se lembrar da última vez que dera uma risada. O homem, que devia parecer um gigante para a maioria, mas era apenas grande perto dela, a escoltou até um cômodo amplo com um enorme lustre de cristal e uma mulher sentada atrás de uma escrivaninha. Perto da janela, um homem ocupava uma mesa menor. Ela simpatizou de imediato com Griffith Stanwick por garantir que a sala fosse comandada por uma mulher.

— Gertie, ela quer conversar com o sr. Stanwick — falou o grandalhão.

Gertie ficou de pé e a examinou de cima a baixo.

— Está bem. Esperem aqui.

Enquanto esperavam, o guarda-costas afastou as pernas e cruzou os braços sobre o peito maciço. Será que ele estaria disponível para trabalhar para outra pessoa? Para ela, por exemplo? Esme duvidava disso.

O cavalheiro perto da janela segurava um lápis e, pelos seus movimentos, parecia ocupado desenhando.

Esme olhou ao redor. Embora austera, a sala tinha um ar elegante. Ela presumia que um clube de fornicação tivesse uma decoração de mau gosto, mas Stanwick providenciara tudo para que os visitantes não saíssem dali constrangidos. Sua experiência em relação a vivenciar situações embaraçosas era vasta, sempre sofrendo julgamentos e sendo considerada pecadora antes de ser uma. Até aquelas horrendas semanas de sua juventude, seu maior pecado fora roubar um biscoito quando o cozinheiro não estava olhando.

Depois de circular pela sala, seu olhar se voltou para onde tinha começado: o homem na mesinha. Ele sorriu com ternura, quase com gentileza, e estendeu um cartão para ela.

— Prontinho.

Esme ficou ereta, assumindo uma postura mais intimidadora, antes de se aproximar da mesa e pegar o que ele oferecia. Não era um desenho de seu rosto... mas ainda assim, era. As feições eram feitas de ângulos agudos, austeros — não por obra da natureza, mas por sua própria relutância em revelar um pouco de suavidade. Ele havia desenhado sua aparência, mas, de alguma forma, conseguira capturar sua essência. Ela quase chorou ao notar que havia apenas um leve indício da garota confiante que tinha sido um dia, aquela que ansiava por amor e aceitação.

— O que faço com isso?

— Pode ficar com ele. — Ele pegou outro pedaço de papel. — Desenho o rosto dos associados no cartão, para agilizar e evitar a entrada dos que não são membros.

Ao virar o cartão, ela notou que o outro lado do papel continha espaço para se preencher dados como nome, idade e validade. Que engenhoso.

— Está desperdiçando seu talento aqui.

— Vou considerar isso um elogio.

— Não se trata de um elogio. É a verdade.

— Poucos me pagariam tão bem quanto o sr. Stanwick por um talento tão simples.

— Não é um talento simples. Você vê o que muitos não notam.

— Mas você notou.

— Sim, eu sempre noto.

A vida de muitos estaria em risco se ela não notasse tudo.

— Você gostaria de conversar, srta...

Ela se virou para encarar Griffith Stanwick. Ele era loiro, mais claro que seu irmão, mas tinha o mesmo tom de olhos.

—... *concubina* do meu pai.

O desgosto na voz dele era sem dúvida compartilhado por Marcus Stanwick, e o provável motivo por ele não ter procurado por ela antes. Esme guardou o desenho que ganhou em uma bolsinha e tirou um pequeno envelope, lacrado com cera roxa.

— Preciso que entregue isso ao seu irmão.

Ele olhou para o envelope antes de encará-la de novo.

— E qual é o motivo?

— Se fosse para você saber, eu não teria selado a carta.

— Acha que não consigo abrir?

Ela deu um passo para a frente, até quase ficarem de nariz colado.

— Acho que seu irmão não gostaria que você soubesse, e ficaria desapontado por se meter em um assunto privado.

— Quão privado é esse assunto?

— Isso é entre mim e ele, mas ele me garantiu que eu poderia confiar em você para enviar um recado. Espero que não prove que seu irmão é um mentiroso.

Ele semicerrou os olhos.

— Você falou com ele?

Ela apenas ergueu uma sobrancelha.

— Quando?

— Duas noites atrás.

Contrariado, ele arrancou o envelope da mão dela.

— Vou garantir que ele receba sua carta. Selada.

Ela assentiu.

— Boa noite, então, sr. Stanwick.

— Você humilhou minha mãe perante toda a sociedade.

As palavras duras a fizeram parar e olhar por cima do ombro.

— Pelo contrário. Acredito que essa honra foi toda do seu pai. Ele foi o único a se gabar por ter me conquistado. Eu prefiro discrição quando se trata de tais assuntos. — Ela devia ter parado por aí, mas não conseguiu. — Sei que minhas palavras não devem valer de nada, mas saiba que minha intenção nunca foi causar qualquer dano à sua família. Eu acreditei que meu relacionamento com seu pai permaneceria em segredo.

Ele cerrou os dentes.

— Isso não é desculpa para o que você fez.

— Suponho que não.

— Não deixarei que estrague a vida do meu irmão.

Tanta convicção, tanta devoção, tanto... amor. Por alguns segundos, Esme sentiu inveja de Marcus Stanwick.

— Ele já perdeu tudo, sr. Stanwick. Que mal eu poderia fazer a ele?

Esme sabia o que era perder tudo. Deitada em sua cama, com uma das mãos enterrada no pelo de Laddie, e a outra segurando o desenho que ganhara, ela se perguntou se Marcus Stanwick a tinha visto como o artista a viu. A esperança que brotava dentro dela, de que ele talvez tenha visto o mesmo, a deixou muito incomodada. Marcus parecia do tipo intuitivo.

Esme contou com essa mesma intuição quando escreveu para ele. Imaginá-lo lendo e decifrando a mensagem fez um arrepio percorrer seu corpo. A possibilidade de vê-lo novamente, de trocar provocações, a enchia de entusiasmo. Ela sentiu como se estivesse apenas existindo, e não vivendo de fato, antes de vê-lo em sua sala. Era como se tivesse sido atingida por um raio que a reanimou, como a criação de Frankenstein.

Como será que o artista teria desenhado seu rosto quando seu olhar deparou com o de Marcus Stanwick pela primeira vez? Era provável que ela estivesse fazendo papel de tola ao entrar em contato com ele, mas queria uma chance para provar ser mais inteligente que ele e conseguir o que precisava.

Capítulo 4

Era tarde da noite e o clube já estava fechado quando a luz apareceu em uma das janelas superiores, que fazia parte dos aposentos privados de Griff. O peito de Marcus inflou com o sentimento de triunfo. Fazia apenas duas noites desde que vira Esme, e já o estava contatando.

Nas noites anteriores, ele havia esperado nos estábulos do lado de fora do clube do irmão — não, esperado, não; apenas verificado — para ver se ela seria vencida pela curiosidade, se ela se lembraria de algo ou pelo menos se desejaria encontrá-lo de novo. Ele se arrependeu de não ter passado mais tempo com ela, de não ter questionado mais, investigado suas origens, seu passado... seu presente. Marcus até havia considerado espioná-la, mas se ela realmente não soubesse de nada, era melhor não desperdiçar seu tempo.

No entanto, por mais obscuros que fossem os becos que ele percorreria, por mais perigosos que fossem seus arredores, por mais perversos que fossem os que encontrava pelo caminho, a Princesa de Gelo o assombrava. Era assim que havia passado a chamá-la. Fria e calculista. Ele suspeitava que ela havia coletado tanta informação com relação a ele quanto ele a respeito dela.

Marcus não devia estar tão intrigado por Esme, mas já era tarde demais. Uma decepção para si mesmo.

Olhando ao redor dos estábulos e certificando-se de que estava sozinho, ele foi até o prédio, removeu o tijolo solto, enfiou os dedos dentro da abertura e a encontrou vazia. Franziu a testa.

— Quer explicar por que está passando tempo com a libertina do nosso pai?

Ele não se assustou ao ouvir a voz do irmão nem esboçou qualquer reação às suas palavras. Apenas colocou o tijolo de volta no lugar. Sempre que precisava deixar mensagens para o irmão, ele arrombava a fechadura e colocava na escrivaninha de Griff.

— Nós não devíamos nos encontrar assim.

— E também não devíamos dormir com a rameira do nosso pai.

Marcus se virou.

— Eu não fiz isso, e jamais faria. Só de pensar em tocá-la já fico enojado.

Entretanto, o fato de pensar que *nunca* a tocaria fazia Marcus experimentar uma sensação de perda que preferia não analisar, pois beirava a tentação.

— Então por que ela deixou uma mensagem para você?

Marcus ficou espantado com a intensidade do desejo de ter a mensagem em mãos e ler o que ela havia escrito. Não porque a mensagem fosse ajudá-lo, mas porque fora escrita por ela. Controlando-se para não exigir que o irmão entregasse logo a carta, ele se encostou na parede e cruzou os braços.

— Sim, eu a visitei. Achei que talvez nosso pai pudesse ter dito alguma coisa para ela sem querer. Ela não conseguiu se lembrar de nada, mas pode ter se recordado de algo depois.

— Ela é mais bela do que eu me lembrava.

Todos os filhos do duque tinham visto a mulher em algum momento.

— Não percebi.

— Mentiroso.

Griff tinha razão. Até um homem morto e enterrado teria notado a beleza de Esme.

— Você mencionou uma mensagem. Onde está?

Griff estendeu um envelope tão branco que contrastava com o escuro da noite, captando a luz das janelas próximas e dos postes distantes. Marcus lutou contra a vontade de arrancar o envelope das mãos do irmão e rasgá-lo para ver o que ela havia escrito. Em vez disso, pegou-o com cuidado, como se não estivesse ansioso, e o enfiou no bolso do casaco.

— Como você está? — perguntou Marcus.

Griff o estudou por alguns minutos.

— Feliz, se dá para acreditar nisso. Não sinto mais falta do nosso antigo modo de vida.

— Que bom. O que estou fazendo não vai trazer nada de volta para você.

— Então por que não desiste disso?

Marcus não conseguia explicar.

— Lembra de como foi ser arrastado de nossas camas no meio da noite? Sem aviso ou explicação? Das duas semanas apodrecendo na Torre? De termos sido tratados como traidores e interrogados todos os dias? Do medo e da confusão? Da vergonha? E então, depois que fomos libertados, da agonia de ver a mamãe definhando de angústia pela traição do marido ao país, até que ela perdeu toda a vontade de viver e morreu assim que ele foi enforcado? Lembra da impotência em conseguir deter a maré que estava nos afogando? Eu quero saber o porquê disso. O que nosso pai achava que ganharia que valia o risco de perder tudo o que nossos antepassados conquistaram? Quem o convenceu a trilhar esse caminho?

— Talvez a amante.

De forma inesperada, Marcus sentiu como se tivesse sido atingido por um golpe no peito e sentiu uma vontade insana de defender a mulher a quem tanto odiava.

— Ela também foi presa.

— Não significa que ela não estava envolvida. — Griff balançou a cabeça. — Ela pareceu ser fria. Não sei o que nosso pai viu nela...

— Você estava elogiando a beleza dela há alguns minutos.

— É possível admirar estátuas de mármore que são bonitas. Não significa que quero transar com elas. Prefiro algo mais quente em minha cama.

— Talvez eu possa decifrar mais sobre o que o encantou nela quando ler o que ela me escreveu.

— Duvido muito.

Os pelos de sua nuca se arrepiaram, e Marcus sentiu uma pontada irracional de raiva.

— Você leu?

— O que tinha para ser lido.

Marcus sentiu vontade de socar o irmão por ele se intrometer em algo que considerava privado. Meu Deus, o que estava acontecendo com ele? Griff salvara sua vida, havia matado um homem cujo objetivo era assassinar Marcus. O irmão tinha todo o direito de saber qualquer coisa que ele descobrisse.

— Poupe-me do suspense. O que ela escreveu?

— Muito pouco. Na verdade, escreveu apenas a letra "E". Mas deve significar alguma coisa, não?

Marcus abriu um sorriso, sentindo o rosto estranhar o uso de músculos dormentes havia muito tempo.

— Significa que ela não confiou em você.

E, também, que ela desejava encontrá-lo.

Marcus chegou a considerar entrar escondido na casa dela e esperar em seu quarto à noite, mas não quis correr o risco de vê-la fornicando com um possível amante. Griff podia achar que Esme era fria na cama, mas Marcus suspeitava que ela podia ser tão quente quanto um vulcão. Talvez fosse apenas seu próprio desejo obscurecendo a realidade... Se a frieza era o que ela mais exprimia, ele desejava vê-la se derreter, queria ser a causa de seu degelo.

Então Marcus amaldiçoou o fato de o pai ter tido uma chance antes dele, pois não tinha desejo algum de comer no mesmo prato que o pai. No fim, decidiu marcar um encontro em território neutro e pagou um xelim a um menino de rua para entregar uma mensagem: "A Sereia e o Unicórnio. Dez da noite."

Ele esperava que ela tivesse os recursos para encontrá-lo, e Esme o provou certo. Sentado nos fundos da taverna em Whitechapel, ele a observou entrar um minuto antes da hora marcada usando um vestido azul-escuro simples que não deixava nada de interessante exposto. A gola subia até o queixo, as mangas desciam até os pulsos, onde luvas escuras cobriam até a ponta dos dedos. Seu cabelo estava preso em um estilo mais básico, sem pérolas ou qualquer adorno. Com a bolsa, ela carregava um guarda-chuva. Não parecia que ia chover, mas o clima de Londres era imprevisível.

Esme olhou logo para os fundos da taverna, como se soubesse por instinto onde o encontrar. Então, caminhou entre as mesas cheias de clientes barulhentos que tomavam cerveja quando um homem bem embriagado estendeu a mão na direção dela. Ela parou, e bastou seu olhar para ele se endireitar e ocultar a mão ofensiva sob a própria axila. Com um aceno de cabeça, ela continuou.

Ele não queria admirar Esme por passar a impressão de que não tolerava abusos. Será que era autoritária daquele jeito na cama? Será que havia dado ordens ao pai dele?

Marcus teria ficado de pé para qualquer mulher que estivesse se aproximando de sua mesa, mas ela não merecia tal cortesia, então ele continuaria sentado... *Ah, que besteira!* Ela mesma havia entrado em contato com ele, atendera seu chamado. Empurrando a cadeira para trás, ele ficou de pé.

— Parece que não teve dificuldades de encontrar a taverna.

Ela olhou ao redor.

— Um estabelecimento dos Trewlove? Duvido que alguém em Londres não conheça as propriedades dessa família infame. Achou que eu ficaria chocada?

— Não. Esta taverna tem as melhores bebidas.

Antes que pudesse pensar no que estava fazendo, Marcus já estava puxando a cadeira para que ela se sentasse, sentindo o aroma de rosas que emanava dela e apreciando o jeito gracioso como se sentava. Então, mal se sentou e se viu distraído pelos movimentos dela, que colocou a bolsa e o guarda-chuva na mesa antes de remover as luvas devagar, puxando um dedo de cada vez até um pedaço da pele pálida do pulso ficar visível, quase como um convite para um beijo. Será que ela tirava a roupa de forma tão lenta e provocante?

Meu Deus. Ele estava louco? Eram apenas mãos, com dedos longos e unhas bem cuidadas, sem nenhum sinal de manchas ou calos.

— Quero um conhaque — disse ela, e só então ele percebeu que a garçonete tinha se aproximado da mesa.

— Mais uísque, Polly.

— Sim, senhor.

A moça lhe deu uma piscadela atrevida antes de se dirigir ao balcão.

— Você vem muito aqui, não é? — perguntou Esme.

— Não, mas ela se apresentou de uma forma bem ousada quando cheguei, até eu mencionar que estava esperando alguém.

— Então você estava confiante de que eu viria?

— Foi você que propôs um encontro.

— Não tinha certeza de que você entenderia minha mensagem.

— Você é sempre tão cuidadosa em não revelar nada que não deveria?

— O que passei com seu pai me tornou uma mulher muito mais cautelosa e desconfiada.

Marcus queria que o pai não fosse sempre um assunto entre eles, ou o motivo para se encontrarem.

— Você se lembrou de algo.

Polly voltou com as bebidas, e Marcus entregou algumas moedas.

— Pode ficar com o troco.

— Obrigada, senhor. — Ela fez uma reverência e saiu para atender outra pessoa.

Esme tomou um gole de conhaque e passou a língua nos lábios.

— Na verdade, não me lembrei de nada.

Hipnotizado pela jornada da ponta rosa de sua língua ao passear pelos lábios carnudos, ele demorou alguns segundos para perceber que ela tinha respondido à pergunta.

— Então por que me enviou um recado?

— Percebi que não começamos em bons termos. Quem sabe se você me contar mais sobre o que descobriu, eu possa me lembrar de algo. As ações de seu pai nos causaram muitas dificuldades, além de terem arruinado sua família por completo. Gostaria de ajudar, se puder.

— Por que tenho a impressão de que não está falando a verdade?

— Você não confia muito nos outros, não é?

Ele arqueou uma sobrancelha.

— Bom, acho que não posso culpá-lo. Sou igual — disse Esme.

— Foi o que percebi quando descobri que havia escrito apenas sua inicial no recado.

Ela abriu um sorrisinho provocante.

— Seu irmão abriu o envelope? — Ele assentiu. — Que safadinho.

De alguma forma, a frase soou como um elogio, como se fosse algo que ela admirasse, e Marcus ficou tentado a mostrar o quão safado *ele* poderia ser. Ele detestava se lembrar da época em que podia desfrutar de todas as atividades prazerosas que a vida tinha a oferecer. Uma época em que não estava tomado por tanto ódio, principalmente de homens misteriosos que haviam atraído o pai para a morte.

— Posso dizer o mesmo do seu mordomo. Ele me seguiu quando saí da sua casa.

— Brewster é superprotetor e não confia em você. Você deu trabalho a ele, não foi? Aposto que prolongou o sofrimento dele e o levou de um lado para o outro como um tonto.

Marcus não gostou de ficar feliz por ela saber exatamente o que ele tinha feito. Ele havia se divertido muito ao enrolar seu perseguidor.

— Será que meu pai pode ter mencionado algo para ele?

— Muito difícil. Como a maior parte dos nobres, ele prestava pouca atenção aos criados, e com certeza não teria confiado em um. Para quantos empregados você já contou seus segredos mais íntimos?

Ela falava de forma direta, mas ainda assim conseguira adicionar um tom de decepção nas palavras que acabara de proferir. Como se soubesse que Marcus já tinha visto os criados da mesma maneira que via um par de botas bem-feitas: para servi-lo. De fato, não era algo de que se orgulhava. Ele nunca mais ignoraria o valor de empregados domésticos, caso estivesse em posição de tê-los novamente.

— Então ele não teria confiado em você também.

— Eu nunca permito que me vejam como alguém que só serve para atender caprichos. Exijo respeito e igualdade daqueles que se relacionam comigo.

Polly reapareceu.

— Querem mais bebida?

— Sim — respondeu Esme. — Uma para cada.

Depois que a garçonete saiu, Esme abriu a bolsa.

— Eu pago — disse ele, enfiando a mão no bolso.

Ela abriu um sorriso que o fez congelar.

— Como acabei de dizer, exijo igualdade. Eu pago desta vez.

Ela retirou um relógio de bolso e o colocou na mesa antes de vasculhar mais a bolsa.

— Você me parece uma pessoa elegante demais para ter um relógio de bolso, especialmente um que parece de níquel. — Talvez se fosse de ouro ou prata, mas não algo tão barato quanto níquel.

Ela o encarou e segurou o relógio com dedos firmes para colocá-lo de volta na bolsa.

— Era do meu pai. Eu o carrego comigo por razões sentimentais.

Marcus não fazia ideia do que tinha acontecido com o relógio do duque. Talvez o pai o tivesse usado para subornar um carcereiro para receber uma comida melhor ou como pagamento para o carrasco. Ou talvez tivesse sido roubado por um guarda.

Polly voltou com as bebidas e aceitou as moedas de Esme.

— O que seu pai fazia?

Ele não sabia o motivo de seu interesse, mas estava curioso sobre o que a colocara no caminho para se tornar uma cortesã.

— Era o bêbado do vilarejo. — Erguendo seu copo, ela o inclinou como se brindasse antes de dar um gole lento. — O relógio serve para me lembrar das minhas origens e como nunca desejo voltar a elas. Já você parece querer retornar às suas, não é mesmo?

— Minha busca não me devolverá nada além da minha honra.

Embora uma demonstração de lealdade à Coroa pudesse ser um trampolim para que ele garantisse sucesso e até reconquistasse certo respeito entre a nobreza.

— O plano do seu pai de assassinar a rainha pegou você desprevenido?

Marcus não gostou nada do tom de dúvida nas palavras dela, como se Esme suspeitasse que ele sabia de algo e havia apenas ignorado. Ou pior, fora cúmplice.

— Não éramos exatamente próximos. Ele resmungava de vez em quando com a reclusão da rainha após a morte de Alberto. Muitas vezes reclamava que ela não estava dando ao país a atenção merecida, mas não posso afirmar que ele considerava o assassinato dela uma solução.

Ela pareceu ponderar a resposta com cuidado antes de assentir ligeiramente.

— Seu pai me disse uma vez que não acreditava que uma mulher devia ocupar o trono, mas não consigo imaginar que ele preferisse Bertie no lugar dela. O Príncipe de Gales parece mais interessado em se divertir do que em governar.

— Nada disso faz sentido. Ela tem uma linhagem inteira de herdeiros. Eles pretendiam matar todos?

Ela fez uma pausa, seu copo a meio caminho dos lábios.

— Isso daria muito trabalho. Talvez alguém esteja controlando Bertie. Ou talvez apenas desejasse semear o caos para algo mais nefasto. Livrar o país da monarquia de vez? Substituí-la por uma ditadura?

Marcus não esperava que ela tivesse pensado tanto no assunto, mas Esme provavelmente não tivera muito o que fazer em sua passagem pela prisão.

— Então você concorda que ele não estava trabalhando sozinho? — indagou ele.

— Como mencionou na outra noite, ele não era lá muito inteligente...

— Mas foi leal. Se existem outros envolvidos, acho que ele não os entregou.

— Ele teve sorte por não usarem mais o cavalete para tortura... Ele me deixava muitas vezes para ir a uma reunião, mas nunca me dizia com quem, onde ou sobre o quê.

— Você não mandou seu mordomo segui-lo?

— Para ser sincera, nunca me importei o suficiente.

Marcus não interpretaria aquilo como uma prova de que ela se importava com o paradeiro dele.

— Mas você o mandou me seguir.

— Você é mais intrigante. Pelas suas roupas, eu diria que passou por maus bocados, mas aposto que foi por escolha. Você é um homem instruído, pode encontrar emprego em vários lugares e, mesmo assim, está procurando o que talvez nunca encontre. Parece um desperdício de talento.

— Você não sabe nada sobre os meus talentos.

Ah, como ele estava enganado…

Esme tinha aprendido desde cedo a julgar qualquer tipo de situação. Sabia quando sua mãe estava tão melancólica que uma palavra errada a levaria às lágrimas. Quando ela poderia ser convencida a brincar por entre as flores. Quando o vigário seria cruel em seu sermão. Quando ele falaria gentilmente de cordeiros e crianças.

Então ela sabia, sim, um pouco sobre os talentos de Marcus Stanwick. Ele era hábil em despistar qualquer um que o seguisse, era capaz de desaparecer na névoa antes mesmo que seu perseguidor soubesse que a névoa havia chegado. Apesar de suas roupas, tinha um semblante que combinava com o ambiente e permitia que se misturasse com facilidade. Em sua sala de estar, ele havia sido o filho de um duque, arrogante e orgulhoso. Dentro da taverna, ele seria confundido com um trabalhador qualquer, pois não fazia nada para chamar a atenção. No entanto, estava atento, seus olhos aguçados e alertas, e qualquer um com um pingo de inteligência saberia que ele não estava para brincadeiras.

Também parecia estar com as mãos sempre ocupadas. Se não estava acariciando o copo com um dedo longo, estava coçando o queixo com barba por fazer ou usando o polegar para desenhar um círculo infinito na mesa de madeira arranhada. Ela se esforçou para não imaginar aqueles dedos roçando sua nuca, massageando seus ombros, circulando seus mamilos.

E ele saboreava a bebida. Não engolia tudo de uma vez, bebia devagar, deixando o líquido percorrer sua língua. Ela sabia disso porque observou seu pescoço, logo acima da gravata muito bem amarrada, para determinar quanto tempo ele levava para engolir. Será que também saboreava um beijo de forma tão minuciosa? Esme estava tentada a provar sua teoria. Fazia um bom tempo desde que sentira vontade de fazer algo com um homem além do que lhe era exigido. Marcus era uma tentação perigosa e perversa. Uma perdição devastadora capaz de despedaçar corações — se houvesse um a ser despedaçado.

Talvez Og estivesse certo e esse encontro fosse inútil. No entanto, Esme não estava arrependida.

— Você acha que alguém ainda se importa com o que seu pai fez?

— Eu me importo.

Ele era no mínimo determinado.

— Seu pai mencionava um tal lorde Podmore com frequência. Parece que eram bons amigos. Será que ele estava envolvido?

— Podmore?

— Você não o conhece?

— Conheço o visconde, só não consigo ver meu pai tendo muito em comum com ele. Ele parece estar mais interessado em organizar festas selvagens.

— Conspirações criam pares estranhos, suponho.

— Meu pai levou você a alguma das festas de Podmore?

— Não. Talvez porque soubesse que não seria do meu gosto.

— O que ele falou sobre o visconde?

— Só que foi vê-lo. O nome dele surgiu durante a sua investigação?

Ele negou com a cabeça. Aquilo era decepcionante. Esme esperava conseguir mais informações antes de comparecer ao próximo evento de Podmore.

— Não deve significar nada, então.

Ela terminou o conhaque.

— Desculpe não ter ajudado mais.

Ele estreitou os olhos.

— Você se deu ao trabalho de marcar esse encontro só para apontar um nome? Podia ter fornecido essa informação em uma carta. — Colocando os cotovelos na mesa, ele se inclinou para a frente até ela enxergar o prateado no azul de seus olhos. — Por que você queria me ver?

Ela passou a língua nos lábios, então se amaldiçoou por fazer isso quando os olhos dele escureceram de desejo. Aquilo era uma mania antiga de juventude, de quando ela ficava nervosa e mordia os lábios até sangrar.

— Só achei que o nome poderia ser útil.

E talvez Marcus pudesse investigar um pouco, saber do próximo evento e comparecer para ver se conseguia obter alguma informação — embora Esme não conseguisse entender por que o desejava lá. A presença dele interferiria em sua missão.

Ele chegou um pouco mais perto, mas o coração dela acelerou como se ele tivesse encostado seu nariz no dela.

— Mentirosa. O que esperava conseguir?

— Dar fim à minha relação com seu pai.

— Dar fim à sua relação com meu pai ou iniciar uma comigo? — perguntou ele com uma voz sedosa, como se já estivessem entrelaçados, os braços dela envolvendo os ombros largos dele, as pernas dela em torno dos quadris dele enquanto ele a tomava. — Talvez você queira me levar para a sua cama.

Esme passou a língua nos lábios de novo e engoliu em seco.

— Você se sente atraída por mim — afirmou ele com voz rouca, e ela imaginou aquela mesma voz sussurrando palavras indecentes em seu ouvido.

— Não seja ridículo.

Por que ela precisava soar tão ofegante, como se tivesse acabado de gastar seu último fôlego gritando o nome dele em êxtase?

— Vou ser bem franco, Princesa de Gelo: eu não quero os restos do meu pai.

Enquanto a carruagem chacoalhava pelas ruas, Esme ficou triste por ter terminado seu conhaque antes de Marcus ter proferido aquelas palavras tão terríveis. Ela teria tido imenso prazer em jogar *seus restos* naquele rosto bonito e misterioso. Em vez disso, rira debochada e respondera apenas:

— Como você é arrogante por pensar que é isso tudo.

Ele era tudo aquilo e muito mais. Então ela se levantou, se despediu e, com a cabeça tão erguida que certamente teria dor no pescoço no dia seguinte, saiu daquele lugar.

Por que as palavras dele a incomodaram tanto? Por que a opinião dele importava? Ela estava acostumada a não ter sentimentos, a nunca sentir remorso, arrependimento ou dúvida. Por Deus, havia alguma coisa no olho dela. Em ambos, na verdade, porque ardiam. Que desgraça!

Ela só estava chateada por causa das dificuldades que havia sofrido no ano anterior, era só isso. As consequências da traição de Wolfford. Como Marcus Stanwick reagiria se soubesse a verdade sobre ela e o duque? Provavelmente não se importaria. Ela era uma tola por se sentir atraída por ele. Fazia tempo desde a última vez que fora tola assim.

A carruagem parou e um criado a ajudou a descer. Ela entrou em sua casa, entregou a bolsa e o guarda-chuva ao mordomo que a esperava, e então estendeu os braços para segurar Laddie, e o abraçou com força. Aquilo sim era amor incondicional. Como seria bom se as pessoas também compartilhassem desse tipo de amor tão livremente...

— Você descobriu alguma coisa importante? — perguntou Brewster.

— Ele sabia que você o estava seguindo e me questionou sobre isso.

Esme foi para a sala de estar e colocou Laddie em uma poltrona, depois foi até o aparador e serviu dois copos de conhaque, oferecendo um ao seu aliado mais confiável. O que significava que ela confiava apenas um pouco nele.

— Maldito! — resmungou Brewster antes de tomar um gole. — Algo mais?

— Na verdade, não. — Ela se sentou na poltrona. Ele não reagira de forma suspeita ao nome de Podmore, então talvez o visconde não estivesse tão envolvido quanto Og pensava. Ela também não encontraria nada na casa de Marcus. — Ele não estava tão arrumado.

Ela poderia apostar que ele não havia feito a barba desde a noite em que estivera em sua casa, mas a aparência desleixada era bem atraente e o fazia parecer mais selvagem e perigoso. Ou talvez essa impressão fosse porque ele não gostava dela.

— No que está pensando? — indagou Brewster.

Ela soltou um suspiro lento e prolongado.

— Que estou pronta para acabar com essa história.

Capítulo 5

O evento na casa de lorde Podmore era uma maldita orgia. Marcus conseguiu entrar por uma porta que dava para os jardins em vez de pela porta da frente, onde teria que apresentar um convite.

Após fazer algumas perguntas discretas aos criados, ele sabia que as pessoas estariam mascaradas, então ninguém seria capaz de identificá--lo, e Marcus poderia andar pela casa sem que prestassem atenção nele. No entanto, ele imaginava que as pessoas também estivessem usando roupas além da máscara — especialmente depois de pedir emprestado trajes finos para o irmão. As roupas ficaram um pouco apertadas, mas ninguém iria notar, já que estavam muito ocupados em se despir.

Sendo muito honesto, a maioria dos convidados não estava nua, pelo menos não completamente. Duas damas vestiam apenas camisolas de tecido fino como se fossem ninfas da floresta. Três homens tinham deixado a inibição e as roupas de lado para ir atrás delas.

Marcus não era nenhum puritano, mas com certeza preferia privacidade quando se encontrava com mulheres.

Uma mulher vestida, com um cabelo indomável da cor da lua, se aproximou e acariciou o peito dele com a mão delicada.

— Eu sou a Afrodite. Quem é você?

A voz dela era suave e refinada. Será que ela era da nobreza? A máscara ocultava mais da metade de seu rosto, então ele não sabia dizer se a conhecia do passado.

— Zeus.

Ela riu, o som ecoando como sinos de cristal tilintando no Natal.

— Zeus está ali.

Seguindo a direção da cabeça dela, ele viu um homem repousado em uma almofada enorme cercado por mulheres seminuas espalhadas sobre outras almofadas que lhe ofereciam uvas e azeitonas. Ele usava calça e uma camisa com mangas desabotoadas. Não usava máscara, já que era o anfitrião e todos esperavam vê-lo ali. Podmore.

Ao voltar-se para Afrodite, Marcus avistou alguém que reconheceu, alguém que não deveria estar ali. Ele estreitou os olhos. Devia ser um engano, apenas porque ele tinha a esperança de que ela estivesse na festa. Porém, ainda assim, a mulher se movia de forma tão graciosa quanto Esme. Mas o cabelo que se derramava por suas costas era de um tom castanho que brilhava no bruxulear das velas que adornavam o cômodo. Não havia luzes a gás para iluminar os arredores com mais clareza, mas os convidados certamente preferiam a obscuridade para a prática de seus atos libidinosos.

Ele não conseguia tirar os olhos da mulher não tão misteriosa enquanto ela abria caminho por entre as pessoas. Usava uma máscara dourada com penas na lateral, o tom combinando com seu traje de cetim dourado amarrado na cintura por uma fina corda trançada. Ele conhecia aquele queixo, que dava ao rosto o formato de coração. Mais ainda: ele conhecia aqueles lábios. Eles visitavam seus sonhos com frequência desde que a conhecera, sonhos que ficaram ainda mais ousados desde o encontro na taverna. Ah, as coisas perversas que aqueles lábios inventavam quando Marcus estava dormindo eram de fazer o próprio diabo corar…

— Com licença — disse ele para a deusa ao seu lado, antes de pegar uma passagem que o colocaria no caminho de Esme.

Ela era hábil em escapar das mãos estendidas que a puxariam para um abraço apaixonado. Tudo dentro daquele cômodo, provavelmente em toda a casa, era movido à paixão, e ele se ressentiu da presença dela na festa. Provavelmente estava procurando alguém para substituir o papel do pai dele, pelo menos por aquela noite. Por que ele se importava com quem ela levava para a cama? Marcus havia deixado sua opinião clara, mas, ao mesmo tempo, nunca se arrependera tanto de algo que havia dito. Ele poderia ter falado de outra forma que nunca gostaria dela, mas a desgraça era que gostava. E isso o deixava muito irritado.

Então optou por ser cruel e grosseiro para afastá-la. O homem que havia sido um ano antes nunca teria declarado uma coisa daquelas. Talvez ele devesse parar de tentar entender o passado e apenas seguir com sua vida. Estava cansado da frustração e da fúria. Da apatia que permeava sua alma, da ausência de fervor. De desconfiar de todos — especialmente dela.

Enquanto caminhava até a mulher, ela se esgueirou entre dois cavalheiros, e ele reparou o relógio de bolso pendurado na corda trançada em sua cintura. Que adorno estranho para uma festa como aquela... Será que ela era obcecada com o tempo ou apenas com a lembrança do pai?

Diminuindo o passo, preferiu não a confrontar de imediato, mas observá-la mais de perto. Ela analisava o entorno com atenção, parecia fazer anotações mentais de onde era menos provável que fosse notada. De tempos em tempos mudava de rumo, contornando áreas com cavalheiros que estavam ocupados com outras mulheres. Embora parecesse fazer parte da festividade, Marcus tinha a impressão de que ela também estava se esforçando para se misturar e passar despercebida. Mas ele tinha certeza de que era ela. Esme. A altura, as curvas. A graça com que ela deslizava por entre os convidados.

No entanto, o tom de seu cabelo o confundia. Será que o cabelo anterior era falso? Ou este era? O vermelho vibrante chamava mais atenção; o castanho, nem tanto. Ainda assim, ela parecia estar sempre reluzente. Seu porte confiante era quase uma presença física — como se pertencesse à realeza. Alguém que se destacava de todos no ambiente, como uma rainha.

Ela olhou ao redor, um sorriso suave curvando os cantos da boca, como se estivesse satisfeita com a forma como a noite estava indo, e ele se controlou para não se esconder. De calça e fraque pretos, colete marfim, camisa branca e gravata cinza, Marcus não parecia alguém que viera das ruas, e a máscara preta simples que cobria metade do seu rosto dificultaria que ela o reconhecesse. Se ela o tinha visto, certamente não pensou duas vezes antes de entrar em um corredor e desaparecer de vista.

Apressando o passo — mas sem correr, para que ninguém pensasse que estava em meio a uma perseguição —, Marcus a seguiu, chegando ao corredor a tempo de vê-la entrar em um cômodo no outro extremo e fechar a porta. Ele olhou por cima do ombro. O grande salão não era nada além de sombras bruxuleantes e o corredor estava ainda mais escuro, então seria difícil ver o que estava acontecendo ali. Não que alguma coisa estivesse acontecendo ou fosse acontecer. O local estava deserto.

Marcus foi até a porta pela qual ela havia entrado. Será que deveria bater, ou simplesmente invadir a sala? Ou, quem sabe, desistir da necessidade de confirmar que aquela mulher era quem ele pensava ser?

E se fosse Esme? E se ela estivesse em um encontro secreto naquele recinto? Será que ele queria mesmo testemunhar um homem desfrutando das delícias que ela oferecia? Aqueles lábios exuberantes, a boca voluptuosa, o corpo suculento, as pernas esguias? Talvez ela estivesse testando alguém novo para o papel de amante. Ele deveria virar as costas e voltar à missão de descobrir por que o pai poderia ter mencionado Podmore, confirmar se o visconde estava envolvido de alguma forma na ruína do duque. Então ele se virou...

Maldição!

Ele girou a maçaneta, empurrou a porta e cruzou a soleira. Ela estava curvada sobre a escrivaninha — sua máscara havia sido descartada ao lado da única lamparina que iluminava o local —, mas levantou a cabeça e o estudou por alguns segundos antes de voltar a atenção para o que estava fazendo.

— Saia daqui, Stanwick — ordenou ela em um tom que não dava abertura para discussões, mas ele já havia desistido de ser um cavalheiro.

Então, ele apenas fechou a porta e se aproximou com cautela. Ela estava segurando o relógio de bolso de seu pai... só que o objeto parecia ter um telescópio minúsculo acoplado a ele. Rapidamente, ela tirou algo de dentro dele, colocou um objeto de formato semelhante no lugar e olhou para baixo. *Clique*. Ela repetiu o movimento. *Clique*.

Marcus contornou a mesa para ficar ao lado dela. Um pedaço de papel estava na mesa, e ela estava movendo a estranha engenhoca sobre ele. *Clique. Clique*.

— O que diabo está fazendo?

— Não é da sua conta.

Outro "clique" soou, um mais alto e mais sinistro. A porta sendo aberta.

— Mostre que você é inteligente — exigiu ela pouco antes de agarrar as lapelas dele, se deitar na mesa, puxá-lo contra seu corpo e beijá-lo.

Aquela boca linda que fazia com que se revirasse na cama desde que o vira pela primeira vez em sua sala era tão deliciosa quanto havia imaginado. Uísque, provavelmente. Talvez até um charuto. Ele era decadência, pura e simples.

Esme tinha observado Marcus desde que ele chegara e achou que poderia passar um tempinho flertando com ele depois que terminasse sua tarefa, fazê-lo se arrepender do que dissera na outra noite. Havia até considerado ceder às próprias fantasias, fazê-lo desejá-la como nunca desejara outra mulher. Ninguém acharia estranho se ela o beijasse no salão principal. E quem quer que tivesse aberto a porta pensaria o mesmo ao encontrá-los. Ela torceu para que Marcus Stanwick entendesse que precisava fazer o papel de alguém pego em flagrante.

Marcus interrompeu o beijo. A chama da lamparina revelou olhos que ardiam de desejo.

— Resista — sussurrou ele, tão baixinho que ela mal ouviu.

Ele cobriu o nariz e a boca de Esme com uma mão grande, o que serviu para torná-la menos reconhecível. Contorcendo-se, Esme empurrou o peito largo e robusto, mas não com muita força — não que ela pudesse afastá-lo, mesmo se usasse toda a sua força. Ela sentiu músculos sólidos sob sua palma, e sentiu vontade de explorar cada centímetro.

Ele encarou a pessoa que abriu a porta.

— Um pouco de privacidade, por favor.

— Ninguém deveria estar aqui — falou uma voz masculina um pouco hesitante.

— Ela me provocou a noite toda. Estou quase explodindo.

— Seja rápido, então.

A porta se fechou. Marcus levantou a mão e seu peso.

— O que...?

Desta vez, quando ela o empurrou, ele se moveu. Sabendo que seria imprudente ficar ali depois de ter sido vista, ela juntou todos os acessórios de sua câmera com pressa, incluindo os pedacinhos que continham as imagens, colocou tudo em uma bolsa de veludo preto e guardou em seu espartilho, entre os seios. Pegou o que supostamente era um relógio de bolso e apertou a lente até ela se encaixar no lugar, fechou a tampa e pendurou o objeto na cintura. Por fim, enrolou o papel, agachou-se e o colocou de volta no compartimento escondido embaixo da mesa onde o havia encontrado. Ela então se aprumou, pegou a máscara e a colocou no rosto.

— Vou sair pelas portas do terraço.

Ela não tinha entrado por lá por causa dos convidados que estavam no terraço, mas, se saísse correndo do escritório agora com um sorriso tímido, quem a visse sem dúvida pensaria que ela estivera envolvida em um encontro amoroso ou estava tentando escapar da atenção de um admirador apaixonado.

— Preciso que volte pelo corredor para despistar esse idiota, e diga a ele que me mandou sair pelas portas do terraço para proteger minha identidade.

— Espere por mim lá fora.

Ela assentiu, agarrou a gravata dele, ficou na ponta dos pés e deu--lhe um beijo rápido e forte na boca.

— Obrigada por deixar de lado sua aversão por mim e entrar no jogo, Marcus Stanwick.

Antes que ele pudesse responder, ela apagou a chama da lamparina, correu para onde sabia que a porta externa estava, empurrou as cortinas para o lado e sumiu na escuridão.

Aversão? Sim, Marcus devia sentir repulsa ao beijá-la. Em vez disso, ele se perdeu nos movimentos sensuais de seus lábios e no sabor tentador de sua boca.

Ele saiu rapidamente para o corredor, onde o intruso mascarado estava encostado em uma parede e logo se endireitou.

— Cadê a garota?

— Ela nunca deveria ter estado em meus braços. — Embora parecesse ser exatamente o lugar dela. — Mandei-a sair pelo terraço para proteger sua reputação.

— Toda mulher aqui está disponível. Sua única lealdade deveria ser ao prazer.

— Quem a trouxe sem dúvida discordaria, e não estou com vontade alguma de encarar um duelo ao amanhecer.

O homem deu de ombros.

— Você deve ser capaz de encontrar uma substituta com bastante facilidade.

Marcus quase disse ao homem que Esme não era nada fácil de substituir.

— Vou dar uma olhada então, ver o que consigo encontrar.

— Certifique-se de usar outro lugar para seu próximo encontro. — Ele foi até a porta e enfiou uma chave no buraco da fechadura. — Esta porta deveria estar trancada.

Sem dúvida estava antes de ela entrar. Marcus saiu da casa, onde as pessoas vagavam ou riam como ninfas da floresta. Mesmo que só pudesse distinguir silhuetas, ele sabia que poderia reconhecê-la assim que a visse. Caminhou rapidamente pelos jardins, verificando atrás de arbustos e treliças de rosas, interrompendo um casal atracado contra uma árvore. Ele nunca gostara muito de Podmore, já ouvira rumores sobre suas festas indecentes e estava grato por estar usando uma máscara. Embora só agora lhe ocorresse que Esme soubera quem ele era, assim como ele conseguira identificá-la. Parecia que estavam em sintonia. Marcus não queria pensar muito sobre isso, nem sobre o quanto havia gostado de beijá-la.

O olhar que ele dera ao sujeito que abriu a porta não fora fingimento. Ele detestou a interrupção, queria ter aproveitado a oportunidade para deslizar as mãos por aquelas pernas esguias, levantar sua saia... Ele queria provar mais que os lábios dela. Queria prová-la por inteiro. Os pensamentos que o bombardeavam agora o enfureciam quase tanto quanto o fato de que ela havia mentido: não tinha esperado por ele, e sim fugido.

Marcus chegou aos fundos dos jardins. Se Esme tivesse ficado, ele duvidava que conseguiria encontrá-la, mas sabia para onde ela iria em seguida: a casa dela. Abrindo o portão, ele saiu para os estábulos, onde uma fileira de carruagens esperava o retorno de seus viajantes. Cocheiros e criados cansados provavelmente ficariam de guarda até o amanhecer. Ele se aproximou de um criado uniformizado, que estava encostado na porta de uma carruagem e fumava um cachimbo.

— Uma mulher de máscara dourada passou por aqui?

— Era o pecado em forma de gente. Ela foi por ali, senhor.

Ele inclinou a cabeça, apontando para a esquerda.

— Obrigado.

Tentando não recordar o tempo em que tivera uma moeda para lançar ao empregado pela informação, ele correu até a lateral dos estábulos e para a rua de paralelepípedos.

Lá estava ela, a uma distância considerável e andando a passos rápidos, mas conseguindo dar a impressão de que não estava com pressa. Em algum momento havia descartado a máscara e pegado um guarda-chuva. A neblina estava começando a engrossar, silenciosa e espessa, mas não parecia que ia chover. Esme estava se mostrando mais intrigante fora da cama do que Marcus esperava. Ele a tinha visto como uma mulher cujo único valor residia no que ela era capaz de entregar entre quatro paredes. Mas ela era multifacetada, um enigma que valia a pena ser explorado. A relação dela com seu pai não fazia sentido algum. Ele não conseguia imaginar o duque sendo cativado por todos os aspectos misteriosos dela — seria um grande desperdício focar apenas no que ela oferecia entre os lençóis.

Acelerando o passo, ele se livrou da própria máscara e tentou não passar a impressão de que a estava perseguindo, de que ela era seu alvo, e que seu objetivo não era alcançá-la antes que ela pudesse desaparecer de novo.

Ela olhou para trás sem diminuir o ritmo e chamou um cabriolé. Quando o cocheiro parou o cavalo um pouco à sua frente, Marcus correu para alcançar o veículo e subiu atrás dela antes que as portas da frente pudessem se fechar. Ela não deu nenhum indício de que estava surpresa com a aparição dele, mas também não o encarou. Apenas olhou para a frente como se tivesse o poder de dissipar a névoa invasora.

— O que estava fazendo lá? — perguntou ele. — Na casa de lorde Podmore. No escritório.

— Beijando você.

Fora por isso que ela tinha fugido? Porque havia gostado do beijo tanto quanto ele? Porque sentira o fogo ardendo entre os dois?

— Antes disso. À primeira vista, eu diria que você estava tirando fotografias, mas nunca vi uma câmera tão pequena.

— Suspeito que há muitas coisas que nunca tenha visto, Marcus Stanwick. — O cabriolé começou a desacelerar. — Vou descer aqui. Você deveria continuar.

Ela entregou algumas moedas para o cocheiro quando a carruagem parou. Depois que as portas se abriram, saltou com a graciosidade contumaz e começou a andar rápido. Ele saltou em seguida e apressou-se a caminhar ao lado dela.

— Você não vai se livrar de mim tão fácil. Tenho muitas perguntas.

— Isso não significa que eu tenho as respostas para elas. Ou, se tiver, que vou dizer alguma coisa.

De repente ela se virou e seguiu por outra rua.

Houve um tempo em que ele conhecera apenas as áreas mais elegantes e nobres de Londres. Agora estava bem familiarizado com os cantos mais obscuros, sabia que ela o estava levando para as garras do perigo, mas ficou surpreso com a confiança com a qual ela percorria as ruas escuras de paralelepípedos, como se reinasse sobre aquele mundo de bandidos e assassinos que mal a olhavam, apesar de seu traje provocante. Ela ignorou as prostitutas — com saias levantadas para revelar tornozelos, joelhos ou coxas — encostadas nas paredes de tijolos, esperando ganhar alguns xelins em um beco próximo ou em quartos alugados por quinze minutos. Ela aparentava ser uma mulher com um propósito, e ele tinha quase certeza de que tal propósito envolvia fugir dele. Não que ele a culpasse. O encontro deles havia terminado mal na taverna, e as palavras dela antes de sair do escritório de Podmore o atingiram como flechas.

— Há um bar mais adiante. Podemos conversar lá — disse ele.

— Não olhe para trás, estamos sendo seguidos.

Marcus usou cada gota de força de vontade que possuía para não olhar por cima do ombro. Agora entendia por que ela caminhava com pressa, fazendo curvas e tomando caminhos estranhos. Virar esquinas lhe dava a chance de olhar pelo canto do olho sem parecer fazê-lo, para que pudesse ter uma ideia de quem estava atrás deles.

De repente, ela entrou em um beco. Enquanto a seguia, Marcus virou a cabeça apenas alguns centímetros, mas o suficiente para avistar um tipo ameaçador, talvez dois ou três. Havia luz o suficiente na rua para que ele pudesse ver que Esme havia parado e estava de frente para a entrada do beco, pulando nas pontas dos pés como um boxeador se preparando para uma luta.

— Corra para o outro lado, fuja, vá para sua casa — disse ele, tirando duas facas afiadas de dentro do paletó. — Vou me livrar deles e encontro você lá.

— Não seja ridículo.

Havia mulher mais teimosa na Inglaterra?

— Esme...

Mas seu argumento foi interrompido por quatro homens — ele obviamente não tinha visto todos — que entraram correndo no beco. Com um sorriso malicioso, o maior deles deu um passo à frente, enquanto os outros se espalharam atrás dele, todos empunhando facas.

— Parece que vamos nos divertir, hein?

O ruído de aço deslizando contra aço ecoou entre os prédios. Marcus olhou de soslaio para Esme e ficou surpreso ao vê-la segurando uma espada — não... não era uma espada, e sim um florete —, enquanto seu guarda-chuva havia sumido. Será que havia uma lâmina escondida no guarda-chuva, assim como havia uma câmera no relógio de bolso?

Ela assumiu a postura de uma esgrimista.

— Podem vir.

Desafiar os agressores não era a tática que Marcus teria escolhido, mas ele não teve tempo para pensar enquanto se lançava na frente dela, bloqueando os dois que decidiram atacar. Ele usou o elemento--surpresa como vantagem. Como os homens esperavam lutar contra uma mulher e anteciparam uma vitória fácil, ele conseguiu cravar uma faca em um e cortar a barriga do outro. Quando o segundo salteador uivou de dor e se inclinou para se proteger de outro golpe, Marcus o derrubou com um soco no queixo.

Virando-se para os outros dois que agora enfrentavam Esme, Marcus ficou boquiaberto pela habilidade dela na luta, pelos grunhidos e gritos de surpresa dos homens quando ela conseguiu cortar uma bochecha, um braço, uma mão. Marcus agarrou o maior — o que ele nunca mais queria ver sorrir —, girou-o e se preparou para esfaqueá-lo.

No último momento, o bandido bloqueou o golpe e o empurrou para trás. Ele deu dois passos para recuperar o equilíbrio, mas o agressor se atirou contra ele. Marcus agarrou a camisa do malfeitor e os dois rolaram no chão. Socos e facadas cortavam ar e carne com tanta rapidez e propósito que havia pouco tempo para pensar e criar estratégias. Só havia tempo para reagir, e Marcus conseguiu rolar para longe, ficar de pé e chutar o rosto do homem antes que ele também se levantasse.

Ele deu um golpe, depois outro, mas o brutamontes conseguiu girar as pernas e puxar as de Marcus. Então, pulou em cima dele com os punhos prontos para o ataque. Marcus o esfaqueou na lateral do corpo, mas os golpes ainda vieram. Ele puxou a faca com a intenção de acertar o coração, mas o agressor agarrou a mão de Marcus que segurava a arma e se ergueu para usar a vantagem de seu peso. Então, sorrindo maliciosamente, guiou a ponta afiada em direção ao pescoço de Marcus. Ele resistiu, tentou empurrar o agressor, mas algo estava errado... sua força parecia estar vacilando.

De repente, o homem ficou imóvel, arregalou os olhos e cuspiu sangue. Ele caiu sobre Marcus como uma tonelada de tijolos tombados de um andaime. Olhando por cima do ombro do homem, Marcus viu Esme de pé, florete em mãos. Ele não conseguia ver nada além dela. Onde estava o quarto sujeito?

Ela se ajoelhou e empurrou o homem de cima dele. Então, tocou em seu ombro, e Marcus viu estrelas de dor.

— Você está ferido.

Em algum momento, embora ele mal se lembrasse, o último agressor tivera sorte com a faca.

— Se quiser voltar para minha casa, posso cuidar do seu ferimento — afirmou ela.

Atacantes. Violência. Sangue. Ela estava encarando tudo com muita calma, quando a maioria das mulheres que conhecia já estaria em lágrimas, desmaiada ou teria saído correndo. A Princesa de Gelo. Nem mesmo esse apelido parecia mais apropriado. Gemendo, ele se forçou a sentar e a encarou.

— *Quem* é você?

— Esme Lancaster.

Por Deus, ele não estava se referindo ao nome dela. Ele queria saber mais.

— *O que* diabo é você?

— É complicado...

— Sou um homem inteligente com capacidade de compreender coisas complicadas.

Esme olhou para a carnificina ocorrida ali no beco e por um segundo Marcus pensou ter visto em seu rosto delicado um lampejo de arrependimento, talvez até de remorso, antes que ela escondesse qualquer emoção, quase como se não pudesse ousar ser vista tão vulnerável. Ela o encarou, os olhos brilhando com determinação:

— Uma agente da Coroa e protetora da rainha.

Capítulo 6

Dois agressores estavam mortos. Um pelas mãos dela, outro pelas mãos de Marcus — o homem que agora estava sentado à mesa de madeira grossa em sua cozinha enquanto ela fervia um pouco de água. Ele havia nocauteado o terceiro bandido. O quarto sobreviveria aos ferimentos se o comparsa acordasse logo, o que decerto aconteceria porque antes de ajudar Marcus a sair do beco Esme dera um forte tapa no sujeito para que ele acordasse.

Eles trocaram de cabriolé três vezes até a casa dela. Era importante se certificarem de que ninguém mais os estava seguindo e também para dificultar que qualquer pessoa investigasse seus rastros nos próximos dias. Marcus Stanwick não perguntou por que ela estava tomando tais precauções. Na verdade, ele não disse uma única palavra depois que ela revelara sua profissão. Esme não sabia se o silêncio era uma indicação de que ele acreditava nela ou não. Não que isso importasse.

Após tirar o casaco, o colete e a gravata, ele estava agora desabotoando a camisa encharcada de sangue, e ela se esforçou para não o imaginar sem roupa. Não era o momento apropriado para querer acariciar a pele macia, e também não podia se sentir atraída por ele. Esme tirou uma garrafa de rum do armário que ela suspeitava que a cozinheira usasse mais para consumo pessoal do que para cozinhar. Serviu um pouco em um copo que colocou ao alcance dele e então ajudou-o a tirar a camisa. Com um pedaço de pano, ela enxugou o rastro de sangue da ferida que escorria pelo ombro esquerdo até o peito e tinha cerca de quinze centímetros.

— É um corte feio. Não é muito profundo, mas precisa de cuidados para evitar uma infecção. Posso costurá-lo ou mandar chamar um médico.

De repente, ela sentiu os dedos dele acariciaram algumas mechas de seu cabelo, como se estivesse hipnotizado por elas.

— Tudo o que sei sobre você é mentira?

— Meu nome *é* Esme.

Marcus a encarou. Se ela não tomasse cuidado, se afogaria naquelas profundezas azuis.

— Quer que eu dê pontos no ferimento?

— Você é capaz de fazer um trabalho bem-feito?

— Fiz um bom trabalho quando precisei remendar meus próprios ferimentos.

Ele semicerrou os olhos, como se duvidasse do que acabara de ouvir. Mas, ela havia, de fato, dado pontos em si mesma.

— Pode me costurar, então.

O sangramento havia diminuído bem, mas ela empurrou o copo na direção dele.

— Beba o rum. Vai ajudar a amenizar o que está por vir. Vou pegar o que preciso.

Na verdade, o que ela realmente precisava era recuperar sua indiferença. Esme não gostou nada da aflição que sentiu ao vê-lo ferido. Não gostou da preocupação que quase a fez esquecer a cautela. Não gostou da vontade que teve de oferecer seu colo como uma almofada para que ele pudesse deitar a cabeça, e ela pudesse acariciar seu cabelo e sussurrar que ficaria tudo bem.

Marcus a detestava, embora o toque gentil no cabelo dela estivesse longe de demonstrar ódio. Ele com certeza devia estar desnorteado pela perda de sangue e dor. A ternura em sua voz sumiria assim que ele se recuperasse. *Tudo o que sei sobre você é mentira?*

Ela odiava se questionar se Marcus gostaria de sua verdadeira identidade.

Ela voltou para a cozinha com a caixa de suprimentos para o curativo. O copo estava vazio, e Marcus segurava o pano amassado contra o ombro, seu rosto tenso por causa da dor. Ela se sentou e de novo pegou o rum. Serviu-se de um copo e derramou um pouco nas mãos, e então esfregou-as e secou-as. Num ato de agilidade, antes que ele pudesse impedi-la, ela derramou rum sobre a ferida.

Ele respirou fundo com os dentes cerrados.

— Jesus! Esqueci que você poderia sentir prazer em me torturar.

— Não seja um bebê chorão.

Ela se acomodou na cadeira e abriu a caixa, grata por não estar trêmula de ansiedade. Devia sentir algum nível de satisfação pelo sofrimento dele, ainda mais depois das coisas horríveis que ele dissera, mas não sentia nada disso.

— Beba todo o rum.

Ele a encarou e virou o copo. *Aquele* olhar a satisfazia... Não parecia tão hostil quanto antes. Talvez, quando tudo passasse, eles pudessem trabalhar juntos — ela cumpriria sua missão, ele restauraria a honra da família. Mas agora não era hora de pensar nisso. Com uma agulha de aparência perversa e uma linha grossa, Esme começou a trabalhar.

Marcus não estremeceu, ficou imóvel como uma estátua enquanto ela perfurava sua pele e começava a costurar. Os ombros dele eram bem largos, e ela imaginou como seria gostoso deslizar as mãos sobre eles. Ou como seria aconchegante estar nos braços dele, com seus músculos fortes, que se tensionaram quando ela o furou pela primeira vez. Ele era um belo espécime, uma perfeição para o pincel de um artista. Esme teria adorado pintá-lo na juventude, na época em que se considerava talentosa com tintas sobre uma tela.

— Você tirou fotografias no escritório, não foi?

Deixando de lado as lembranças de seu passado inocente, Esme voltou a se concentrar em sua tarefa. Ela até podia mentir, mas, depois do que havia revelado, não fazia mais sentido.

— Sim, estava.

— Nunca vi uma câmera tão pequena.

— Duvido que alguém já tenha visto. Como pode imaginar, o Ministério do Interior tem acesso a inventores incríveis. A câmera disfarçada de relógio de bolso é um protótipo.

— Suponho que esses inventores também tenham arquitetado seu guarda-chuva. Achei que você só receava derreter na chuva, por se achar tão doce quanto açúcar.

— Bom, ele também é útil para quando quero me manter seca...

Esme podia sentir o olhar dele fixo nela. Ela não queria que Marcus gostasse dela, não queria gostar dele. Era mais seguro assim. Não podia arriscar se preocupar com nada nem ninguém, porque aquilo poderia fazê-la hesitar diante de um perigo — ou, pior, colocar em risco alguém por quem tinha sentimentos. Ela vivia uma vida solitária, embora não fosse sozinha. Ou, pelo menos, não acreditava ser. Brewster também trabalhava para o Ministério do Interior, e eles costumavam ficar conversando até tarde da noite. Além disso, ela tinha Laddie. Suas obrigações a mantinham ocupada demais para qualquer outra coisa.

— Meu pai sabia a verdade sobre você?

Ela negou com a cabeça.

— Acho que ele nunca suspeitou, mesmo depois de preso.

— Você foi a responsável pela prisão dele?

Ele soou irritado, mas ela presumiu que seu tom de voz tinha mais a ver com a dor do ferimento. Ela preferia dar pontos menores, pois desde que aprendera a costurar suas próprias feridas descobrira que eles resultavam em cicatrizes mais discretas. Estava quase na metade da tarefa, e a conversa estava distraindo os dois.

— Não. Consegui poucas informações do seu pai e ainda estava tentando descobrir mais. Eu sabia que havia um encontro marcado, seu pai deixou escapar o dia e o local, e estava ao mesmo tempo ansioso e temeroso a respeito da reunião. Suspeito que ele estivesse começando a duvidar de que aquilo tudo era uma boa ideia.

— Então você também mentiu sobre isso. Ele conversou com você sobre os planos dele.

Ele escolheu as palavras com cuidado, evitando ser vulgar como antes, e Esme imaginou se seria por receio de que ela enfiasse a agulha em sua ferida com mais força do que o necessário. Ela não tinha dito a verdade antes por estar zangada com as insinuações dele, por sua falta de respeito. E também porque não queria que ele suspeitasse de sua verdadeira identidade, já que não confiava nele. Até onde sabia, Marcus podia ser um substituto do pai no grupo de traidores.

No entanto, não era só uma questão de confiança. Esme Lancaster era muito boa em guardar segredos. Ela conhecia os segredos de duques e duquesas, lordes e damas. Conhecia os segredos de plebeus, de filhos legítimos e de filhos não tão legítimos assim. Conhecia os segredos de príncipes e princesas, reis e rainhas. Sabia com exatidão onde corpos estavam enterrados — até porque, muitas vezes fora ela quem os enterrara.

E assim o hábito fazia com que guardasse segredos, esmagando-os em seu peito até o ponto de quase sentir dor, tornando-os tão pequenos que praticamente deixavam de existir. Mas estava cansada de guardar os segredos do duque, pois isso fazia aquele belíssimo homem pensar o pior dela. Um homem injustiçado, com a honra destruída e obrigado a pagar pelos pecados do pai, colocando-se em perigo, esforçando-se para descobrir a mesma coisa que ela buscava. No beco, ele queria que ela fugisse, enquanto ele enfrentava o perigo sozinho. Ele havia ficado para lutar ao seu lado.

Poderiam ser aliados — se ela contasse apenas parte da verdade de forma cuidadosa. Bastava não revelar nenhum segredo que a transformasse em uma traidora, nada que pudesse levá-la à forca.

— Eu o segui naquela noite, escondida. Ele foi a uma taverna vazia e abandonada perto de Spitalfields. Fiquei surpresa quando foi preso lá. Parecia que a Scotland Yard estava esperando por ele. Sabiam que estaria lá.

— Alguém o traiu?

— Parece que sim.

— Você mentiu sobre ter sido presa?

— Não.

— Acho difícil acreditar que uma espiã da Coroa seria interrogada e presa.

— O sucesso das minhas missões depende do sigilo. Ninguém sabe o que eu faço. E eu não deveria ter contado a você.

— E por que contou?

Ela puxou o último ponto, deu um nó e soltou a agulha.

— Não consegui pensar em uma mentira convincente para explicar o que você me viu fazendo.

Com um pano úmido, ela limpou com cuidado o sangue ao redor da ferida vermelha e inchada. Ele fora estoico e não tinha estremecido ou se mexido enquanto ela trabalhava. Estava claro que estava acostumado a sentir dor, e Esme imaginou que outras cicatrizes descobriria se analisasse o corpo dele inteiro. Então se amaldiçoou por desejar exatamente isso, até porque o que queria descobrir não tinha nada a ver com cicatrizes, mas com músculos e força. Fazia um bom tempo desde que se sentira atraída por um homem, que ansiara explorar todas as suas facetas. Por dentro e por fora. De cima a baixo. Ela nunca deveria ter permitido que seus lábios tocassem os dele, mas agora já era tarde, e estava lutando para não se perder mais uma vez na tentação proibida que era Marcus Stanwick. A tensão nos ombros fortes indicava que ele ainda estava com dor, mas não havia nada que ela pudesse fazer quanto a isso. Não tinha láudano, e a quantidade de rum necessária para aliviar a dor o deixaria com uma enorme ressaca na manhã seguinte.

Antes que pudesse pensar melhor sobre o que estava fazendo e se convencesse de que era um ato estúpido, Esme se inclinou e beijou a ferida costurada. Sentiu o exato instante em que ele ofegou, e como seus músculos se contraíram antes de ele ficar imóvel. Ela sabia que não havia lhe causado dor, e que a resposta do corpo dele tinha mais a ver com o que ela tinha feito. Como um lobo que farejara o rastro de sua companheira. Por Deus, sua mente não parava de criar fantasias. Talvez a compreensão de que sua vida ficara por um triz naquele beco finalmente a atingira, ou quem sabe porque estava cuidando dele. Havia muito tempo que ela não cuidava de alguém além de si mesma.

Com as bochechas em brasas de vergonha, ela se afastou e forçou seus olhos traidores a encarar os olhos azuis e desconfiados dele.

— Minha mãe sempre dizia que um beijo ajuda a curar mais depressa.

Quando criança, Esme tinha o costume de se machucar só para aproveitar o breve momento de ternura de uma mulher que sempre a fizera se sentir como se tivesse arruinado a vida dela, por ter sido concebida fora do casamento e forçado a mãe jovem a se casar com um soldado que não podia lhe dar a vida glamourosa que sempre desejara.

— Peço desculpas. Foi por força do hábito.

Apesar de aquela ter sido a primeira vez que beijara o ferimento de alguém.

Marcus estreitou os olhos incrivelmente azuis, e ela sentiu que ele tinha um comentário afiado na ponta da língua, um que talvez envolvesse sua promiscuidade e sua relação com o duque.

— Minhas palavras de despedida para você na taverna foram... desnecessárias.

A admissão era a última coisa que Esme esperava ouvir. Ele estava pensando em como ela havia se sentido ao ouvir aquelas palavras cruéis, no sentimento que conseguira penetrar nas rachaduras de seu coração e feri-la de uma maneira mais devastadora do que uma faca na carne. Ela arqueou uma sobrancelha.

— Você está tentando se desculpar porque acabou de perceber que tenho o poder de chamar os guardas da rainha para levá-lo amarrado a uma masmorra escura e úmida, onde nunca mais seria visto ou ouvido?

Os olhos azuis de Marcus pareceram brilhar com diversão, talvez até admiração, antes de voltarem a esconder qualquer emoção que pudesse deixar transparecer.

— Quando sugeri mais cedo que fôssemos a um bar, eu já tinha intenção de pedir desculpas, mas acabei me distraindo por ter que lutar pela minha vida. Me arrependi de ter dito aquilo no momento em que falei. Você não merecia ouvir aquelas palavras... assim como muitas outras que já falei.

Esme considerou atormentá-lo e insistir que ele revelasse quais outras palavras eram aquelas, mas não queria ter que reconhecer que algumas eram verdadeiras, mesmo que ele as considerasse apenas insultos ou provocações.

Por diversas vezes havia imaginado como seria bom tê-lo em sua cama, mas nunca revelaria isso a ele — Marcus poderia usar a informação como uma arma contra ela, e ele tinha o suficiente em seu arsenal para causar danos letais. Ainda assim, ela poderia desarmá-lo um pouco. Eles tinham lutado juntos fazia apenas algumas horas, mas ela precisava estar preparada caso não continuassem a parceria. Esme aprendera havia muito tempo a nunca subestimar a capacidade de um amigo ou inimigo de aniquilá-la.

— Compreendo por que tem uma opinião tão ruim sobre mim. Assim como formei uma opinião a seu respeito com base no que li nos folhetins de fofoca, você também se baseou em boatos para formar uma ideia sobre o meu caráter. Duvido que mude sua visão sobre minha pessoa, mas talvez ajude saber que meu relacionamento com seu pai nunca envolveu uma cama. — Levantando uma mão manchada com o sangue dele, ela balançou a cabeça. — Isso pode dar margem a que imagine, então, que fizemos coisas indecentes em outros móveis. Então vou ser bem clara: nós nunca tivemos qualquer tipo de relação sexual.

Marcus sentiu um alívio avassalador. Não tinha motivos para acreditar nela, mas ainda assim acreditava.

Talvez fosse porque seu ombro doía demais. Talvez fosse pelo toque suave dos dedos delicados depois de tanto tempo sem receber um carinho sequer. Talvez fosse a pressão dos lábios quentes em sua pele e o desejo que isso despertou nele — o desejo de que ela nunca se afastasse. Talvez fosse porque, se ele não a odiasse, se seu pai nunca havia ido para cama com ela, Marcus ficaria muito tentado a beijar de novo aquela mulher que não era nada do que ele achara.

— Ele disse que você era amante dele.

Ela arqueou uma sobrancelha.

— Está insinuando que ele não mentia? Que era um homem honrado?

— Na primeira noite em que estive aqui, você me disse que ele se encontrava com você por sexo.

— Não, eu disse que ele não me visitava para conversar, e era verdade, mas você presumiu, como a maioria dos homens faz quando se trata de mulheres, que eu só tinha uma coisa a oferecer.

— Então o que ele ganhava com a sua companhia?

— Essa é a grande questão, não é? Já me perguntei a mesma coisa muitas vezes. Ele me trazia presentes, mas nunca sugeriu querer mais de mim do que mera companhia ocasional. Eu o encorajava a passar tempo comigo, mas nunca tive que recusar avanços indesejados. Na verdade, às vezes eu me perguntava se não estava apenas aliviando a solidão dele, mas, como ele fez questão de tornar nossa relação pública, concluí que ele só me usava como isca. Se não estava em casa, no clube ou em um evento, ele com certeza estaria com a amante, não é?

— Ele nunca contou em que estava envolvido?

Ela negou com a cabeça.

— As visitas do seu pai nunca eram demoradas. Ele tomava um uísque e depois ia embora, provavelmente para alguma reunião. Brewster ou eu o seguimos algumas vezes, mas nunca o vimos se encontrar com ninguém. Se ele entrava em algum bar, sentava-se a uma mesa de canto sozinho. Se estava se comunicando com alguém, não era aparente. De vez em quando ele me levava ao teatro ou para jantar. Se estava passando mensagens na minha presença, era muito bom em fazê-lo sem ser notado. Nunca percebi nada suspeito.

— Sobre o que mais você mentiu?

Ela se levantou, foi até a pia, lavou e secou as mãos. Voltando à mesa, pegou algumas bandagens limpas e começou a enrolá-las em volta do peito dele, por cima do ombro.

— Eu nunca menti para você sobre nada importante.

— Mas você omitiu alguns detalhes que me levaram a tirar conclusões incorretas.

— É o que uma boa espiã faz: utiliza o máximo de verdade possível para não ter que relembrar uma narrativa falsa. — Ela terminou de fazer o curativo e soltou um suspiro profundo. — Tenho certeza de que tem muitas perguntas, mas as respostas podem esperar. Você está ferido, e eu estou muito cansada.

Ele passara pelo inferno em busca de respostas, então o que era um pouco de dor comparado a isso, ainda mais quando estava tão perto de consegui-las? Entretanto, percebeu a expressão pálida e cansada de Esme. Ela tinha provado sua coragem antes, mas sem dúvida o embate sugara suas forças, e ainda cuidara dele com uma ternura que Marcus não merecia.

— Amanhã vou interrogar você até desejar voltar para a prisão.

Ela abriu um sorriso irônico.

— Estou ansiosa por isso. Mas, por enquanto, posso mandar preparar minha carruagem para que volte para casa, ou você pode descansar aqui até recuperar suas forças.

Ele não tinha casa para voltar. Dormia em igrejas, em alojamentos baratos ou, quando não tinha dinheiro para um colchão, nas cordas: compartilhava um banco cercado por uma corda esticada na altura do peito, assim não cairia quando adormecesse. Não queria algo permanente para não se tornar um alvo fácil de encontrar. Não confiava em Esme, portanto, não devia dormir ali, mas ficar próximo dela poderia ser útil para obter mais informações, já que ela parecia saber de muita coisa. Disso Marcus não tinha dúvidas.

— Eu aceitaria uma cama de bom grado.

E você nela. Beijando minha pele de novo, corando ao fazê-lo. Ele nunca imaginou que ela seria do tipo que corava, mas as bochechas dela assumiram um tom carmim com o beijo, e ele gostaria muito de fazê-la pegar fogo da raiz do cabelo aos dedos dos pés. Marcus guardou esses pensamentos para si porque, depois de ter cuidado dele com tanto zelo, ela merecia ser tratada com todo o respeito que lhe fora ensinado. A roupa dela ainda estava manchada com o sangue dele.

— Certo — disse ela calmamente, levantando-se mais uma vez para lavar e secar as mãos. — É só subir a escada. Meu quarto é o primeiro à direita. Você pode escolher qualquer um dos outros três. Vou subir assim que arrumar a bagunça que fiz. Minha cozinheira vai arrancar minha cabeça se descobrir que usei sua amada cozinha como hospital.

— Eu ajudo...

— Não seja ridículo. — Ela recusou a oferta antes que ele terminasse de falar. — Você está ferido. Vá para a cama e descanse um pouco. Posso pedir a um criado que leve água morna.

Ela havia limpado bem a ferida e a área em volta dela quando fizera o curativo. Ele se pôs de pé, esperando encontrar forças para subir as escadas.

— Não há necessidade. Você está certa. Tudo que eu quero é dormir.

— Vejo você pela manhã, então.

Com um aceno de cabeça, ele pegou as roupas da beirada da mesa e saiu da cozinha. Longe de Esme, cedeu ao cansaço que se abateu sobre seu corpo como uma névoa pesada. Ficar imóvel enquanto ela costurava a ferida — quando quis grunhir e gemer com as constantes picadas, cutucadas e puxões — tinha cobrado um preço, tudo isso sem mencionar a perda de sangue. Ele achou que o ferimento não era tão grave, mas o vestido dela contava uma história diferente.

Ele chegou à escada, colocou o pé no primeiro degrau e congelou. Seu ferimento era do lado esquerdo. O vestido dela estava ensanguentado do lado direito, que ele havia utilizado como apoio. No entanto, também havia uma faixa escarlate do lado esquerdo do vestido que parecia uma pintura feita a dedo por uma criança. Por que o tecido estava manchado no lado esquerdo também? Por que havia muito mais sangue onde ele não se apoiara?

Seu coração acelerou e ele deu meia-volta, invadindo a cozinha com passos rápidos e pesados. Ela se virou. O vestido solto e amontoado em sua cintura revelava seios lindos e volumosos, e ele era um selvagem por reparar nisso enquanto um deles estava coberto de sangue. Em uma das mãos, ela segurava a agulha enorme e medonha, pronta para começar seu trabalho.

— Stanwick, saia daqui!

— Nem pensar. — Ele foi até a mesa e jogou as roupas ao lado do espartilho dela. — Por que não me disse que também estava ferida?

Àquela altura, a maioria das mulheres já teria se coberto, mas ela simplesmente continuou parada, corajosa, sem um pingo de vergonha enquanto o encarava com olhos furiosos.

— Eu não preciso de ajuda.

— Mas por que causar dor a si mesma quando vou gostar tanto de fazê-lo em seu lugar?

Esme encarou a mão estendida dele e, por um instante, ele viu o alívio percorrer o rosto dela — alívio por outra pessoa cuidar de uma tarefa desagradável.

— E você é habilidoso com uma agulha?

— Fiz um bom trabalho quando precisei costurar meus próprios ferimentos.

Ela contraiu os lábios.

— Você está usando minhas próprias palavras contra mim.

— Estou usando-as para tranquilizá-la.

Ele não sabia por que, de repente, era importante que ela confiasse nele.

Esme inclinou a cabeça ligeiramente, os olhos um misto de provocação e dor.

— Não estamos prestes a nos tornar amigos, não é? — perguntou ela.

— Não fale bobagem.

— Tudo bem, então.

Com um leve aceno de cabeça, ela lhe entregou a agulha antes de tentar relaxar na cadeira. Ele se sentou na outra cadeira, pegou sua camisa e a estendeu para ela.

— Gostaria de se cobrir?

Ela sorriu.

— Você é tímido, Stanwick?

— Seus belos seios são uma distração. Acho que seria melhor eu focar apenas no machucado, e não em como eu preferia estar passando a língua na sua pele a uma agulha.

Corando, ela pegou a camisa e apertou-a do lado direito do corpo, para que o tecido caísse sobre o seio ileso. Ele logo se arrependeu de ter pedido que ela se cobrisse. Passou um dedo sobre uma cicatriz irregular que corria ao longo do braço dela.

— Outro ferimento de faca?

— Vidro. Quando fugi por uma janela sem abri-la primeiro. Quem tem tempo para abrir uma trava, não é? Só houve um instante para jogar algo a fim de quebrar a vidraça e escapar.

Marcus afastou o braço dela para o lado com cuidado para ter mais acesso à ferida na lateral do seio. Com um medo repentino de machucá-la, ele se arrependeu de ter se oferecido para fazer aquilo.

— Pode começar, Stanwick. Bebi tanto rum que não vou sentir nada.

Ele assentiu e começou a trabalhar. Um grunhido sufocado revelou que ela estava, sim, sentindo algo.

— Pontos menores e mais próximos, por favor — falou ela. — Deixam uma cicatriz menos feia.

— Esta não será vista quando estiver vestida, mesmo usando corpetes mais baixos.

— Meus amantes verão.

Marcus sentiu o estômago dar um nó ao pensar em todos os homens que poderiam tê-la visto nua, e mais uma vez ficou grato por seu pai não ter sido um deles.

— Quantos você tem?

— Atualmente, nenhum.

Ele não soube por que sentiu tanto alívio.

— Mas você já teve amantes.

— Sim.

— E meu pai foi um deles.

— Não.

— Ele *nunca* tentou levar você para a cama? Nem mesmo com insinuações sutis?

— Não, e não teria conseguido nada se tivesse tentado. Não tenho problema em usar meus dotes e habilidades de flerte para obter informações de um homem, mas não abro as pernas para isso.

Ele levantou o olhar para encará-la.

— Não sei se já conheci uma mulher tão direta quanto você.

— Meu trabalho exige que eu faça muitos joguinhos, mas não faço isso na minha vida pessoal. Quantas amantes você tem?

Como quase tudo que ela dizia, sua pergunta poderia estar entalhada em pedra. Ele bufou com desdém.

— Nenhuma, já faz um bom tempo. Não há muitas mulheres que querem se envolver com o filho de um traidor.

— Mas você teve amantes quando ainda era o herdeiro de Wolfford.

— Como sabe disso?

— Faz parte da minha profissão saber tudo. Você é muito bom nisso, e rápido. Onde precisou se costurar?

— Facada na coxa. E você?

— Também. E já levei um tiro de raspão na cintura uma vez. Perdi um pedaço de pele.

— Uma bala atravessou minha panturrilha. Um cão raivoso me atacou uma vez. Rasgou a parte de trás do meu ombro. Não consegui alcançar para tratar a ferida direito. Não é uma bela visão.

— Ainda não tive o privilégio de ver suas costas. Eu não estava olhando quando saiu da cozinha. Você é muito mais bonito que seu pai.

Ele não queria ser comparado ao pai de forma alguma.

— Ai! — Ela olhou feio para ele.

— Desculpe.

Sem querer, ele havia cavado a agulha mais fundo do que pretendia.

— Eu não deveria ter mencionado seu pai. Não quero falar mais sobre ele hoje.

— Nem eu.

Marcus terminou de fechar o ferimento, amarrou a linha e a cortou da agulha. Se ela tivesse se movido para se afastar, se tivesse movido um músculo sequer, ele não teria feito o que fez em seguida. No entanto, ela continuou imóvel como uma estátua — não como as de mármore, a quem Griff a havia comparado, pois ela não parecia nada fria. Ele encontrou os olhos dela, que mostravam seu ardor, antes de abaixar a cabeça e beijar logo acima de onde o bandido a cortara. A raiva tomou conta dele. Se soubesse que ela estava ferida, teria feito questão de matar os outros dois.

Ele se afastou bem devagar.

— Só para garantir que cicatrize mais rápido — disse ele baixinho.

— Algo que não consigo fazer sozinha, não é? Obrigada.

O cabelo dela estava bagunçado, e ela ainda estava agarrada à camisa dele, cobrindo parte do corpo. Seu rosto estava sujo e tinha alguns hematomas. E ela ainda era a mulher mais bonita que ele já tinha visto. Marcus quis amaldiçoá-la por ficar mais linda a cada vez que a encontrava.

— Acho que sua cozinheira não vai se incomodar nem um pouco se encontrar a cozinha bagunçada.

Ela abriu aquele sorrisinho suave.

— Não vai, era apenas uma desculpa para que você fosse se deitar. Mas é melhor ir mesmo. Eu consigo me enfaixar sozinha.

Marcus não queria ir embora, não queria deixá-la sozinha, mas o que resultaria de bom se ficasse? Ajudar com seu curativo só faria com que ele tivesse ainda mais contato com sua pele macia, com que olhasse mais para aquele corpo tentador que tanto desejava, apesar da dor latejante em seu ombro. Esme também devia estar sentindo dor.

— Vou deixá-la terminar, então.

E deixou sua camisa também, levando apenas a jaqueta e o colete. Ele escolheu o quarto ao lado do dela na esperança de ouvi-la chegar, de que o barulho de seus movimentos reverberasse pela parede. Quando se acomodou na cama, estava determinado a ficar acordado até que ela estivesse segura em seu próprio quarto.

Mas sua determinação o traiu, e Marcus sucumbiu ao sono, onde Esme o esperava com olhos sensuais e cheios de promessas que ele aceitou de bom grado em seus sonhos.

Capítulo 7

Marcus acordou com a luz do sol passando por uma fenda estreita entre as cortinas. Considerando a dor em seu ombro, ele ficou surpreso por ter dormido tão profundamente. Pelo visto, os eventos da noite anterior demandaram demais dele.

Saiu da cama com cuidado e olhou para onde havia descartado sua calça. A peça estava manchada de sangue, e ele não quisera correr o risco de sujar algum móvel ou tapete. Mas a calça havia desaparecido.

Então, viu algumas roupas dobradas em uma cadeira perto da lareira. Havia um bilhete sobre elas, escrito em uma caligrafia delicada, mas forte. "Puxe a campainha para solicitar um banho." Sob o bilhete estava sua calça. Alguém havia lavado e a deixado secar na frente de uma lareira. A camisa, o colete e o casaco, também sem sangue e secos, foram remendados com pontos minúsculos e caprichados, como os de seu ombro. Obra de Esme, ele apostaria...

Marcus não tinha o que apostar, mas, se tivesse, arriscaria tudo na hipótese de que Esme havia feito tudo sozinha. Tinha se esgueirado tão silenciosa quanto o nevoeiro para pegar as roupas dele e feito o mesmo ao devolvê-las. Ele estivera exausto, mas ela continuou acordada. Será que estava dormindo agora? Ele duvidava muito.

O relógio na lareira revelava que eram pouco mais de dez horas, e ele não se lembrava da última vez que dormira até tão tarde. Seguindo a orientação do bilhete, ele puxou a campainha antes de se enrolar num lençol.

Você é tímido, Stanwick?

Ele sorriu ao se lembrar das palavras dela, então sentiu calor ao recordar a situação. Ela o encarando como se fossem íntimos, como se ele conhecesse cada centímetro do corpo dela. E como ele desejava conhecer...

Uma batida soou na porta.

— Pode entrar.

Brewster entrou carregando um balde, seguido por dois criados que colocaram uma banheira de cobre diante da lareira. O mordomo despejou a água fumegante nela e permaneceu depois de ordenar aos outros que trouxessem mais água.

— Vou fazer sua barba.

Marcus riu.

— Não confio em você com uma navalha perto de mim.

Brewster sorriu.

— Bem que ela disse que você era inteligente. Quando terminar o banho, o café da manhã será servido na sala de jantar.

Ele não parecia estar gostando nada daquilo, e olhava Marcus como se não confiasse nem um pouco nele.

— Ela está acordada?

Os olhos de Brewster se estreitaram, e ele apertou os lábios.

— Já faz um tempo.

— Onde posso encontrá-la?

O peito e os ombros do mordomo inflaram como um guerreiro se preparando para entrar em uma batalha. Ele era mesmo protetor de sua empregadora, Marcus podia atestar.

— Posso andar por aí até encontrá-la.

— Não se eu trancá-lo aqui.

— Você não acha que eu arrombaria a porta? Se decidir me enfrentar, Brewster, vai descobrir que estará sempre do lado perdedor.

— Não tenha tanta certeza disso. Mas pode encontrá-la no escritório.

— Ora, não foi tão difícil, não é?

Difícil foi manter a paciência enquanto traziam mais água. Ele tomou banho, fez a barba com a navalha e vestiu a roupa que estava com o cheiro dela. A casa não era pequena, mas seu arranjo era simples, e ele não teve problemas para encontrar o escritório. Aproximou-se em silêncio, e foi recompensado pela discrição ao encontrá-la em pé um pouco curvada atrás da mesa, com as mãos apoiadas na madeira, examinando diversos papéis espalhados. Seu vestido verde-escuro estava abotoado até o queixo e os pulsos. Não era tão provocante quanto o vermelho da primeira noite ou o dourado da noite anterior, mas de alguma forma era muito mais atraente porque o fazia pensar no prazer de desabotoá-lo bem devagar, abrindo caminho para sua língua explorar a pele macia. Desvendar o corpo dela por inteiro e se deleitar.

— É rude ficar espionando, Stanwick.

Ele murchou.

— Há quanto tempo percebeu que eu estou aqui?

Ela ergueu o olhar e o fitou com seus olhos castanho-dourados.

— Desde que você apareceu na porta. Como está seu ombro?

Ele começou a caminhar até ela.

— Dói infernalmente. — Ele parou diante da mesa. — Como está seu... — *Peito.* Ele se forçou a não pigarrear. —... ferimento?

Ela deu um meio-sorriso.

— Acho muito bonitinho o fato de você corar. Não esperava isso de você.

— Não estou corando. — Marcus tinha certeza de que estava. — Acabei de sair de um banho quente.

Ela deu um aceno mínimo com a cabeça.

— Ah, sim, claro... Bom, meu peito também dói. Pelo menos roupas de homens não são apertadas. Me recusei a usar espartilho esta manhã.

Ainda assim, ela tinha um corpo tão firme que nada parecia flácido ou fora de lugar.

— Ouso dizer que você não precisa de um.

— Nossa, um elogio? Eu que vou corar agora.

Ele engoliu outra refutação de que estava corando.

— Essas são as fotografias que você tirou ontem à noite?

— Isso mesmo. Uma lista de nomes. Venha dar uma olhada.

Marcus se aproximou o suficiente dela para inalar sua fragrância gostosa, bem como o leve aroma de uma rosa recém-desabrochada. Ela também havia tomado banho, e ele se esforçou para não a imaginar em uma banheira com gotas orvalhadas escorrendo por sua pele. Em vez disso, se concentrou nas imagens capturadas. Uma lista de palavras: *Pato. Canhão. Março.*

— Não tenho certeza se entendo o que essas palavras significam.

— Aparentemente são nomes dos envolvidos na trama. Tudo indica que são apelidos para dificultar que sejam identificados, mas eles não parecem ser muito inteligentes... Olhe aqui. — Movendo-se até pressionar o braço contra o dele, ela apontou para uma palavra. — Wolf... Você ou seu pai?

— Meu pai, óbvio. Caso contrário, eu não estaria aqui. Além disso, está riscado, o que deve indicar que ele não faz mais parte do grupo.

— Outros nomes também estão riscados.

— Deve haver mais de vinte aqui. Não esperava que tivesse tanta gente envolvida.

— Não acredito que sejam tantos. Acho que alguns são nomes falsos, um meio de nos despistar, de nos fazer procurar fantasmas. Ou então o documento todo foi pensado para nos fazer perseguir nossa própria cauda. Foi muito fácil encontrá-lo...

Será que o uso do plural se referia a eles dois ou a quem trabalhava com ela? Ela e Brewster, talvez. Marcus não gostava muito de se sentir excluído da equipe. Afastando-se dele, para sua decepção, Esme se sentou na cadeira atrás da mesa. Ele se apoiou na beirada da mesa.

— Como você sabia onde procurar?

Ela deu de ombros.

— A pessoa a quem me reporto sugeriu que eu poderia achar algo no escritório, que talvez Podmore esteja envolvido. Esconderijos em mesas não são incomuns, mas não são tão fáceis de se encontrar. Acho que levaria pelo menos uma hora para descobrir o que está na minha mesa.

— Isso é um desafio?

— Se você quiser que seja um...

Ele se sentiu tentado, poderia até começar a busca de imediato se sua barriga não tivesse decidido roncar naquele exato momento.

Ela ergueu a sobrancelha.

— Você não comeu?

— Eu queria ver o que você estava fazendo primeiro.

E queria se assegurar de que ela não estava acamada por causa do ferimento, que estava se recuperando. Precisava saber se ela estava bem, mesmo que fosse irritante ver seus pensamentos dominados por Esme.

— É melhor comer antes de ir embora.

Ele não deveria ficar tão incomodado por ela estar pronta para expulsá-lo da casa, mas ficou.

— Ainda não estou completamente curado.

— Você não parece estar tão mal assim.

— Se vamos trabalhar juntos, me parece que pode ser bom ficarmos próximos. Além disso, ainda tenho algumas perguntas. — Ele suspirou. — E não tenho para onde ir.

— E o seu irmão? Ou sua irmã? Ela é uma condessa, não? Deve ter muito espaço na casa dela.

— Não quero arriscar colocar qualquer um deles em perigo, embora tenha deixado minhas roupas com Griff. — Ele abriu um pouco os braços, e a roupa prendeu um pouco de seu movimento. — Estou usando as roupas dele.

Ela o encarou com um olhar sério.

— Para ficar claro, não sou a mulher promíscua que você achou que eu fosse. Se permanecer aqui, nosso relacionamento será puramente de negócios e nada mais.

— Eu não esperaria menos. — O que era mentira, pois esperava muito mais. Marcus voltou sua atenção para os itens na escrivaninha. — O que vai fazer com isso?

— Vou levar para Og.

— Og?

— Meu contato. Verei se ele consegue decifrar o significado dessas palavras.

— Então eu vou com você, certo?

— Se eu disser que não, você vai me seguir?

— Com toda a certeza.

Ela abriu um sorriso avassalador.

— Não esperava menos de você.

Ele não sentiria tanto prazer quanto sentiu com as palavras dela nem se recebesse os títulos e as terras que passaram por gerações de sua família.

Foi então que percebeu que Esme era muito mais perigosa do que pensara, pois estava começando a gostar dela de verdade.

Esme certamente tinha enlouquecido por estar andando pela estreita rede de túneis sob a cidade acompanhada de Marcus Stanwick, que segurava uma tocha para iluminar o caminho enquanto o Big Ben anunciava a chegada da meia-noite. Naquela tarde, em vez de buscar as roupas dele com o irmão, os dois foram a um alfaiate de roupas prontas que exigiam poucos ajustes. No começo, ele recusou a ideia de Esme pagar pelas roupas, mas ela logo o lembrou que havia ganhado muitos presentes caros do duque, então estava apenas retribuindo o favor. No entanto, para desespero de Esme, o homem parecia ainda mais bonito vestindo trajes do dia a dia.

Ela ficou incomodada com o alívio que a dominou quando ele admitiu não ter para onde ir e que, portanto, seria melhor ficar na casa dela. Para seu desgosto, ela também apreciava a ideia. Divertia-se ao discutir com ele, provocá-lo. E gostava mais ainda do jeito que Marcus a olhava, como se estivesse pensando em devorá-la por inteiro.

E quando ele corava... Por Deus, a visão do rosto vermelho dele causava sensações estranhas em seu peito, como se ele ficasse quente e apertado, ao mesmo tempo que parecia prestes a explodir. Era muito estranho sentir aquilo, sentir *alguma* coisa, especialmente algo que parecia tão maravilhoso. Não que a relação dos dois pudesse ser mais que algo físico, ainda mais depois que ele descobrisse a verdade sobre ela. Bom, talvez isso pudesse ser evitado se ficassem apenas no escuro... Mas, mesmo pensando em tudo aquilo, Esme tinha certeza de que qualquer coisa entre eles não seria apenas um golinho para matar a sede. Seria algo cheio de paixão e anseio por mais.

Ela queria muito mais que apenas uma noite de furor. Queria que ele fizesse amor com ela. Talvez até que a amasse.

Ela devia mesmo estar louca.

— Como você encontrou esse lugar? É praticamente medieval — resmungou ele atrás dela, sua voz ecoando pelas paredes e pelo teto cheio de constantes goteiras do Tâmisa.

— Me deram um mapa. Não é tão difícil de andar por aqui quando se conhece o caminho, e eu também explorei por conta própria.

— Claro que explorou... A curiosidade matou o gato, sabia?

— A falta de curiosidade matou muitos mais. — Parando, ela o encarou. — Olha só quem fala... Você não está em uma missão para descobrir a verdade sobre seu pai? Acho que isso também é considerado curiosidade.

— Creio que seria mais redenção, vingança e restauração da honra do que curiosidade.

— Og não vai ficar nada feliz por eu ter trazido você. Ele é meio excêntrico, tende a ficar nas sombras durante a maioria dos encontros, então não se ofenda se ele não fizer você se sentir bem-vindo.

— Esse tipo de coisa não me ofende mais.

— E ofendiam quando você era herdeiro de um ducado?

— Fico envergonhado de admitir, mas eu era um idiota arrogante.

— Você ainda é arrogante...

Mas agora sua arrogância não era mais a mesma depois de mais de um ano de dificuldades, humilhações e traições. As chamas da tocha capturaram o brilho de diversão nos olhos azuis, e ela teria adorado ouvir sua risada, vê-lo feliz e sem preocupações. A história do pai dele o havia envelhecido, e ela amaldiçoou o duque por isso, pelas ações que destruíram a própria família. Antes que Marcus pudesse perceber a culpa crescente que ela sentia por ter participação em tudo aquilo, Esme se virou e continuou a caminhar.

A passagem ficou mais estreita antes de se alargar de novo e se abrir em uma alcova iluminada por tochas em arandelas estrategicamente posicionadas para que os cantos permanecessem no escuro. Sem dar chances de Marcus levantar a tocha que segurava para clarear o canto onde sabia que Og estava, Esme pegou o objeto e o colocou em uma arandela vazia no corredor.

— Não saia daqui — ordenou ela baixinho.

— Nada de explorar?

— Não.

— Esse lugar é sinistro como nos livros do Benedict Trewlove.

— Se estivéssemos em um livro dele, encontraríamos um cadáver.

— Então você lê os livros do meu cunhado?

Trewlove havia se tornado escritor muito antes de descobrir que era um nobre. Ela deu um sorrisinho e imaginou que outros gostos os dois podiam ter em comum, principalmente na cama.

— Tenho o último lançamento dele em casa, se quiser ler.

Ele assentiu. Esme não deveria ficar tão animada por ter algo que ele desejava, mesmo que fosse algo simples. Então, voltou sua atenção para a alcova.

— Eu sei que está aqui, Og. — Misturado ao cheiro de mofo dos túneis havia o cheiro persistente do tabaco que ele usava em seu cachimbo. — Este é Marcus Stanwick. Nós unimos forças.

O barulho de ratos correndo, o guincho ocasional, os sons de tremor e água corrente poderiam assustar alguém mais medroso, mas ela ignorou tudo porque era apenas parte da encenação de Og para parecer mais ameaçador. Ela ergueu o pacote que carregava.

— Encontrei o documento que você suspeitava existir. Aqui estão as fotografias. Não parece tão útil quanto esperávamos.

— Talvez você não saiba o que está procurando.

— E o que seria isso?

— Nomes de traidores. Como o pai dele.

Ela sentiu o desgosto e ódio na voz dele. Stanwick deu um passo à frente.

— A traição do meu pai é a razão de eu estar aqui. Estou trabalhando com a senhorita Lancaster para ver se conseguimos ver as palavras e ações do duque sob uma perspectiva diferente que nos leve a decifrar quem diabos estava comandando meu pai, pois sei muito bem que ele não era o mestre de marionetes, apenas um fantoche.

— De quem você suspeita? — A pergunta veio do canto escuro.

— Com certeza não vou revelar nenhuma das minhas suspeitas a alguém que se esconde nas sombras.

A risada rouca do homem ecoou pela alcova.

— Não vou me revelar para alguém que não confio. Deixe as fotos. Assumiu um grande risco trazendo-o aqui, Lancaster. Me faz questionar a nossa confiança em você. Se continuar a trabalhar com ele, não compartilharei mais informações com você. Estará por conta própria.

Por um instante, ela considerou defender sua decisão, mas aprendera anos antes que se defender só servia para aumentar as suspeitas dos outros e partir seu coração. Ninguém acreditava, ninguém queria ouvir. Fazer alguém mudar de ideia exigia ações, não palavras, mesmo quando tais ações pudessem colocar a vida de alguém em perigo.

— Essa é sua prerrogativa, Og. Minha tarefa é ajudá-lo, e continuarei a fazer isso. Se descobrirmos alguma coisa importante, eu aviso.

Então, ela caminhou até a conhecida mesa velha e frágil, jogou o pacote sobre ela e retornou para a entrada do corredor. Pegou a tocha da arandela e congelou quando sentiu a mão de Marcus cobrir a dela, puxando-a levemente.

Esme soltou a tocha e a entregou para ele. A expressão dele não dava nenhum indício de que estava zombando dela — na verdade, ela até pensou ter notado certo respeito, embora talvez fosse coisa de sua cabeça —, e então ele fez uma pequena reverência e indicou que ela deveria guiar o caminho.

Ela não perdeu tempo e seguiu pelo corredor, imaginando se seria possível andar mais rápido que seu coração acelerado. Estava dominada por pensamentos que gritavam em sua mente, implorando para que explicasse por que diabos resolvera confiar em um homem que mal conhecia — um homem que fazia com que ansiasse por coisas que nunca fora destinada a ter.

— Ele me pareceu meio palerma — comentou Marcus em tom irônico.

A carruagem dela estivera esperando a algumas ruas de distância, e agora, sentado diante de Esme, ele se perguntou se alguém a conhecia de verdade.

— Ele não pareceu gostar muito de você.

— O sentimento é mútuo. Quem é ele?

— Como pode imaginar, quanto menos souber sobre seus colegas nesta profissão, melhor. Somos um grupo misterioso, inclusive um para o outro. Assim, quando recebi essa tarefa, o ministro do Interior o apresentou apenas como Oglethorpe. Já ouvi algumas pessoas o chamarem de "Ogro", decerto por conta de seu mau humor e por causa de sua aparência. Se ele tivesse saído das sombras, você teria visto que ele é um pouco corcunda.

Pelo recente encontro, Marcus achava "Ogro" bastante apropriado pela personalidade do homem, mas achou interessante que ela se referisse ao comparsa apenas como Og. Pelo visto, ela não gostava de oprimir ninguém, embora a noite anterior fosse uma prova de que ela tinha as habilidades para fazê-lo se quisesse.

— Ele deu a impressão de que se considera seu superior.

— Nosso relacionamento é estranho. A responsabilidade de garantir que o plano contra a rainha falhe é minha. Devo ajudar, mas também sigo meu próprio caminho, procuro minhas próprias pistas. Investigo o que acho suspeito. Fiquei surpresa que minha associação com você o tenha irritado a ponto de ele me liberar, mas talvez ele estivesse apenas esperando uma desculpa. Já discordamos algumas vezes.

— Acho que você está subestimando seu valor. Aposto que ele tem inveja de suas habilidades, teme ser ofuscado.

— Outro elogio? Cuidado, hein? Vai me fazer corar.

Com certeza ele gostaria de fazê-la corar, do topo da cabeça até a ponta dos dedos dos pés, mas por motivos mais ardentes. Esme não agia mais de forma tão fria quanto no começo, mas, ainda assim, Marcus sentia que havia ainda mais fogo nela.

— Você vai contar aos seus superiores sobre o que aconteceu com o Og esta noite?

— Não. Eles podem concordar com ele e decidir me retirar do caso. Dediquei muito tempo a essa história e quero continuar até o fim.

— E qual é o plano agora?

— Ficar bêbada.

A risada dele ecoou na carruagem. O lampejo de um sorriso dela iluminado pelos postes da rua deu a ele uma sensação de quase euforia. Há quanto tempo ele não era... feliz? Mesmo que por apenas alguns segundos?

— Estou falando sério.

— Eu também. Já passa de meia-noite, tarde demais para tentar descobrir algo sem um objetivo específico. Meu machucado está doendo e...

— Quer outro beijo?

— Comporte-se, Marcus Stanwick. — O tom severo fez com que ele a imaginasse com uma régua prestes a bater em seus dedos, como uma professora. — Seu ferimento é bem mais extenso, deve estar doendo também.

— Aprendi a ignorar as dores e os sofrimentos que aparecem na minha vida.

— Ao contrário do que li nos folhetins de fofoca, você não é bem o homem despreocupado e um tanto frágil que eu esperava.

— Não tive escolha.

— Pelo contrário. Como falei antes, você poderia ter seguido uma direção diferente, encontrado um emprego bom em algum lugar.

— Fui criado para acreditar que trabalhos manuais não são honrados.

— Mas espreitar nas sombras é?

Ele havia passado a gostar mais da escuridão do que da luz que sempre brilhara em sua vida.

— Descobri que me sinto mais à vontade nas sombras — disse ele.

— Elas são boas para se esconder.

— E do que você está se escondendo? — perguntou ele.

— Do mesmo que você: o meu passado.

Será que ela contaria a verdade se ele a questionasse sobre sua vida? Marcus duvidava que Esme confiasse nele a esse ponto. Com certeza não confiava *nada* nele. A facilidade com que ele lhe fazia confissões era algo que o incomodava. Ela o incitava a desejar um futuro que não incluísse apenas tristeza. Um futuro em que ele estaria de volta à alta sociedade — não como um lorde, mas como um homem de honra que era bem-vindo aos lugares. Era por isso que estava envolto na escuridão agora, esperando pela luz.

Marcus olhou pela janela da carruagem e agradeceu em silêncio por reconhecer os arredores, por saber que estavam se aproximando da casa dela. A carruagem parou e Brewster apareceu para abrir a porta e ajudar Esme a descer sem dizer uma única palavra. O olhar dele para Marcus, no entanto, dizia muito. O mordomo, ou seja lá o que fosse, não gostava nada dele, não confiava nele e queria que ele fosse embora. O sentimento era recíproco.

Marcus seguiu Esme até a sala, onde ela foi direto para o aparador de bebidas e encheu dois copos com uísque. Estendeu um para ele antes de se sentar na poltrona que ocupara naquela primeira noite. Depois que ele se sentou, ela ergueu o copo.

— Saúde.

Os dois se olharam e cada um tomou um gole. A tensão que crescia nele pareceu diminuir um pouco. Ela bebeu mais um pouco, então pousou o copo na mesinha e levantou a tampa de uma caixa de madeira.

— Quer um charuto?

— É a primeira vez que uma mulher me oferece um charuto.

Ela pegou um, colocou-o entre os lábios, acendeu um fósforo e segurou-o na ponta do charuto até ela brilhar. Então, tragou e soprou pequenos círculos de fumaça no ar.

— Isso é um sim?

— É, sim.

Esme ficou de pé e cruzou a curta distância até ele. Quando ele levantou a mão para pegar o charuto, ela o moveu para fora do alcance dele e seus olhos castanhos reluziram em desafio. Foi só quando ele baixou a mão que ela levou o charuto para mais perto, até ficar a um centímetro da boca dele. Marcus abriu a boca e ela encaixou o charuto em seus lábios. Enquanto tragava, ele tentou não pensar em como seus lábios estavam tocando o mesmo lugar que os dela haviam estado poucos segundos antes.

Ela voltou para sua poltrona e preparou um charuto para si mesma.

— Nunca vi uma mulher fumar.

— Você tem uma lista e tanto de coisas que *nunca* viu, Marcus Stanwick.

Era estranho o quanto ele gostava das provocações dela.

Ela estudou a ponta brilhante do charuto e então olhou para a lareira vazia.

— Eu tinha 12 anos na primeira vez que fumei, então ainda não era uma mulher. Roubei um charuto do escritório do meu pai. Quando minha mãe me descobriu atrás dos estábulos, sem dúvida a ponto de passar mal, me pôs de castigo num canto segurando a caixa pesada de charutos do meu pai por... bem, ela disse que foi apenas por uma hora, mas para mim pareceram dias. — Ela voltou sua atenção para ele. — Ela pensou que a punição me deixaria dócil, obediente, mas só fez com que eu me rebelasse ainda mais, desejasse o proibido.

Como se precisasse lavar o gosto amargo da história de sua língua, ela virou o resto do uísque como um marinheiro que acabara de atracar. Então levantou-se, encheu o copo de novo e, com a garrafa na mão, reabasteceu o copo dele antes de voltar para a poltrona, dar outra tragada e mais um gole. Ela colocou a garrafa na mesinha de centro, ao alcance, indicando que realmente pretendia ficar bêbada. Se fosse paciente e desse tempo para o uísque fazer efeito e soltar a língua dela, talvez Marcus conseguisse arrancar algumas respostas para as perguntas que o atormentavam. Tomando um gole de seu próprio copo, Marcus saboreou a sensação de queimação, determinado a esperá-la...

No entanto, estava muito tentado a acompanhá-la na embriaguez, quem sabe passar de bebidas e charutos para peles sedosas e curvas tentadoras — tesouros escondidos que poderiam fazer um homem se perder.

— Seu pai era mesmo o bêbado do vilarejo?

— Não. E, como tenho certeza de que já deve ter imaginado, o relógio de bolso nunca foi dele. — O olhar dela se suavizou, cheio de ternura. — Ele era um oficial do Exército da rainha. Raramente estava em casa, mas quando estava, me colocava no colo dele e me assegurava que seu trabalho era cuidar de monstros para que eu ficasse sempre segura. Quando eu tinha 12 anos, ele foi mandado para a Crimeia. Mamãe e eu nos despedimos dele na estação de trem. Eu não queria que ele fosse embora, então me agarrei a ele e chorei, morrendo de medo de que ele não fosse voltar. Ele se ajoelhou na minha frente e disse que precisava ir para proteger a família, os compatriotas e a pátria. Que ele precisava ir pela rainha. Que, se as pessoas boas não fizessem nada, as pessoas más venceriam. Um ano depois, ele morreu em batalha... Pelo menos suas ações foram imortalizadas em poesia.

Marcus sentiu seu peito apertar com o tom de voz triste de Esme.

— Por acaso seria a "A Carga da Brigada Ligeira"?

Ela assentiu de modo quase imperceptível.

— Acho que meu pai sabia que eles estavam condenados, que alguém havia cometido um erro e que estavam sendo enviados para a morte. Mesmo assim, seguiu as ordens. Talvez seja por isso que eu nem sempre sigo regras, não quando discordo delas, como sempre faço com o Og. E, mais importante, sempre lamentei que a última lembrança que meu pai teve de mim foi da minha cara de choro. Desde então, eu só chorei mais uma vez, no dia em que recebemos a notícia de que ele havia morrido.

Esme olhou para a lareira vazia de novo, e ele se perguntou se as imagens daquela última despedida estavam lampejando em sua mente.

— É por causa dele que você trabalha para o Ministério do Interior?

— Em parte, acho que sim. Por um tempo, desejei ser um homem e poder me alistar no Exército para vingá-lo. Mas a verdade é que temos que seguir nosso próprio caminho, e não o que nossos pais trilharam.

O que levava os dois de volta ao presente.

— Por que Brewster não nos acompanhou esta noite ao encontro? Tenho a impressão de que ele é seu protetor.

A maneira como ela se livrou do passado e das lembranças de uma jovem vulnerável foi quase física, como se estivesse trocando de um vestido pesado de inverno por um mais leve para o verão.

— Eu protejo a mim mesma, embora ele tenha suas utilidades. Também trabalha para o Ministério, somos uma equipe há algum tempo. Og, no entanto, prefere se encontrar apenas comigo. Ele confia em poucos, assim como muitos de nós, por testemunhar a facilidade que as pessoas têm de trair umas às outras. E o Brewster não precisa saber de tudo, apenas o essencial para cumprir suas tarefas. Quem suspeita que todo mundo é um inimigo consegue se manter muito mais seguro.

Marcus havia aprendido essa lição da maneira mais difícil, mas saber que ela havia passado pela mesma realidade cruel o incomodava. Era impossível se livrar da escuridão, uma vez que ela dominava sua alma. Ele com frequência se perguntava que tipo de homem se tornaria no final dessa jornada.

— Como você se tornou protetora da rainha?

Esme deu outra tragada no charuto. Ele apreciava até demais o jeito que ela soprava a fumaça, inclinando o queixo para cima para expor o pescoço fino, um pedaço de pele que ele adoraria mordiscar até chegar ao lóbulo de sua orelha, onde sussurraria numa voz rouca o que gostaria de fazer com ela. E Esme não ficaria nem um pouco chocada com as propostas indecentes. Acharia tudo fascinante, excitante e sem dúvida responderia no mesmo tom.

— Ela acreditou em mim quando ninguém mais acreditou. — Ele poderia jurar ter ouvido uma nuance de mágoa nas palavras dela. — A desvantagem de ser desobediente é que as pessoas esperam o pior de você e são menos propensas a lhe oferecer o benefício da dúvida. Ela salvou minha vida quando acreditou em mim, e agora procuro retribuir o favor.

Outra tragada e o surgimento de um sorriso zombeteiro.

— E você, Marcus Stanwick? Por que é tão importante restaurar o nome de sua família já que é improvável que aqueles a quem deseja impressionar voltem a recebê-lo em seus salões de festa? — Cerrando os dentes ao lembrar que nunca mais teria sua vida antiga de volta, Marcus a encarou. — Você achou mesmo que seria o único a fazer perguntas? Achou que seria o único a esperar o efeito do uísque para liberar certas inibições e derrubar defesas?

— Duvido muito que essas sejam as únicas coisas que você estava esperando acontecer. Você é linda e inteligente, e flerta sem pensar duas vezes. Você foi feita para seduzir e ser seduzida. Mas não estou aqui para joguinhos de sedução, Esme. Como conheceu meu pai? E por que se envolveu com ele?

Que Deus a ajudasse, mas ela estava muito tentada a provar que os dois eram feitos para sedução — a sedução um do outro, no caso. Tudo nele incitava seu desejo. A maneira como ele segurava o copo. A forma como seus lábios apertavam o charuto. O modo lento como bebia o uísque. Ele deveria saborear a boca de uma mulher do mesmo jeito, vagaroso e provocante. Ele roçaria as mãos sobre o corpo dela, pressionando as áreas em que ela mais queria, fazendo carícias longas e suaves nos lugares que exigiam gentileza. Ela ficara tentada a beijá-lo em vez de lhe entregar o charuto. Marcus fazia com que ela o desejasse. Muito.

Ele a deixava feliz por ser mulher. Mas ela também sabia que levá-lo para a cama seria um erro. Tivera alguns amantes, homens que foram boas companhias por um curto período, mas não tinham relação com seu trabalho. Era melhor estabelecer limites e segui-los, respeitá-los e honrá-los. Ultrapassar tais limites podia causar uma grande confusão.

— Eu o conheci em um dos eventos de Podmore.

Se a testa franzida dele era indicação de algo, ela o havia pegado de surpresa.

— Pelo que me perguntou na taverna, achei que você não conhecia Podmore.

Ela arqueou uma sobrancelha.

— Se eu tivesse admitido que o conhecia, você teria desconfiado das minhas perguntas, e eu estava me esforçando para descobrir o que *você* sabia.

Marcus suspirou, quando ela imaginou que ele na verdade queria rosnar.

— Você ainda está tentando me manipular.

— E continuarei fazendo isso enquanto você estiver tentando *me* manipular. Mas também serei honesta. Você queria saber como conheci seu pai. Foi em um evento de Podmore.

Ele a estudou por um minuto inteiro antes de perguntar:

— Um evento como o da noite passada?

— Sim.

— Minha mãe não estava presente, com certeza.

— Não. Se serve de consolo, não tenho certeza se seu pai estava lá pelo sexo. Na verdade, Og suspeitava que havia outro motivo. É bem complicado.

Ele soltou um suspiro impaciente.

— Eu sei — disse ela. — Você consegue entender coisas complicadas. Vou começar do início, então.

— Por favor.

A frustração dele ficou ainda mais evidente quando ele esmagou a ponta do charuto no cinzeiro sobre a mesinha de centro. Ela lamentou não poder mais ver os dedos dele passarem pelas folhas de tabaco bem enroladas, mas ele logo pegou seu copo, e ela apreciou o movimento elegante de sua mão. Esme não deveria achar tudo nele intrigante. Anos antes, após ter sofrido muito, desenvolvera o hábito de manter suas emoções e sentimentos controlados, e era raro se permitir desgovernar. Quando recebia visitas naquela sala, estava sempre em busca de informações. É claro que nunca revelava isso para os visitantes, mas Marcus fazia com que ela quisesse confessar tudo. Ou talvez ela só tivesse bebido mais uísque do que imaginava.

Encheu de novo os dois copos com movimentos lentos e provocantes, apreciando a forma com que os olhos azuis ardentes acompanhavam tudo. Quando voltou para sua poltrona, ela sentiu como se o sangue tivesse virado lava derretida em suas veias. Era melhor parar de beber, mas ela nunca se contentava em fazer apenas o que deveria. Deu um gole no uísque e passou a língua nos lábios, sabendo que era imprudente continuar a provocá-lo, mas fazia muito tempo desde que tivera a atenção total de um homem — ainda mais um tão sensual e viril como aquele.

— Como está seu ombro?

— O uísque está fazendo seu trabalho. Pode continuar a história, princesa.

Esme percebeu que ele deixara de fora o apelido "de gelo". Ainda assim, não era um apelido carinhoso, parecia ser mais um modo de mantê-la distante. Havia algo pairando entre eles, mas seriam tolos se deixassem algo distraí-los de seu objetivo. Ela sabia pelo olhar firme e penetrante dele que estava concentrado no assunto. Tinha o direito de saber como ela havia se envolvido com o duque. Se isso não tivesse acontecido, talvez as coisas fossem diferentes para ele.

— No outono de 1872, começaram a surgir rumores de que um plano para assassinar a rainha estava tomando forma. Antes disso, Vitória sofreu sete atentados realizados por atiradores solitários. O primeiro foi declarado louco. O último, que aconteceu apenas dois anos atrás, confessou motivações políticas em uma tentativa de libertar prisioneiros irlandeses. Os outros estavam só descontentes com a vida. Qualquer indício de um esquema de assassinato é levado a sério pela Scotland Yard e pelo Ministério do Interior. No entanto, esses rumores eram mais alarmantes porque insinuavam um esforço organizado, não mais um indivíduo agindo sozinho. Os relatórios indicavam que a nobreza estava envolvida, e isso era preocupante. O nome Lúcifer era mencionado com frequência.

Marcus se endireitou na poltrona.

— Então você mentiu sobre isso também.

— Eu não menti. Você perguntou se seu pai havia mencionado esse nome. Ele não mencionou — retrucou ela, ofendida.

Ele estreitou os olhos, como se ainda sentisse que ela o havia enganado.

— Quem é ele, então? Esse tal de Lúcifer.

— Não tenho ideia. Não sei nem se é uma pessoa. Pode ser o nome dado ao plano. Og ficou encarregado de descobrir, mas não teve sucesso em desvendar os detalhes ou determinar quem estava envolvido. Portanto, na primavera seguinte, o Ministério do Interior me mandou ajudá-lo. Og acreditava que a residência de Podmore servia de ponto de encontro para os envolvidos, já que as festas nada convencionais do visconde seriam o lugar perfeito para os traidores se reunirem sem levantar suspeitas, pois ninguém estaria prestando atenção a nada além de seus prazeres. E os convidados estão sempre mascarados. Eu não apostava tanto nisso, mas ele sugeriu que eu me infiltrasse em uma das festas para ver se descobria algo. Achou que eu me misturaria melhor ao público. E foi assim que fui a um evento de Podmore em abril de 1873, quando conheci seu pai. — Ela sorriu. — Ele não era forte para bebida como você.

— Nem como você, ao que parece.

— Estava esperando me embriagar? — perguntou ela.

Ele se remexeu na poltrona.

— E meu pai a convenceu de que valia a pena ter uma relação com ele?

Embora Marcus tenha ignorado a pergunta dela, Esme sabia que ele realmente esperava que ela ficasse bêbada. Não havia confiança entre eles. Os dois seriam um casal estranho na cama, embora ela também suspeitasse que seriam gloriosos juntos. Ele não era o tipo de homem que fazia as coisas pela metade — sua missão atual revelava muito sobre ele.

— Eu estava caminhando pelos cantos menos iluminados do jardim, quando ouvi um homem dizer: "Se vamos matar a rainha, é melhor não sermos pegos". Era a voz do seu pai.

Capítulo 8

Marcus se levantou da cadeira, foi até a lareira e socou a cornija. Então agarrou a madeira com as duas mãos e pressionou sua testa nela até sentir dor. Ele não tinha percebido até aquele momento que estava se esforçando para provar que o pai era inocente, que o duque não estava envolvido naquela história, que sofrera uma injustiça e fora enforcado por isso. *Maldito seja, pai. Espero que esteja queimando no inferno.*

Virando-se, ele encarou a mulher que continuava sentada com um ar de serenidade, como a estátua de mármore que Griff a acusara de ser.

— Eu não acredito em você.

Ela não desviou os olhos nem piscou.

— Acredita, sim.

— Onde está sua Bíblia? Vou fazer você jurar sobre ela.

— Eu não tenho uma. Minha mãe tirou o Satanás do meu corpo na base da surra e, com isso, também, tirou Deus. Você vai ter que acreditar na minha palavra.

— Com quem ele estava falando?

— Não sei. Os arbustos eram densos. Tentei abrir caminho e dar impressão de que estava bêbada e cambaleante, mas, quando cheguei àquela parte do jardim, apenas seu pai estava lá. Minha lembrança mais nítida é a da postura dele: cabeça baixa, ombros caídos, como se carregasse um grande peso. Continuei fingindo que estava embriagada, tropeçando, rindo e agindo como uma tola até cair contra ele, e ele me segurou. Ele acreditou no meu teatrinho e me escoltou para a residência de Podmore, depois até a carruagem dele para poder me deixar em casa. Aproveitei a viagem para começar a estabelecer um relacionamento. Quando chegamos aqui, ele parecia bastante encantado e perguntou se poderia me levar à ópera. Como mencionei ontem à noite, ele nunca fez nenhuma proposta sexual que eu precisei recusar, mas ficamos juntos pouco mais de dois meses até ele ser preso e enforcado.

— Talvez você tenha ouvido errado. Podia ter sido outra pessoa falando atrás dos arbustos. Você pode ter se enganado.

— Eu não me enganei. Era seu pai quem discutia sobre o assassinato da rainha. Eu devia ter ignorado o que ouvi e torcer para que ele não tivesse sucesso em seus empreendimentos? Mesmo excluindo a possibilidade de levá-lo para a minha cama, eu estava determinada a ficar bem próxima dele a fim de ganhar sua confiança e descobrir mais sobre o plano.

Ele a odiou naquele momento por estar tão certa, e desprezou o pai pelas ações que arruinaram tantas vidas.

— Espero que você vá para o inferno.

Determinado, ele marchou até a porta da sala.

— Para onde está indo? — perguntou ela ainda da poltrona.

Ele a ignorou, lutou para abafar a dor que dilacerava tanto sua alma que ela ameaçava deixar de existir e saiu pela porta da frente, batendo-a atrás de si. Precisava ficar longe de Esme, longe da verdade sobre o pai.

Marcus caminhou por um bom tempo. Apesar da hora adiantada e dos malfeitores na rua, ninguém o incomodou. Estava com uma expressão assustadora, de alguém disposto a entrar em uma briga, e sentiu uma vontade imensa de golpear alguma coisa. Se ainda fosse membro de um clube, não pensaria duas vezes antes de entrar em um ringue de boxe para surrar alguém e ser espancado. Punir e ser punido. Que tolo ele fora... Todo esse tempo mantendo a esperança de que estava em uma missão nobre para salvar a honra de sua família quando não havia honra a ser salva.

Ele chegou ao Reduto. O clube do irmão estava fechado, mas havia um brilho fraco vindo de uma janela solitária. O escritório de Griff. Procurando no chão, Marcus encontrou algumas pedrinhas e as jogou no vidro até o irmão aparecer na janela. Poucos minutos depois, ele abriu a porta e saiu.

— O que foi?

— Ele estava envolvido. Nosso pai. Na trama para matar a rainha.

— Você ainda tinha dúvidas?

— Você não?

— Eu era o filho reserva, não o favorito. Ele nunca gostou de mim, e eu nunca gostei dele. Não me surpreende que ele pudesse estar envolvido em algo tão atroz. Achei que você queria encontrar os outros responsáveis, vê-los pagar da mesma forma.

— Eu esperava que, ao identificar os outros, eu descobrisse que nosso pai não fazia parte disso tudo.

Era um grande tolo. Mesmo que suas expectativas em relação à inocência do pai diminuíssem a cada nova informação, Marcus sempre mantivera um fiozinho de esperança.

— Parece que você precisa de um drinque. Entre.

— Eu não deveria...

— Ninguém vai ver você a esta hora da noite ou saber que estamos em contato.

— Bom, acho que um copo não faria mal. Se sua esposa não estiver esperando por você.

— Ela está no chalé. Vou para lá assim que terminar aqui.

Griff garantiu que Kathryn ficasse com o chalé da avó à beira-mar em Kent, e eles passavam um bom tempo lá.

— Só um drinque, então.

Ele entrou com o irmão e subiu até os aposentos dele. Griff tinha conquistado muita coisa, retomado inclusive um pouco de sua honra. Ele tinha uma vida boa e uma mulher que o amava. Marcus estava feliz pelo irmão estar tão bem, assim como Althea. Ao que parecia, ele era o único destinado a não encontrar a felicidade.

Pegou o copo oferecido por Griff e se acomodou em uma poltrona perto da janela, enquanto o irmão se sentava na poltrona do lado oposto e o analisava com cuidado antes de perguntar:

— Então, como teve a confirmação de que ele estava envolvido?

— Ela ouviu nosso pai conversando com alguém sobre a trama.

— Ela?

— Esme. Aquela que me deixou o bilhete.

Griff arqueou uma sobrancelha.

— Você quer dizer a...

— Ela não era amante dele. — Marcus interrompeu o irmão porque não queria ouvi-lo falar mal de Esme. Era estranho como, de repente, sentia necessidade de proteger a reputação dela. — Sim, eles mantinham encontros, mas nunca foram íntimos.

— Então por que ele falou que ela era sua amante?

— Podemos apenas especular, mas é possível presumir que era para despistar os outros sobre o que ele realmente estava fazendo. Se não estava conosco, onde acharia que ele estava?

Griff cerrou os dentes.

— Com *ela*. Você acha que mamãe sabia da verdade?

Marcus negou com a cabeça.

— O relacionamento deles nunca foi muito caloroso, não é? Mamãe não estava feliz com ele andando por Londres com outra mulher, mas suspeito que ela estava grata por isso mantê-lo longe de sua cama. O que a matou foi a vergonha e a decepção por ter descoberto que ele era um traidor da Coroa.

Griff o examinou como se Marcus tivesse escondido uma peça que ele precisava para completar um quebra-cabeça.

— Se não era amante dele, o que ganhava se associando a ele? Ela me parece uma mulher que precisa de mais que presentinhos e joias para ser leal a alguém.

Marcus sabia que o que fosse falado naquela sala não sairia dali, que o segredo de Esme estaria seguro.

— Ela é... — uma mulher muito intrigante, e ele já estava arrependido de tê-la tratado mal ao sair da casa —... uma agente da Coroa.

Griff cuspiu no uísque que estava bebendo.

— O quê?

— Fiquei tão surpreso quanto você ao saber que ela trabalha para o Ministério do Interior.

— Nunca ouvi falar de uma mulher empregada em tal função.

— E deve ser por isso que ela é tão boa. Ninguém suspeita que essa é sua verdadeira profissão. Pelo visto, estava tentando ganhar a confiança do nosso pai para que ele confessasse seus planos a ela.

— E ela tem alguma ideia de por que ele se envolveu nisso?

— Não. É possível que ele tenha levado suas razões para o túmulo.

— Você vai revelar o que descobriu para Althea?

A irmã deles tinha o direito de saber, mas ainda restavam muitas perguntas em aberto.

— Não até eu conseguir mais respostas. Você a tem visto?

— Jantamos na semana passada. Ela e Trewlove tinham acabado de voltar de outra viagem à Escócia. — Ele balançou a cabeça. — Eu sei que o sobrenome dele agora é Campbell, mas sempre pensarei nele como Trewlove. Deve ter sido muito estranho para ele descobrir que os pais verdadeiros estavam à procura dele todos esses anos, enquanto ele estava sob a guarda de Ettie Trewlove.

A mãe do cunhado o entregou ainda recém-nascido a uma mulher para protegê-lo. Apenas recentemente ele reencontrou os pais e assumiu seu lugar de direito como herdeiro, de acordo com a lei escocesa.

— Pelo menos conseguiram encontrá-lo e Althea voltou a ser uma dama, como merece — comentou Marcus.

— Lady Tewksbury. Nossa, todos esses nomes associados à nobreza podem dar nó na cabeça de alguém. Talvez a Coroa nos tenha feito um favor ao simplificar as coisas e nos transformar em meros "senhores". Até os mais ignorantes sabem como nos chamar.

No entanto, Marcus passara a vida inteira se preparando para ser um duque, para ser chamado de "Sua Graça". A perda do título o fez se sentir um pouco mais perdido que os irmãos, e ele precisou de uma autoanálise mais profunda para descobrir quem ele era de verdade, quando ficou claro que não recuperaria seu antigo modo de vida. Será que Esme passara pela mesma coisa para chegar aonde estava agora?

— Essa Esme vai te ajudar em sua missão? — indagou Griff, como se tivesse percebido o rumo que a mente do irmão tinha tomado.

— É a missão dela também. Pelo visto, o plano ainda está em andamento, e o Ministério do Interior ainda não sabe quem está por trás dele.

— Se você precisar de mim...

— Não vou precisar. — Ficou claro que sua resposta direta não foi bem recebida por Griff. — Você tem uma esposa agora. E um negócio para administrar. Não vou pedir para colocar tudo em risco.

— Ela vai cuidar de você como eu tenho feito?

— Já cuidou.

E este era o único motivo para Marcus bater na porta dela assim que o sol rompeu a névoa da manhã. Ou foi isso que disse a si mesmo para se convencer enquanto esperava ser atendido. Não tinha nada a ver com o arrependimento e a inquietação que ele sentira depois de deixá-la sozinha.

O clube de Griff tinha vários quartos para membros que precisavam de privacidade, e Marcus usou um deles. Não que ele tivesse pregado os olhos a noite inteira. Simplesmente passou as horas olhando para o teto, de vez em quando para a janela, o tempo todo assombrado pelo que sabia dela. Uma mulher, ousada e audaz. Uma criança espancada pela mãe a ponto de perder toda a fé. O pai dele podia não ter uma boa reputação, mas, apesar de todos os defeitos e toda a exigência de perfeição de seu herdeiro, o duque nunca levantara a mão para os filhos. E sua mãe com certeza nunca tinha cogitado dar nem um beliscão neles.

E havia ainda a morte do pai de Esme, que, acima de qualquer outra coisa, parecia ter selado seu destino. Embora não pudesse entrar no Exército, ela tinha encontrado uma maneira de continuar o trabalho do pai, um homem que, se o carinho na voz dela fosse algum indício, ela amara demais, como só uma criança é capaz de fazer. Tanto que lamentava que a última lembrança do pai fosse do rosto dela banhado em lágrimas. Talvez esta fosse a razão pela qual ele ainda não a tivesse visto derramar uma única lágrima — porque Esme não desejava que esta fosse a última lembrança dela para mais ninguém.

A porta se abriu, e, para sua amarga decepção, foi o maldito mordomo que atendeu. E ele ainda teve a ousadia de arquear uma sobrancelha grossa e sorrir com certa superioridade.

— Acho que ela não esperava seu retorno.

Marcus não gostou nada de pensar que esse homem irritante pudesse ter se juntado a ela para desfrutar de sua companhia depois que ele saiu. E o pensamento o deixou surpreso, pois ele percebeu que gostava da companhia dela, mesmo quando se estranhavam.

— Ela está acordada?

— Ela sempre acorda com o sol.

Marcus passou pelo homem.

— Onde posso encontrá-la?

— Vou anunciar sua presença.

Ele agarrou o braço do mordomo, admirado com a firmeza de seus músculos. Aquele homem estava mesmo preparado para lutar por Esme.

— Não preciso ser anunciado. Onde ela está?

Brewster o analisou por um segundo, a mandíbula tensa com evidente desprezo.

— Ela está em seu refúgio solitário. Vá até o final do corredor e desça as escadas. Mas eu me aproximaria com cuidado se fosse você. Ela não gosta de ser perturbada.

Marcus ficou ressentido pelo homem estar ciente de detalhes tão íntimos. Será que eles eram ou já haviam sido amantes? Quão livremente ela distribuía seus afetos? Se não fosse sua necessidade de punir os que levaram o pai para o caminho da destruição, ele daria meia-volta, sairia pela porta e deixaria os dois com seu trabalho e qualquer outra coisa que compartilhassem. Em vez disso, ele seguiu as instruções, diminuindo o ritmo na escada quando ouviu grunhidos e a respiração ofegante. Será que ela estava com um homem agora? Estaria o sujeito beijando o ferimento dela? Enfiando a língua naquela boca deliciosa para conhecer seu sabor?

Marcus sabia que devia parar, voltar para o andar de cima e esperar por ela na sala, mas alguma parte perversa dele queria, ou melhor, precisava ter o lembrete de que Esme era alguém que oferecia sua ternura com facilidade. Precisava lembrar que a camaradagem que começara a sentir entre eles não era mais que duas pessoas compartilhando o mesmo propósito, embora por motivos diferentes.

Quando por fim a viu, sentiu uma onda de alívio, seguido por um aperto rápido e forte em seu peito. Ela estava sozinha, de costas para ele, e seu traseiro estava muito bem delineado pela calça apertada que abraçava seu corpo como uma segunda pele. A camisa dela, semelhante à que ele usava, era justa, e ondulava levemente com seus movimentos. O cabelo estava preso com uma fita em um rabo de cavalo alto, e os fios longos balançavam conforme ela corria para a frente e para trás, de um lado para o outro. Saltando com os pés descalços, ela avançou com um punho cerrado para acertar um quadrado acolchoado amarrado a uma barra de metal presa a um suporte, que permitia que o alvo girasse quando atingido. Quando o alvo quase completou um giro completo, ela deu outro soco, mandando-o para o outro lado. A engenhoca o lembrava de um estafermo de justa, usado por cavaleiros para aperfeiçoar a pontaria ao desferir golpes com a lança. Ela não estava dando descanso para seu alvo.

Demonstrando graça, força, poder e determinação, Esme o deixou sem fôlego, e Marcus temeu que nunca mais o recuperasse. Ele queria segurar seu cabelo, enrolá-lo entre os dedos e prendê-la contra seu peito, inclinando a cabeça dela para trás e tomando aqueles lábios que se comprimiam ao executar os movimentos de luta. Ele nunca quis tanto algo em sua vida, nem mesmo o ducado.

— Está imaginando que esse alvo é o meu nariz?

Capítulo 9

Esme deu um salto para trás, desviando do alvo giratório, e se virou. Marcus tinha voltado. Ela passou a noite preocupada, achando que ele não fosse retornar, que ficaria vagando sem rumo e dormiria na rua. Mas ele parecia limpo e arrumado, tinha até feito a barba. Será que passou a noite no clube do irmão? A visão dele na porta tornava impossível pensar com clareza ou fazer qualquer outra coisa além de olhá-lo. Por Deus, ele só traria problemas para a vida dela. Ela devia mandá-lo embora, mas, em vez disso, deu um passo à frente.

— Não seja presunçoso em achar que perco meu tempo pensando em você.

Apesar de eu pensar tanto em você que nem consegui dormir.

Marcus sorriu como se tivesse detectado a mentira, mas logo mudou a expressão, como se tivesse sido dominado por uma onda de tristeza.

— Peço desculpas pela minha grosseria e partida abrupta ontem à noite.

— Você ainda achava que seu pai era inocente esse tempo todo.

Durante a primeira hora desde a partida dele, Esme ficara sentada na sala contemplando sua expressão e a agonia que viu refletida em seus olhos azuis até se dar conta do que tinha acontecido. Se não estivesse tão alcoolizada, se não estivesse tão triste ao pensar que poderia nunca mais vê-lo, ela teria percebido mais rápido.

— Eu sei que sou um tolo.

— É natural não querer acreditar no pior daqueles que amamos.

— Se ele foi capaz de cometer um ato tão hediondo, quem pode dizer que eu também não posso?

—Você não é seu pai, assim como eu não sou minha mãe. Eu nunca agrediria uma criança, especialmente por algo tão trivial como um vestido sujo de lama só porque ela quis perseguir um sapo.

Ele acenou com a cabeça em direção ao alvo.

— Então talvez fosse ela quem estivesse imaginando ali.

— Não, você estava certo. Era você.

Marcus riu alto, um som claro e bonito capaz de conquistar corações, que ameaçava degelar o dela. Ele era muito mais perigoso que os homens no beco — ele poderia fazê-la ansiar por coisas que nunca conseguiria manter. Um homem que ficasse ao seu lado, não importava o quão difícil as coisas fossem, que olharia para além de suas falhas e encontraria motivos para amá-la.

— Eu mereço — afirmou ele, quando parou de rir.

— Sim, merece.

— Não sei se algum dia vou me acostumar com sua sinceridade.

Ela duvidava muito que ele ficasse tempo suficiente para se acostumar com qualquer coisa sobre ela. Quando sua missão terminasse, ele não teria motivos para ficar.

Marcus olhou ao redor da sala, para as espadas e floretes em uma parede, as pistolas na caixa de vidro, o saco de areia pendurado no teto e o pequeno ringue de boxe com chão acolchoado.

— Brewster chamou esta sala de "refúgio solitário".

— Ele sabe que não deve me incomodar quando estou aqui, não sem ser convidado.

— Você melhoraria ainda mais suas habilidades defensivas se tivesse um oponente de verdade.

— Brewster treinava comigo até eu quebrar o nariz dele. Ele não aceitou muito bem a derrota.

— Depois do meu comportamento ontem à noite, suspeito que você gostaria muito de quebrar o meu.

Quebrar aquele nariz seria um pecado imperdoável, arruinaria um rosto perfeito criado com tanto cuidado pela natureza — um nariz com uma ponta fina, um queixo forte, uma testa larga e uma boca carnuda e sedutora que prometia indecências.

Ela estava tão concentrada no rosto dele que quase não percebeu quando ele tirou o casaco e o jogou em um banco próximo.

— O que está fazendo?

O colete juntou-se ao casaco antes de ele começar a desabotoar a camisa.

— Me preparando para ser seu parceiro de treino. Também vai ser bom me exercitar e alongar um pouco meu ombro.

Marcus tirou a camisa e a jogou com o restante das roupas. Então, sentou-se no banco e tirou as botas e as meias. Até os pés dele eram atraentes. Será que tinha algum defeito? Que irritante!

Depois de se levantar, ele foi até o ringue.

— Você vem?

— Acho que não é uma boa ideia, considerando seu machucado — disse ela.

— Está com medo?

Ela se eriçou.

— É claro que não. Estou apenas tentando poupá-lo de mais pontos.

— Não se preocupe comigo, princesa. Como está seu seio?

A pergunta direta fez seu corpo pegar fogo. Poucas pessoas pronunciavam *aquela* palavra, que era relegada a romances eróticos, em voz alta. Será que ele a sussurrava no ouvido das amantes?

— O que acha?

— Pelo que pude ver, parece perfeito.

Ela ficou ainda mais quente com o elogio. Esme nunca fora vaidosa, mas não podia evitar se sentir lisonjeada com as palavras dele.

Ele passou pelas cordas e entrou no ringue. Sacudindo os braços longos e musculosos, arqueou uma sobrancelha e a encarou. Maldito! Ele não lhe dava escolha, porque ela se recusava a *não* aceitar o desafio e ser julgada como covarde. Então, ela seguiu em direção ao ringue.

— Não diga que não avisei.

Marcus não conseguia se lembrar da última vez que se sentira tão vivo, que antecipara tanto um encontro, a proximidade de uma mulher. Pelo jeito que o corpo dele estava tenso, ela poderia muito bem estar se aproximando completamente nua. Era uma loucura — o alívio que sentiu quando ela não o expulsou da casa assim que o viu, aceitando seu pedido de desculpas. Esme também havia decifrado o motivo da perturbação dele na noite anterior, o que significava que havia pensado nele — pelo menos um pouco. É bem provável que não tanto quanto Marcus pensara nela, mas ele também era um homem dado a obsessões, fosse o pai, a necessidade de encontrar os outros responsáveis pela traição ou Esme. Como e quando ela se tornara uma de suas obsessões?

— Vamos lutar ao estilo livre, imagino. Nada de boxe, certo? — falou ela, parando a alguns centímetros de distância.

— Você pode me bater como quiser e usar qualquer meio à sua disposição para me dominar.

Ela abriu um sorriso com um toque de malícia.

— Você não me parece alguém que bate em mulher.

— Então você terá uma pequena vantagem.

Esme alongou os ombros e o pescoço antes de se firmar em uma pose como se antecipasse um ataque, movendo os pés — e ele se perguntou se alguém já os tinha beijado. Ele pensou em passar a língua ao longo de um daqueles pés delicados, mas logo deixou isso de lado. Estava prestes a lutar, não fazer amor. E, depois da batalha no beco, estava ciente de que ela era uma adversária formidável. Estava animado para o desafio.

Então Esme avançou em sua direção. Enquanto Marcus se preparava para evitar o golpe agarrando-a, ela saltou e lançou aqueles pés que ele estava contemplando havia poucos segundos na barriga dele, fazendo-o se dobrar e cambalear para trás. Quando ele recuperou o equilíbrio, ela recuou e voltou a ficar na ponta dos pés, o rabo de cavalo balançando de um lado para o outro. Seu sorriso triunfante o fez querer beijá-la ali mesmo.

— Impressionante, mas você não vai me pegar de surpresa de novo. Deveria ter aproveitado a oportunidade e me derrubado.

— Brewster nunca reclamava quando eu pegava leve com ele.

— Não sou Brewster e não precisa pegar leve comigo. Você vai se arrepender de não ter me derrubado quando teve a chance.

— E você vai se arrepender por me subestimar.

Agachando-se um pouco, ele começou a rodeá-la. O ringue era menor do que os dos clubes que ele frequentava, e isso forçava uma maior proximidade, uma luta corpo a corpo, que ele achou que era intencional. Em um beco, no estábulo ou na rua, era possível se distanciar do oponente para ganhar um pouco de tempo e recuperar o equilíbrio. Mas em um espaço menor era necessário se adaptar e improvisar.

Marcus fingiu avançar, e ela rapidamente recuou. Esme era rápida como uma raposa, era inegável. Ele fingiu que ia atacar mais três vezes antes de avançar para pegá-la desprevenida, girá-la e agarrá-la entre seus braços, apertando-a contra o próprio peito. Apesar de estar treinando havia um tempo, ela não cheirava a suor, e seu aroma era tão inebriante que ele até abaixou a cabeça para respirar mais fundo.

— Acho justo interrogar minha prisioneira. Quantos anos você tem?

Ela relaxou em rendição.

— Trinta e três, e você?

— Trinta. Quantos amantes você já teve?

De repente, o pé dela acertou a parte de trás de sua panturrilha, fazendo-o perder o equilíbrio. Marcus caiu de costas e ela atacou, montando na barriga dele, agarrando os pulsos e prendendo-os junto a cabeça, ao mesmo tempo que usava seu peso para imobilizá-lo. Ele merecia estar no chão por ter julgado mal a fácil rendição dela, quando era apenas uma manobra. Esme abriu o sorriso triunfante mais sensual de todos, e Marcus quis arrancá-lo do rosto dela com um beijo.

— Não é da sua conta — respondeu ela com tranquilidade. — Quantas amantes você já teve?

— Centenas.

Era mentira, mas o espanto nos olhos dela lhe deu uma vantagem, a oportunidade de dobrar os joelhos e plantar os pés no chão para conseguir girá-los e inverter suas posições.

— Pela maneira como fala e se comporta, aposto que deve ter tido uma boa educação — disse ele.

Ela arqueou uma sobrancelha.

— Isso foi uma pergunta, senhor carcereiro?

Ele gostava daquele lado mais divertido e provocador dela. Era mais fácil imaginá-la mais jovem, mais despreocupada, antes de ser encarregada de proteger a rainha e um império.

— Foi parte do seu treinamento para o Ministério do Interior?

— Não. Minha mãe me mandou para uma escola de etiqueta. Ela tinha grandes esperanças de que eu fosse conquistar um cavalheiro.

— E você conquistou?

— Não. Você está me machucando.

Ele afrouxou o aperto.

— Descul...

Ela se arrastou para cima até conseguir envolver as pernas ao redor da cintura dele, então apertou. A maldita mulher tinha coxas poderosas, e ele a imaginou naquela mesma posição durante o sexo, enquanto ele a penetrava com força, vigor e propósito.

— Sua safadinha.

— Isso foi fácil demais.

Marcus soltou os pulsos dela e apoiou os cotovelos para o chão, encostando o peitoral nos seios dela. Esme tinha seios maravilhosos. Então, segurou o rosto dela entre as mãos.

— Você me enganou. Então você nunca se casou?

— Nunca.

— Isso é incomum para uma mulher da sua idade.

— Você ainda não percebeu que não sou uma mulher comum?

Ah, como ele tinha percebido... e estava muito intrigado com isso.

— Chegou perto de se casar?

— Não. Você era considerado um bom pretendente para várias damas. Chegou a cogitar se casar com alguma delas?

Ele havia reduzido sua seleção a um nome, mas não tivera tempo de tentar um cortejo antes de sua vida ser arruinada. Na época, ficou grato por não ter estragado a vida de alguém, e se perguntava de tempos em tempos se sua pretendente o teria abandonado como o noivo de Althea fizera. Foi então que percebeu, tarde demais, que estava distraído ao se perder em lembranças. Havia sacrificado sua vantagem.

Esme cerrou os dentes e apertou as pernas com força, como se fosse uma vinha, e ele praguejou ao ver o brilho de triunfo nos olhos castanhos, que ganharam um tom quase dourado. Ele não deveria estar tão encantado por ela, mas estava. Marcus estendeu um braço para trás e agarrou uma das panturrilhas dela, lutando para se libertar do aperto, mas ela não cedeu. Ela era um de seus oponentes mais desafiadores.

Marcus se sacudiu, rolando para o lado, para trás e depois para a frente, mas ela se manteve agarrada a ele.

— Desista — grunhiu ela por entre os dentes cerrados, a cabeça levantando-se do chão em seu esforço de mantê-lo preso.

— De jeito nenhum.

A luta não tinha regras definidas, então ele decidiu aproveitar a falta delas. Agarrando o rabo de cavalo balançante, ele girou a mão até enrolar as mechas em seu pulso e a puxou para um beijo.

Por Deus. Nunca em sua vida Esme se rendera a alguém de forma tão rápida e plena, sem remorso ou arrependimento — embora esses sentimentos fossem vir à tona mais tarde, quando pudesse pensar com mais clareza.

No momento, porém, era impossível formar pensamentos. Tudo o que ela podia fazer era sentir. O roçar da língua dele. A fome, o anseio, o desejo. O calor da boca dele enquanto consumia a dela. Aquilo não era o prelúdio para uma batalha; era uma conquista absoluta.

E ela permitiu tudo aquilo porque queria desesperadamente que acontecesse. Desde quando ele jogara a camisa de lado e ela tinha visto seu peito e ombros nus, sentira vontade de tocar, acariciar, esfregar. Assim como na noite em que havia cuidado do ferimento dele. Ela sabia que era imprudente entrar no ringue, que não conseguiria resistir à atração. E naquele momento, com as pernas ao redor dele, com a prova concreta do desejo de Marcus pressionando contra sua virilha, Esme ainda não sentia como se tivesse se rendido, porque ele não havia ganhado nada. Se os gemidos que reverberavam dele indicavam alguma coisa, era que ele estava tão desarmado quanto ela para combater a atração que fervia entre os dois — provavelmente desde que se viram pela primeira vez em sua sala.

Por conta do ocorrido na festa de Podmore, ela sabia que Marcus era um homem que não fazia nada pela metade, que sempre se entregaria a um beijo com a mesma determinação e entusiasmo que tinha ao procurar traidores, ao enfrentar bandidos em um beco, ao lutar com a verdade sobre a história do pai.

Ainda segurando o cabelo dela, ele a manteve junto ao seu corpo enquanto rolou para ficar de costas, puxando-a para cima dele. A outra mão deslizou pelas costas dela, apertando-a contra o peitoral magnífico dele. Esme ergueu as próprias mãos para segurar o rosto de Marcus, aprofundando o beijo para explorar a boca dele com o mesmo cuidado e atenção aos detalhes que dava a qualquer nova fonte de informação, procurando os tesouros escondidos que levariam a gemidos de satisfação.

Grunhindo baixinho, Marcus apertou a bunda dela com uma mão grande e poderosa, seus dedos pressionando e acariciando. Esme agradeceu por estar usando uma calça que mantinha apenas uma fina camada de material entre a pele dos dois.

Puxando suavemente o cabelo dela, ele interrompeu o beijo e mordiscou um caminho por seu pescoço, até chegar perto de seu ouvido.

— Eu lhe concedo a vitória — sussurrou ele.

— Eu mereci a vitória.

Marcus soltou o cabelo dela para segurar seu rosto e a fitar intensamente. Não lhe agradou nem um pouco reconhecer como era fácil cair nas profundezas azuis dos olhos dele, ou o quanto queria que ele a beijasse de novo. As ações dele eram tão cheias de paixão que ela quase podia acreditar que ele a desejava mais do que o considerado normal. É claro que Esme tivera uma boa cota de homens que quiseram dormir com ela, mas suspeitava que era logo esquecida depois que eles saíam de sua vida — quer ela tivesse sucumbido aos encantos deles ou não. Ela não queria que Marcus Stanwick a esquecesse.

Deslizou de cima dele, quase triste com a perda do calor, do toque dos corpos, e recuou até suas costas baterem nas cordas do ringue, precisando impor uma distância entre eles.

— Você vai desistir de sua busca agora que sabe que seu pai estava realmente envolvido?

Marcus se sentou, cruzou as pernas e descansou os cotovelos nas coxas.

— Estou mais determinado que nunca a descobrir a verdade.

Esme sentiu uma onda de alívio ao constatar que a relação deles continuaria a existir por mais algum tempo, e precisou se conter para não revelar sua alegria. Tentando agir com naturalidade, como se seu corpo não estivesse formigando por antecipação, ela soltou o rabo de cavalo e balançou o cabelo.

— Seu ombro está sangrando.

Ele olhou para o rastro de sangue que havia vazado entre os pontos.

— Nada que não possa ser estancado.

— Que tal ir cuidar disso? Preciso de um banho. Nos encontramos no escritório em uma hora para determinar qual será nosso próximo passo — sugeriu ela.

— Depois do que acabou de acontecer aqui, talvez seja mais sensato seguirmos caminhos diferentes.

— O que aconteceu foi tudo parte do jogo para vencer a qualquer custo. Você esperava me surpreender com um movimento inesperado, eu entrei na brincadeira e procurei fazer o mesmo. Não teve nada a ver com tentação, desejo e atração. Ainda sou a Princesa de Gelo, Marcus Stanwick. Você não vai me derreter.

A última frase era uma mentira, dita com o intuito de ajudá-la a manter seu orgulho intacto. Esme tinha virado um reservatório de água fervente no minuto em que ele a tocara.

— Foi só isso para você, então? — perguntou ele, suavemente.

Ela o encarou com um olhar frio e arrogante.

— Você quer ficar aqui e trabalhar comigo ou não?

— Sim, eu quero ficar.

— Então chega de tentativas tolas de sair por cima. Somos parceiros em pé de igualdade. Certo?

— Certo.

— Bom, nos vemos em uma hora.

Ela precisava de tempo para reforçar suas defesas para resistir a ele.

Capítulo 10

Se Esme não se sentiu abalada por aquele beijo, então ela era mesmo feita de gelo. Se estivesse de pé, o poder do beijo com certeza teria feito Marcus cair de joelhos. Nunca beijara uma mulher tão intensa, que retribuísse na mesma medida o que estava recebendo. Poucas mulheres de seu passado foram capazes de corresponder à sua paixão — mesmo que apenas com um beijo. Mas Esme Lancaster era magnífica em todos os sentidos.

Marcus ficou aliviado ao ver que o sangramento havia estancado quando tirou a bandagem que o comprimia. Não sentira desconforto ou dor quando foram ao chão, pois estava muito focado nela, em obter vantagem na luta. Então, depois que a beijou...

Ela não era nenhuma Princesa de Gelo. Era toda feita de calor e fogo. Depois do primeiro roçar de línguas, ele se viu girando em um vórtice de chamas que serviam apenas para aumentar o prazer. E ela não tinha sentido o mesmo...

Como isso era possível?

Depois de jogar água no rosto, ele se lavou enquanto se esforçava para não a imaginar do outro lado da parede, descansando em uma banheira fumegante, gotas de água rolando por seu corpo, entre os seios. Se não estivesse preocupado em machucá-la, Marcus poderia ter cedido ao desejo de apertar seu seio durante o beijo, mas contentou-se em apertar sua bunda. Ela era firme em todos os lugares certos. Na bunda, nas pernas, nos braços. Esme se movia com propósito, e ele precisava fazer o mesmo agora. Terminou de se vestir e desceu para o escritório.

Ela estava inclinada sobre a mesa com as mãos apoiadas no tampo, estudando algo diante de si. Usava um vestido da mesma cor das folhas de outono, um laranja-dourado que acentuava os tons avermelhados de seu cabelo. Ele fechou e abriu a mão, lembrando-se da maciez dos fios. Tinha sido um erro tocá-la de forma tão íntima, porque agora tudo o que queria era fazer isso de novo. Ele ansiaria por tocá-la mais uma vez mesmo se ela o tivesse queimado.

— Ótimo, você chegou. Pode dar uma olhada nisso? É uma lista de nobres. Já risquei os nomes dos que Brewster e eu confirmamos não serem conspiradores em potencial.

Só então ele notou Brewster parado ao lado da mesa, de braços cruzados e olhos empedernidos. Marcus o via sob uma ótica diferente agora: como o assistente dela, seu confidente e aliado de confiança.

— Diga se acha que algum nome pode ser eliminado — continuou ela.

— Como eu teria tirado o nome do meu pai da lista, não sei se sou o melhor juiz. Sinto que seriam as pessoas de quem menos suspeitamos, cujo nome tiraríamos sem pensar duas vezes.

— Viu, Brewster? Eu disse que ele era inteligente.

Brewster não parecia nada feliz, e Marcus suspeitava que tinha acabado de passar em algum tipo de teste.

— Tenho uma ideia melhor — sugeriu Marcus. — Vamos fazer uma visita à casa de Podmore hoje à noite e descobrir o que significa essa lista de palavras aparentemente aleatórias e por que estava escondida.

— Vamos correr o risco de ele descobrir que suspeitamos do envolvimento dele nesta trama, e que sabemos que ainda há um plano em andamento.

— Você acha que não sabem que estamos atrás deles? Não é por isso que ainda não atacaram a rainha, porque não sabem o que sabemos? Não foi por isso que você foi seguida quando saiu da festa de Podmore?

— Acho que tem razão — suspirou ela. — Essa espera é muito irritante. Og não quer que perturbemos o caminhar das coisas, mas talvez seja hora de fazermos isso.

Perto da meia-noite, Esme e Marcus se esconderam nas sombras do jardim de Podmore para esperar a partida do último convidado. Marcus estava imóvel como uma estátua, mas perto o suficiente para que ela sentisse o calor que emanava de seu corpo. Ele a fez lembrar muito de um predador que perseguira sua presa e agora planejava o momento ideal para dar o bote. Tudo nele indicava que estava em alerta. Ela nunca quis agarrar tanto um homem.

Tinham discutido se deviam informar Og do plano, mas acabaram decidindo que não era uma boa ideia. De alguma forma, a decisão deixava os dois ainda mais íntimos, como se aquela fosse uma missão só deles. Como se estivessem compartilhando algo único para os dois.

Brewster tinha ficado na carruagem estacionada em um estábulo algumas ruas adiante. Esme sentia que os dois homens não confiavam um no outro. Pareciam dois galos, estufando o peito e levantando a crista, se exibindo e querendo dominar o galinheiro. Brewster não estava acostumado a compartilhar a companhia dela com outra pessoa todos os dias, nem todas as noites. À noite, quando não tinham missão alguma para realizar, eles costumavam jogar xadrez ou ler na frente da lareira. Era raro compartilharem assuntos pessoais, mas entre eles havia uma camaradagem que ela achava reconfortante. Era como se Brewster fosse um irmão, amigo querido. Esme presumira que o sentimento era mútuo, mas a tensão entre os dois homens a fez se perguntar se interpretara mal os sentimentos de Brewster em relação a ela. Se tinha compreendido isso errado, em que mais poderia estar enganada? Será que era uma tola por confiar em Marcus? Por estar tão intrigada por ele? Por ainda se lembrar do gosto de sua boca e querer saboreá-la de novo?

Ele se virou para ela, e Esme torceu para que ele não tivesse de alguma forma conseguido apreender seus pensamentos.

— Podmore não parece estar dando uma festa hoje — afirmou ele.

— Será que ele está em casa?

Havia apenas uma janela iluminada — convenientemente, uma do escritório.

— Vamos até lá verificar? — sugeriu Marcus.

— Mas é claro.

Para sua surpresa, Marcus segurou a mão dela e a levou para fora dos arbustos, na direção da casa. Ela era uma criança da última vez que alguém havia segurado sua mão de maneira tão protetora, como se quisesse garantir que não se separassem. Esme sentiu um aperto estranho no coração enquanto caminhavam até a mansão. Ela não era de se render aos sentimentos e, ainda assim, quando se tratava de Marcus, parecia ficar muito emotiva. E se ele fosse mais velho ou ela mais jovem e eles se conhecessem quando tudo dera errado na vida dela? Será que ele a teria defendido? Ou teria acreditado no pior dela, como todos haviam feito? Principalmente agora que ele a conhecia melhor… Bom, era tolice especular.

Os planos de Esme não incluíam ser reconhecida por Podmore. Nas poucas vezes em que comparecera às suas festas, ela o fizera de forma incógnita. E era por isso que agora usava uma peruca loira e enfiara retalhos no corpete do espartilho para alterar suas curvas, além de usar o capuz de seu manto para manter o rosto escondido. Mechas de sua peruca caíam sobre seu colo ridiculamente grande e alterado e, como a maioria dos homens, Podmore se lembraria apenas do cabelo loiro e de seu busto grande.

Marcus decidiu que não precisava de disfarce. Ele não escondia seu objetivo de ninguém e até achava vantajoso que a notícia de que estava perto de descobrir quem estava envolvido na conspiração se espalhasse. Ninguém a associaria a Marcus porque ele também deixara bem claro — antes do pai ser preso — o quanto detestava a amante do duque.

Esme estava acostumada a ser desprezada, mas, pela primeira vez desde que fora apenas uma jovem impressionável, imaginou a alegria de ser amada. Não por Marcus, é claro. Apesar de terem se conhecido fazia pouco tempo, havia muita bagagem do passado entre eles. Ele já havia formado opiniões sobre ela, e, mesmo que tivesse conseguido mudar algumas nos últimos dias, Esme suspeitava que ele ainda tinha resquícios de desprezo por ela — como brasas apagadas que poderiam pegar fogo com facilidade.

Marcus escolheu um caminho que os manteve longe da luz que saía do escritório, garantindo que não fossem vistos até estarem prontos para aparecer. Então, contornou a beirada da janela e espiou.

— Ele está aí? — perguntou ela.

— Consigo ver uma perna esticada na poltrona de costas para nós, perto da lareira. Ele pode estar descansando, bebendo ou lendo. Ou talvez pensando no próximo passo do plano.

— Vamos entrar pela porta do terraço?

— Não, é um escritório grande demais, e ele vai nos ouvir mexendo no trinco ou, se necessário, arrombando a fechadura. Se ele fugir, prefiro persegui-lo pelo jardim em vez dos corredores que ele conhece melhor do que eu. Venha por aqui.

Ele os conduziu até a porta dos criados, que estava trancada. Ele soltou a mão dela e se agachou. Na escuridão, ela viu mais que ouviu o barulho de ferramentas que ele tirou do casaco. Abrir trancas não costumava ser uma das habilidades de um futuro duque, e Esme só podia admirar como ele havia se ajustado às novas circunstâncias de sua vida. Ela conhecia muitos lordes que teriam apenas lamentado, se desanimado e reclamado das injustiças da vida. Mas Marcus tomara o melhor caminho e decidira aprender novas aptidões, encontrou maneiras de sobreviver e de evoluir. Ele poderia nunca mais retornar à alta sociedade, mas com certeza continuaria a ser um homem admirado aonde quer que fosse.

Esme pensou que poderia procurá-lo em segredo no futuro, apenas para se assegurar de que ele encontrara sucesso na nova etapa de sua vida, pois parte dela não parava de pensar que Marcus estava naquela situação por culpa dela e de suas ações em relação ao duque. E se, em vez de usar o duque para tentar descobrir quem eram os outros envolvidos, ela o tivesse convencido a mudar de lado, a ajudá-la em sua missão, a torná-lo um aliado em vez de inimigo. Ele poderia ainda estar vivo e com seus títulos.

Mas Og tinha ordenado que ela espionasse, não bajulasse. De acordo com os rumores, Og era o melhor em desenterrar informações, e ela ainda não havia trabalhado com ele em seus dez anos de serviço no Ministério do Interior. Então, quando a oportunidade surgiu, Esme ansiou pela parceria e pela oportunidade de aprender. Mas, até agora, ela estava desapontada com as aulas, que acrescentaram pouco ao seu repertório de competências.

Esme ouviu um "clique" e Marcus empurrou a porta com cuidado, antes de puxá-la pela abertura estreita. Já passava da meia-noite e os criados estavam na cama, então a única recepção que tiveram foi a do cômodo silencioso. Ele localizou uma lamparina e a acendeu antes de voltar a segurar a mão dela. Então, eles se esgueiraram pelos corredores em direção ao escritório onde se beijaram pela primeira vez.

Não era disso que ela devia estar se lembrando naquele momento.

Por que os beijos dele não podiam ser como todos os outros que ela já experimentara: agradáveis e facilmente esquecidos? Por que ele precisava ter deixado uma marca em sua pele, em suas lembranças, em seus sonhos?

Quando chegaram à porta do escritório, ele parou e colocou a lamparina em uma mesinha próxima antes de abrir a porta e entrar na sala para impedir a fuga de Podmore. Ela entrou logo em seguida, mas parou de repente quando viu Marcus parar abruptamente.

Podmore não ia escapar... nunca mais. A camisa encharcada de sangue e seu olhar vago eram garantia disso.

Enquanto a carruagem sacolejava pelas ruas, Marcus pensou que qualquer outra mulher teria ofegado, gritado ou desmaiado diante da terrível visão de um homem assassinado. Mas não Esme Lancaster. Ele viu a tristeza diante da morte refletida nos olhos castanhos antes que ela se recuperasse para enfrentar o que precisava ser feito. Então, ela andou sem pressa até a mesa e se agachou para alcançar melhor o esconderijo. Quando finalmente se levantou, foi para anunciar:

— O documento sumiu.

Alguns minutos depois, eles também haviam sumido da casa.

— Apenas três pessoas sabiam que iríamos para lá esta noite — disse ele baixinho.

— Confio minha vida a Brewster.

A faísca de ciúme que se acendeu com a absoluta convicção dela em relação a outro homem o irritou, embora Marcus estivesse sentindo um prazer perverso pelo fato de Brewster ter sido relegado a viajar ao lado do cocheiro.

— Ou talvez você suspeite que eu tenha escapulido da minha casa mais cedo e o matado — afirmou ela.

— Acho que nenhum de nós o matou. Acho que um de nós disse algo, de forma inocente ou não, a outra pessoa, que então matou Podmore.

— Na verdade, tenho outra teoria. Uma de que também não gosto nada. Pode ser que a pessoa que recebeu os documentos de Og tenha visto Podmore como um comparsa pouco confiável nessa confusão e decidido eliminá-lo. — Ela olhou pela janela. — Me sinto mal pelo empregado que o encontrar pela manhã. Lamento a morte dele. Ele sempre me pareceu mais interessado em diversão do que em política. Até morreu com cartas de baralho na mão.

Bom, as cartas não estavam bem na mão dele. Elas haviam caído quando os dedos dele ficaram frouxos e estavam espalhadas em seu colo, com exceção de uma: um oito de ouros que estava sobre a mesa.

— Ele estava jogando paciência ou será que jogava com outra pessoa, sem saber que seria assassinado? — indagou ela.

— Acho que ele não estava jogando cartas coisa nenhuma.

Dentro da carruagem escura, Esme era apenas uma silhueta, mas ficou claro quando ela se virou para ele — era como se ele tivesse sido atingido por um raio. Por que era tão sensível à presença dela? A cada movimento, cada suspiro, cada momento de concentração quando ela pensava em algo?

— Por que você pegou a carta que estava na mesa? — questionou ela.

Ele estava com a carta no bolso do casaco.

— Porque ela nos diz quem o matou.

— Como assim?

— Em Whitechapel há uma gangue chamada Mão do Diabo.

As saias dela farfalharam quando ela se moveu para a beirada do assento.

— Como em "mão de Lúcifer"? Será que o líder dessa gangue é o Lúcifer que sempre aparece nas conversas sobre a trama contra a rainha?

— Me perguntei a mesma coisa quando ouvi sobre o Lúcifer pela primeira vez, mas o nome do líder da gangue é Willie.

Ela deu uma risada doce que o embalou como um abraço, e Marcus a visualizou como uma jovem tranquila e inocente brincando em um parque. Desejou vê-la sem preocupação alguma, correndo pelos jardins de sua casa de campo, rindo alto e espantando os pássaros. Ele não precisava se esforçar para encher a cabeça com essas fantasias. Quando o riso se transformou em uma gargalhada estrondosa, Marcus precisou de todo o seu autocontrole para não ir até ela e tomar aquela boca tentadora, para não a deitar e abraçá-la, fazer a risada se transformar em algo mais erótico, mais sensual, mais...

— Willie? — repetiu ela, recuperando o fôlego. — Não soa nada assustador. Por que suspeita que ele esteja por trás do assassinato?

— A maioria do bando não sabe ler nem escrever, e Willie se esforça para proteger o nome dos envolvidos com a gangue. Por isso, quando alguém é recrutado, essa pessoa recebe uma carta. — Ele tirou a carta de baralho do bolso e a ergueu para que fosse iluminada pelos postes. — Ao fazer um trabalho, o membro deixa uma carta como prova de sua ação.

— Por que alguém confessaria ter cometido um crime?

— Não é o mesmo que uma confissão. O verdadeiro objetivo é dar um aviso, uma espécie de assinatura para garantir que Willie saiba que o combinado foi cumprido. Só Willie sabe quem carrega cada carta.

— Você acha que eles estavam nos esperando?

— É possível. Tenho certeza de que foi um aviso ou uma mensagem para alguém.

— E como tem tanta certeza disso?

— Porque eu já fui membro da gangue.

Capítulo 11

Um silêncio seguiu a revelação dele, e Marcus ficou aliviado quando a carruagem parou antes que ela pudesse enchê-lo de perguntas que ele não estava pronto para responder. Ele abriu a porta, saltou e estendeu a mão para ajudá-la a descer — uma pequena cortesia que uma semana antes não se imaginaria fazendo por ela. Na semana anterior, ele a desprezava. Naquele momento, tudo o que queria era ir para a cama com Esme. Perder-se em seu corpo a ponto de esquecer os problemas do passado, o caminho obscuro que percorrera em busca de respostas não apenas sobre seu pai, mas sobre si mesmo.

Dentro da casa, ele foi direto para o aparador de bebidas da sala. E se recusou a ficar decepcionado quando ela não o seguiu, porque o barulho de seus passos sugeriu que Esme estava indo para outro lugar. Ele a ouviu subindo a escada, sem dúvida indo para o próprio quarto. Será que precisava de um tempo sozinha para lidar com a visão horrível com que haviam se deparado? Não é porque não tinha desmaiado que não ficara impressionada. Ele teria confortado qualquer outra mulher, mas Esme com certeza se sentiria ofendida se ele oferecesse algum tipo de consolo.

Virou um copo de uísque e se serviu de mais um copo cheio antes de se deixar cair na poltrona que começava a considerar sua. Era estranho como se sentia mais em casa ali do que em qualquer outro lugar que havia morado. Esme não era uma mulher dedicada do lar e, no entanto, tinha um jeito único de fazer um homem se sentir bem-vindo em sua casa. Talvez o pai dele se sentisse confortável ao lado dela, sem correr o risco de ser julgado por ações que a maioria das pessoas nunca perdoaria, e por isso se relacionou com ela.

Marcus estava terminando o segundo copo quando ouviu os passos dela se aproximando. A felicidade que sentiu era incômoda. Desde a traição do pai, ele vivia sua vida de maneira a não precisar de ninguém, mas lhe ocorreu o pensamento absurdo de que talvez precisasse de Esme.

Ela entrou na sala com um vestido mais confortável, esvoaçante. Levava no colo uma bola de pelos preta e branca.

— Você tem um cachorro?

— Ora, ora, como você é esperto. Este é Laddie. — Sem aviso, ela deixou a bola de pelos no colo dele e confiscou seu copo. — Com certeza vai melhorar seu humor.

— Meu humor não precisa melhorar.

Mas ele não conseguiu conter o sorriso quando o cocker spaniel apoiou as patas no ombro dele e lambeu seu queixo.

Ela voltou com dois copos cheios, que colocou na mesinha, pegou o cachorro de volta e se sentou em sua poltrona. A poltrona dela. A poltrona dele. Daqui a pouco ele estaria pensando nos dois como um casal.

— Laddie costuma estar dormindo a esta hora, mas eu precisava de um abraço e ele é ótimo nisso. — Ela ficou em silêncio por um instante antes de dizer: — Podmore não merecia o final que teve. Por conta de todas as festas que dava, é possível que a casa dele fosse apenas um ponto de encontro sem que ele soubesse. Não consigo vê-lo sendo sério o suficiente para estar envolvido em uma trama dessas. Fiquei surpresa quando encontrei aquele documento na mesa dele. Não esperava encontrar nada.

— Ele podia saber de alguma coisa sem exatamente conhecer o real significado. Ou talvez outra pessoa estivesse usando a mesa sem seu conhecimento.

— Isso faz mais sentido. Talvez tenham ido buscar o documento, e ele estava no lugar errado na hora errada, talvez conhecesse a pessoa. É óbvio que ele aceitou a companhia, já que não havia sangue em nenhum outro lugar. Que maneira medonha de morrer... Vou colocar a vingança pela morte dele na minha lista de tarefas.

— Você tem uma lista de mortes a serem vingadas? — perguntou ele.

— Não suporto injustiça. Valentões não devem ser tolerados. E parece que estamos lidando com um valentão. — Ela enterrou os dedos nos pelos sedosos de Laddie, e Marcus desejou que ela estivesse fazendo carinho no peito dele. — Me conte sobre seu envolvimento com essa gangue.

Ele suspirou fundo.

— Não é uma das coisas que mais me orgulho de ter feito.

Ele não tinha bebido uísque suficiente para revelar tudo. Na verdade, não queria revelar nada, mas ela aguardou com paciência enquanto acariciava o cachorro e o encarava com olhos firmes. Ela não o julgaria pelo que havia feito, não importava o que confessasse, disso Marcus tinha certeza. A opinião que tinha sobre ela sofrera uma mudança radical em poucos dias. Esme era alguém com quem sua irmã gostaria de passar algum tempo, alguém que seu irmão perceberia que não era uma estátua de mármore frio. Ele conseguia imaginar seu pai levando seus pensamentos traidores para a sala dela porque não tinha uma vida *com* ela, porque não considerava suas ações como uma traição a ela. Mas ele *devia* saber que estava traindo a esposa e os filhos. Talvez o duque tivesse se distanciado da família pela culpa que sentia por estar envolvido naquela conspiração. Mas ali, na sala de Esme, ele podia beber uísque e encontrar um pouco de paz. Não conhecer nada acerca da mulher com quem se sentia seguro, a quem ele exibia com orgulho pela cidade e não tinha escrúpulos em apresentar como sua amante, poderia muito bem ter sido sua ruína. Confiar nela era tão fácil... Marcus só podia esperar que não estivesse caindo na mesma armadilha.

— Como você bem sabe, antes de enforcá-lo, a Coroa despojou meu pai de seus títulos de ducado e condado, além das propriedades a eles relacionadas. Conseguiram até tirar uma boa parte do que não tinha relação alguma com os títulos. O preço por ser um traidor. Nunca me considerei outra coisa senão um herdeiro, o futuro duque. Descobri depois que Griff tinha sonhos de ter um negócio próprio...

— O Reduto dos Preteridos.

— Ele odiava ser o filho reserva. Não admite a entrada de nenhum filho primogênito que vá herdar um título em seu clube. — Por isso o "preteridos" no nome. — Ele acha que já recebemos bastante atenção das damas da aristocracia.

— Aposto que sim, se posso confiar nos folhetins de fofoca.

— Nunca tive problemas nessa área, mas fiquei bastante aliviado por não ter me casado antes, pois a vida da minha esposa também teria sido arruinada. Estávamos todos despreparados. Eu não contava com nenhum investimento pessoal, pois tinha acesso aos fundos da família e passava meus dias aprendendo tudo sobre a administração das propriedades, minhas responsabilidades e deveres. Havia um pouco de dinheiro de algumas apostas que ganhei, mas estava mais empenhado em garantir que faria o que era certo quando chegasse a minha hora de cuidar de tudo e todos.

— E, então, você perdeu tudo. Tiraram seu futuro, seus planos. Tudo o que você imaginou que sua vida seria.

Ele notou a empatia nas palavras dela, e se perguntou de novo que caminho ela havia percorrido para chegar até ali. O que havia sido arrancado das mãos dela?

— Usei o pouco que eu tinha para garantir que Griff e Althea tivessem pelo menos um teto. Eu estava consumido pela raiva, não era companhia adequada para ninguém, e por um tempo mergulhei nas partes mais sombrias de Londres. Acreditava que meu pai devia estar associado à mais vil das criaturas, então comecei minha busca por lá. Até que cruzei com a gangue da Mão do Diabo e fui recrutado por Willie. Aprendi a arrombar fechaduras, quebrar dedos e assustar aqueles que deviam dinheiro a ele. Por um tempo, a violência foi catártica. Gostava de entrar em brigas, trocar socos, causar dor, ser ferido. Tenho vergonha disso agora, de saber que tenho um lado selvagem dentro de mim, uma parte obscura e sombria.

— No fundo, suspeito que todo mundo tem um lado selvagem. Mas é evidente que recuperou o controle de si mesmo. Talvez, na época, achasse que merecia algum tipo de punição pelas ações do seu pai.

Ele balançou a cabeça, embora concordasse com ela.

— Como não fui capaz de perceber o que ele estava fazendo? Eu estava determinado a usar minha associação com a Mão do Diabo a meu favor. Comecei a questionar aqui e ali: se quisesse matar um membro do Parlamento, um primeiro-ministro ou até alguém da realeza, quem eu contrataria? Fui um pouco mais sutil, é claro, mas você entendeu a ideia. De vez em quando, o nome Lúcifer aparecia. Então, uma noite fui atacado por capangas de Willie. Griff estava me protegendo na época e acabou matando um deles. Ele não teve escolha, era matar ou morrer, mas aquilo o afetou muito. Logo depois nos separamos e ele abriu o clube. Abandonei Willie e a gangue e comecei a trabalhar por conta própria. Outros ataques à minha vida me convenceram de que eu estava perto de descobrir alguma coisa importante. Foi então que vim até sua porta, esperando que você tivesse a informação que faltava, e aqui estamos.

E aqui estamos.

Onde eles estavam, exatamente?

Em toda a sua vida, Esme nunca se sentira tão incerta quanto ao que deveria fazer. Se Marcus fosse um alvo, alguém de quem deveria obter informações, ela estaria se esforçando para seduzi-lo com beijos e promessas de encontros mais íntimos que ela nunca cumpriria. Mas eles estavam dividindo o que sabiam de bom grado, descobrindo muito mais juntos, então a sedução não era necessária. E, mesmo assim, ela se viu querendo seduzi-lo, ser seduzida, agarrar-se a promessas que o levariam para sua cama. Ele a beijara como se a desejasse, mas estava mantendo distância desde que saíram do ringue.

Esme ficou impressionada ao perceber que, embora tivesse se associado com o que havia de pior em Londres, ele era um homem decente. Havia se perdido por um tempo, mas lutara para recuperar sua civilidade. Mesmo quando estava cego de raiva pela traição do pai, ele garantira que os irmãos tivessem o mínimo necessário para viver.

Desde a infância, Marcus havia trilhado seu caminho, com um único destino à frente e sempre à vista — e, de repente, a estrada se transformou em um abismo. Ela teve uma experiência semelhante na juventude, mas acabou optando por tomar a nova estrada que havia surgido. Não tivera surpresas até Marcus aparecer. Ele era uma grande surpresa.

— Então quem é o oito de ouros?

— Não tenho a menor ideia. É por isso que o sistema funciona. Todos são anônimos.

— Qual era a sua carta?

— Me recusei a ter uma. Eu queria que as pessoas soubessem quem eu era, então era conhecido como Wolf.

— O que você vai fazer quando tudo isso acabar?

— Caso a rainha não me devolva os títulos, o que tenho quase certeza de que é exatamente o que vai acontecer, estou pensando em me tornar um detetive particular. Se eu tiver... se nós tivermos sucesso nessa empreitada, espero que meu nome não fique mais associado à traição, e sim a algum tipo de heroísmo, e minha reputação como homem honroso seja restaurada. As pessoas, principalmente as da alta sociedade, vão perceber que poderão confiar em mim de novo. Sempre há uma filha que fugiu, um filho envolvido em problemas ou um cônjuge infiel que precisa ser pego em flagrante para que o divórcio aconteça. De certa forma, durante o ano passado, me senti mais vivo que nunca. Gosto da emoção, de me esgueirar por aí. Hoje à noite, quando invadimos a casa de Podmore... — ele balançou a cabeça —... eu preferia que não o tivéssemos encontrado morto, mas gosto da sensação de perigo.

Ele a encarou, como se estivesse mergulhando em sua alma, esperando que ela confessasse o mesmo. Então ela o fez.

— Há algo viciante no perigo. Talvez seja o fato de nunca saber o que vou encontrar. Ou aquele momento de incerteza, quando não sei se vou triunfar. Às vezes sinto que passo grande parte da minha vida apenas prendendo a respiração, esperando o momento em que ficarei sem fôlego.

— É isso mesmo.

Ela não conseguia tirar os olhos dele. Nunca ficara tão encantada com um homem, e se sentira tão *compreendida*.

— Há quanto tempo você faz isso? — perguntou ele.

— Uma década. — Ela riu. — Não acredito que faz tanto tempo. Eu tinha 23 anos quando comecei a trabalhar para o Ministério do Interior.

— Isso é um bom presságio para mim, então, se você ainda não se cansou desse trabalho.

— Não consigo me imaginar fazendo outra coisa. Consegue me imaginar servindo chá no jardim à tarde? Embora eu deva confessar que um dia já quis isso para meu futuro.

— E o que aconteceu que mudou o rumo do que você queria para o seu futuro?

Laddie começou a se mexer no colo dela. Graças a Deus. A intensidade daqueles olhos azuis faziam com que quisesse revelar tudo — mas as lembranças ainda eram dolorosas, mesmo depois de tantos anos, e ela não queria revisitá-las. Não naquela noite. Não com ele. Esme não queria que ele sentisse pena dela, e isso com certeza aconteceria. Ela não podia deixá-lo saber de sua fraqueza.

— Tenho que levar Laddie até o jardim.

Ela se levantou e ele também.

— Não vou demorar — disse ela.

— Eu acompanho você.

Era uma tola em pensar que a oferta significava que ele gostava de sua companhia. Era mais provável que fosse pela falta de confiança nela, pela suspeita de que fosse fazer algo além de levar o cachorro para fazer xixi.

— Já que insiste.

Depois de colocar Laddie no chão, Esme começou a andar pela casa seguindo o cachorro, cujas patinhas estalavam no piso de madeira, sempre coberto por um tapete, até chegarem à cozinha e o animalzinho correr para a porta e começar a arranhá-la e ganir. Esme pegou uma lamparina na grande mesa e acendeu um fósforo.

— Pode abrir a porta para deixá-lo sair?

Uma cerca de madeira que separava a propriedade dela das casas vizinhas impedia que ele fugisse para a rua.

Ela ergueu o globo de vidro e acendeu o pavio, enquanto ele abria a porta e Laddie saía correndo. Então, ouviram um latido alto e caótico.

— Ele está nervoso com alguma coisa — apontou Marcus.

Ela foi até a porta com a lamparina na mão.

— Deve ser um esquilo. Daqui a pouco ele cansa.

Esme saiu na frente, ciente de que ele estava tão próximo que era capaz de sentir o calor emanando do corpo dele. Ah, como ela queria se encostar nele, ser abraçada... Malditas fantasias que não paravam de irromper em sua mente! Fazia muito tempo desde que tivera um amante, e as coisas entre Marcus e ela com certeza ficariam mais complicadas se fossem para a cama. Embora ele pudesse dizer que sabia lidar com coisas complicadas. Lutando para reprimir qualquer tipo de desejo, ela segurou a lamparina no alto, mas não conseguiu iluminar longe o suficiente para ver o motivo dos latidos de Laddie.

— Ele não costuma latir assim. Shhh, Laddie!

Ela andou na direção que os latidos apontavam.

— Desgraçado! O cachorro me mordeu! — gritou uma voz grossa que ela não conhecia.

Laddie ganiu alto e, então, ficou quieto. Esme entrou em pânico, enquanto Marcus já estava correndo na direção do barulho.

— Corre! — Outra voz, mais grossa e rouca.

Duas sombras saíram da escuridão, seguidas por uma terceira silhueta que devia ser Marcus, correndo atrás dos outros. Quem eram aqueles homens e o que raios estavam fazendo ali? E, mais importante, onde estava Laddie? Segurando a lamparina e correndo com cuidado na escuridão, ela chamou pelo cachorro, mesmo quando seu coração, seu âmago, dizia que era inútil. Não havia mais sons no jardim. Nada de fungadas, rosnados ou ruído de grama sendo amassada pelas patinhas de Laddie, enquanto ele buscava o melhor lugar para se aliviar.

Então a luz da lamparina refletiu uma mancha branca. Branco misturado com preto. Um montinho imóvel no chão. O coração dela parou e seu peito se apertou enquanto se abaixava para examinar a forma inerte de seu amado Laddie.

Inferno! Os canalhas conseguiram fugir!

O uísque havia deixado os reflexos de Marcus lentos, e os desgraçados tinham desaparecido quando ele chegou ao beco. É bem provável que algum veículo estivesse esperando por eles ou então pularam o muro para outra casa. Ele se esgueirou de um lado para o outro no caminho escuro, atento a qualquer movimento, mas tudo estava silencioso. Blasfemou em voz alta antes de voltar para o jardim de Esme. Ele estava a apenas alguns passos da casa quando a viu ajoelhada em um círculo de luz que vinha da lamparina no chão. Ela parecia um quadro da Madona que vira uma vez: serena e angelical. E linda. Tão linda que, de repente, ficou difícil respirar, como se ele ainda estivesse correndo atrás dos invasores. Então, outra coisa chamou sua atenção: pelos brancos refletindo no brilho da luz.

— Maldição!

Sem pensar duas vezes, ele correu até ela e caiu de joelhos ao seu lado. Esme estava com a mão no peito do cachorro e não levantou a cabeça, mas sussurrou:

— Ele está respirando, mas não está se movendo.

A tristeza profunda na voz dela suscitou uma sensação de solidariedade nele, algo que Marcus não sentia desde que sua vida fora arruinada pela traição do pai.

— Um deles provavelmente o atacou. — Talvez o que tinha sido mordido, por fúria ou medo, tivesse dado um soco ou chute. — Minhas mãos são maiores. Vou carregá-lo para dentro de casa.

Ela assentiu antes de recuar, pegar a lamparina e ficar de pé. Marcus deslizou as mãos sob o pequeno corpo do cachorro com cuidado e o embalou em seus braços. Laddie não fez qualquer som nem mexeu um único músculo.

Ele seguiu Esme até a cozinha e colocou o cãozinho na mesa, dando espaço para que ela pudesse mais uma vez afundar os dedos no pelo do animal. Ali dentro, as paredes serviam para conter a luz da lamparina, que iluminava todo o ambiente. Só então ele viu as bochechas molhadas e o rastro de lágrimas no rosto dela. Ela estava chorando por um cachorro ferido. Como era possível que ele a tivesse julgado tão mal, exceto por sua beleza? Sem conseguir se conter, ele estendeu a mão e secou uma lágrima com o polegar.

Ela ergueu os olhos, e a desolação que ele viu nos olhos castanhos o deixou angustiado.

— Laddie é meu companheiro há cinco anos, meu melhor amigo, o mais dedicado e fiel. Se ele morrer…

— Ele não vai morrer.

Marcus não conseguia se lembrar da última vez que se sentira tão seguro de alguma coisa, e era até imprudente da sua parte dar esperança a ela. Ele não era veterinário — eles tratavam cães? — nem médico. O que ele sabia sobre lesões em cachorros? Ele só sabia sobre mulheres desmaiadas.

— Você tem sais aromáticos?

— Para quê? Eu não desmaio.

— Especiarias, então?

Marcus começou a vasculhar a cozinha, abrindo gavetas e armários até encontrar alguns potes e sacos rotulados com nomes de especiarias. Ele cheirou tudo até encontrar algo de odor bem forte. Despejando um pouco na palma da mão, voltou para a mesa e colocou a mão bem embaixo do focinho de Laddie. O rosto do cachorro se mexeu um pouquinho.

— Isso! Vamos, Laddie, seja um bom garoto e acorde.

Marcus aproximou mais a mão e esperou enquanto o cachorro respirava mais algumas vezes até abrir os olhos.

— Laddie! — exclamou Esme, abraçando o cachorro.

Marcus não conseguia se lembrar de tê-la visto tão animada, tão alegre, tão aliviada.

— É melhor tomar cuidado com ele — alertou ele. — Tive um amigo que caiu do cavalo, bateu a cabeça e teve uma concussão, segundo o médico. Ele ficou confuso por um tempo, andando como um bêbado.

— Será que cães sofrem concussões? — perguntou ela com seriedade, como se ele fosse um especialista, e Marcus desejou ser um apenas para poder tranquilizá-la. Ele não conseguia entender a súbita vontade que sentira de fazer com que as preocupações dela desaparecessem.

— Não sei. Não sei se alguém sabe, ou se isso foi estudado. Até onde sei, veterinários só cuidam de cavalos e gado. E se o colocarmos no chão para ver o que acontece?

Ela colocou o bichinho no chão, e Laddie simplesmente se deitou e apoiou o queixo nas patas. Esme o colocou na mesa de novo, onde ele voltou à mesma posição.

— Está vendo aquela lata ali? — Ela acenou com a cabeça em direção a um pote acobreado no balcão com LADDIE escrito em letras maiúsculas. — A cozinheira faz biscoitos especiais para ele. Pode pegar um?

Ele limpou as mãos na pia antes de pegar o biscoito que cheirava muito a fígado e rins, duas coisas das quais ele não era muito entusiasta.

Ele observou com interesse enquanto ela oferecia o biscoito ao cachorro. O sorriso dela ao ver Laddie devorando a bolacha era digno de um poema. Marcus queria aquele sorriso capturado em tinta, assim como o deleite nos olhos dourados e a única lágrima que ainda se agarrava aos seus cílios — um lembrete de um coração emotivo e carinhoso.

— Bom, talvez ele não queira brincar, mas não parece ter problemas de apetite. — Ela olhou para Marcus. — Acho que não conseguiu ver os invasores, não foi?

— Não. Eles escaparam com maestria.

— Quem acha que eram? O que será que queriam? Você acha que nos seguiram da casa de Podmore?

Eram as mesmas perguntas que ele tinha se feito.

— Se não estivessem fazendo algo errado, não teriam fugido.

Ela assentiu, caminhou para o corredor e então desapareceu. Ele ouviu uma batida na madeira, e então a voz dela:

— Alguns gatunos estavam espiando no jardim. Quando Laddie os descobriu, eles saíram às pressas depois de machucá-lo. Mande alguns criados patrulharem os jardins até o amanhecer.

— Certo — respondeu Brewster. — E Laddie?

— Acho que vai ficar bem. Stanwick cuidou dele.

— Não confio nele.

— Em Laddie?

Marcus ouviu um grunhido, e teve prazer de imaginar Brewster fazendo uma careta.

— Em Stanwick.

— Ele não nos deu nenhuma razão para não confiar nele.

— O que é exatamente o que alguém em quem não deveríamos confiar faria.

Não falaram mais nada depois disso, e Marcus ficou um pouco desapontado por ela não o ter defendido de novo, desta vez com mais vigor. Então, ele ouviu os passos dela, que logo apareceu na porta da cozinha.

— Brewster vai mandar alguns criados ficarem de guarda.

— Eu ouvi.

Esme corou, a única indicação de que talvez ela estivesse envergonhada ou arrependida por ele ter ouvido a conversa.

— Você se importaria de levar Laddie para cima? Ele dorme no meu quarto.

Marcus ficou aliviado. De acordo com o que acabara de testemunhar, o cachorro defenderia a dona até a morte se alguém entrasse no quarto dela com alguma intenção malévola. Ele acreditava que cães tinham o instinto de distinguir as pessoas boas das más. Talvez o mal tivesse um cheiro ruim...

Laddie não reclamou quando Marcus o embalou nos braços mais uma vez e o carregou escada acima atrás de Esme. No caminho, ele se deu conta do que ela estava vestindo. Era uma roupa que esvoaçava tanto que camuflava a forma do corpo feminino, mas o tecido de seda também indicava que ela usava muito pouco, ou nada, por baixo. Ele imaginou o vestido deslizando pelo corpo dela e caindo no chão enquanto ela ia para os braços dele, para agradecê-lo por ter reanimado o cachorro.

No topo da escadaria, ele a seguiu até o quarto e parou de supetão na porta. Marcus sempre a idealizara esparramada sobre lençóis de cetim vinho, cercada por travesseiros carmim e roxos. Esperava por um cômodo com um ar libidinoso, com estátuas e pinturas de pessoas nuas.

Não esperava por uma coberta branca com viés cor-de-rosa. Duas poltronas aconchegantes com almofadas de brocado rosa e branco. A grande pintura de uma praia com uma garotinha segurando um balde e examinando uma concha, o céu em tons pastel de rosa e laranja, apenas um traço de azul e algumas nuvens finas indicando o amanhecer ou o pôr do sol. E, com certeza, ele não esperava a boneca de porcelana na penteadeira. Uma edição de *Grandes esperanças* estava na mesa de cabeceira.

— Pode colocá-lo do lado direito da cama — disse ela. — É onde ele dorme. Ou onde começa a dormir, pelo menos. Ele sempre gruda em mim durante a noite.

Pela primeira vez na vida, Marcus sentiu inveja de um cachorro. Quando se afastou da cama, ficou surpreso por Esme ter continuado de pé, perto da janela, como se tê-lo próximo de sua cama fosse um perigo para ela — ou talvez uma tentação irresistível. Ele não podia negar que a ideia de jogá-la naquele colchão havia passado mais de uma vez pela sua cabeça. Era como se a lágrima dela tivesse deixado uma marca permanente em seu polegar. Ele queria explorar seus lugares mais íntimos, queria descobrir se ela era tão fogosa entre os lençóis quanto ele imaginava.

— Acho que vou pedir para um médico examiná-lo logo pela manhã — afirmou ela.

— Se encontrar alguém disposto a examinar um animal, acho uma boa ideia.

— Vou pagar o suficiente para que a pessoa faça qualquer coisa que eu pedir.

Marcus teve o pensamento perturbador de que, mesmo sem pagamento, ele faria qualquer coisa que ela pedisse. Como tinha chegado a esse ponto? Era mais que as lágrimas que testemunhara, mais que a bondade de seu coração. Era sua força, sua coragem, sua crença na justiça de seus atos. Ele estava tentado a cruzar o quarto e tomar aquela boca deliciosa. O ímpeto era muito grande, então apenas disse:

— É melhor eu ir me deitar.

— Obrigada por cuidar de Laddie, por tê-lo acordado. Nunca teria pensado em usar especiarias.

Ele deu de ombros.

— Acho que em algum momento ele teria acordado sozinho.

— Mesmo assim, foi reconfortante não ter que esperar muito.

Ela passou a mão pela cortina branca de seda com viés rosa. O cômodo inteiro parecia delicado demais para ela. Muito inocente.

O quarto de Marcus tinha tons mais escuros, verde-musgo e bordô. Era masculino demais para ela. Para ele, o estilo dela seria algo entre a decoração dos dois quartos. Ela era um enigma, um mistério. Quanto dela era real? Quanto era fingimento? Se ele a seduzisse, que mulher descobriria em seus braços? Tudo nela o intrigava.

— Boa noite, Esme.

— Durma bem, Marcus.

Ao sair do quarto, ele duvidou que fosse dormir. Ela com certeza assombraria seus sonhos e o deixaria louco de desejo.

Capítulo 12

Pela manhã, Laddie já estava agitado como sempre, então Esme dispensou a ideia de chamar um médico. Depois do café, ela e Marcus examinaram os jardins, procurando por qualquer pista que pudesse ajudá-los a descobrir a identidade dos homens ou o que eles estavam procurando, mas só encontraram flores e folhagens pisoteadas. E uma grande pedra perto de onde Laddie tinha sido encontrado — provavelmente a arma usada para silenciá-lo ou fazê-lo soltar alguém. Ela não sabia que seu cachorro podia ser tão feroz, mas, até a noite anterior, ele nunca tivera razão para ser.

— É melhor manter os criados de guarda à noite — sugeriu Marcus enquanto caminhavam de volta para a casa.

— Pode ser que tenham sido apenas ladrões — disse ela.

— Você não acredita nisso mais do que eu.

— Bem que Laddie podia ter mordido o sujeito com força suficiente para ele não conseguir correr. Então teríamos algumas explicações.

Parece que havia uma falta generalizada de respostas...

No escritório, ela tirou da gaveta da escrivaninha as fotografias do documento. Antes de entregar para Og, fez cópias para si mesma. Marcus estava apoiado na mesa, e Esme se recusou a pensar em quanto gostava da forma como o tecido da calça dele abraçava aquele traseiro firme e a coxa mais próxima dela. Será que ele sempre fora tão bem torneado ou sua vida recente tinha moldado seus músculos?

— Você acha que as fotos vão mostrar algo que não revelaram antes? — indagou ele.

— Gosto de tê-las como referência, caso algo chame a nossa atenção. — Ela cruzou os braços para impedir que suas mãos cedessem à tentação de acariciar aquela coxa sedutora. Então, ajeitou-se um pouco e apoiou o quadril contra a mesa. — Se eu planejasse assassinar uma rainha, gostaria de ter ao meu lado alguém em quem confio cegamente. Seu pai pode ter pensado o mesmo, e os culpados podem ser pessoas mais próximas do que imaginamos.

— Como eu?

— Achei que já tivéssemos estabelecido que não acredito em seu envolvimento na trama, e você não acredita no meu.

— Brewster desconfia de mim.

— Ele não gosta de você, pois é jovem e bonito. Acha que pode me fazer perder a cabeça, me distrair.

Ele sorriu.

— E eu posso fazer você perder a cabeça?

Com mais um beijo, com uma carícia daquela mão grande nas suas costas, com palavras doces sussurradas em seu ouvido.

— Não sou tão tola assim. Sei muito bem que homens preferem mulheres mais novas que eles.

— Você é só três anos mais velha que eu, não é uma anciã. Além disso, prefiro mulheres experientes.

Ela arqueou uma sobrancelha.

— Hum, é mesmo?

— Sim. Nunca gostei das inocentes, e acho que você também não.

Esme tinha dúvidas se já tinha ficado com alguém que tivesse percorrido caminhos tão sombrios quanto Marcus. Ele era o oposto de inocente, e isso era muito atraente. Dos homens que conheceu, ele era o que mais se assemelhava a ela. Ah, como estava tentada... No entanto, se cedessem ao impulso, será que ela perderia o foco? Não conseguia descartar as preocupações de Brewster, embora não concordasse com ele. Será que já estava cega por causa do sofrimento dele? Será que ela o enxergava como ele realmente era?

— Acho que estamos fugindo do assunto. — Ele sorriu, e Esme teve certeza de que Marcus tinha completa noção de que ela estava se esforçando para não pensar nele em sua cama. — Podmore era muito próximo do marquês de Fotheringham, o Hammy. A palavra "porquinho" foi riscada da lista. Será que era o marquês?

Marcus pegou a fotografia e a estudou como se o papel pudesse revelar mais aos olhos dele do que aos dela.

— Ele morreu pouco mais de um mês antes do meu pai ser preso.

— Sim, eu sei. Um acidente de cavalo em sua propriedade. Caiu e quebrou o pescoço, embora ninguém tenha testemunhado a queda.

— Não desconfiei de nada na época. Era comum ele sair para passear a cavalo sozinho de manhã. Mas agora... depois de Podmore...

Ele pareceu contemplar o que havia especulado, e sacudiu a fotografia como se, ao fazê-lo, algo oculto fosse aparecer.

— Fiz perguntas discretas ao herdeiro dele — confidenciou ela.

Ele parou de mexer a fotografia e arqueou uma sobrancelha, os olhos azuis brilhando em divertimento.

— É mesmo? E como foi?

Esme abriu um sorriso irônico.

— Não muito bem. Consegui encontrá-lo em um museu, como uma dama perdida procurando uma determinada exposição, e ele se ofereceu para me ajudar a encontrar. Então, passamos cerca de uma hora juntos.

— Pelo que me lembro, Walter tinha 16 anos na época em que o pai morreu. Imagino que ele tenha caído de amores ao receber a atenção de uma mulher bem mais velha.

— Ele pareceu gostar de ter alguém para ouvi-lo enquanto passeávamos pela exposição. Mas não forneceu nenhuma informação útil.

— Fotheringham casou-se bem tarde, perto dos 40 anos.

— A esposa dele também não ajudou muito, só confirmou que ele passava a maior parte das noites fora de casa. Ela me pareceu meio bobinha. Estava mais chateada por ter que usar preto do que pela morte do marido.

— Ela também estava no museu?

— Não, estava provando um vestido, algo impróprio para uma recém-viúva, diga-se de passagem. Consegui agendar o mesmo horário e fingi ter ficado viúva recentemente para podermos compartilhar nossas dores.

— Ela não a reconheceu como amante do meu pai?

— Não. Poucos nobres me viram com o duque, e ele nunca me apresentou a ninguém. Além disso, eu estava grisalha e desleixada. Parte do meu treinamento envolveu aprender truques do teatro para me disfarçar. Maneirismos são muito importantes.

Talvez ela não devesse ter admitido a última parte. Era possível que Marcus começasse a se perguntar se a indiferença em relação a ele, a distância que ela mantinha dele, era um ato de autopreservação.

— Meu pai mencionou alguma coisa sobre Fotheringham para você achar que ele estava envolvido?

— Na verdade, foi o pouco que ele falava de Fotheringham que me deixou desconfiada. O duque ficou muito melancólico depois da morte do marquês. Ele se sentava em frente à lareira da minha sala e bebia uísque como se fosse água. Chegou a desmaiar algumas vezes de tanto beber. Certa noite chorou sem parar. Quando eu tentava consolá-lo e encorajá-lo a falar sobre o que o aborrecia, ele dizia que não podia.

— Meu pai nunca foi bom em falar de sentimentos.

— Fiquei com a impressão de que era mais que isso. Ele parecia estar guardando um segredo. Houve uma noite que ele resmungou que a culpa era dele, e eu me perguntei se estava se referindo ao acidente. Eu o confortei o melhor que pude, esperando que ele revelasse mais, mas nunca o fez. Você acha que Fotheringham podia estar envolvido?

Era errado Marcus se ressentir do pai por ele ter ido se confortar com Esme, mas, ainda assim, ele se ressentia. Mesmo que o pai nunca tivesse se deitado com ela, o duque conhecera seu toque gentil, fora alvo de sua preocupação, de seus cuidados. Sentira-se confortável o suficiente para chorar na presença dela. Um homem que Marcus nunca tinha visto derramar uma lágrima sequer em toda a sua vida, um homem que ridicularizava qualquer um que não parecesse forte o tempo todo.

Marcus jogou a fotografia sobre a mesa, levantou-se e foi até a janela que dava para o jardim, onde os dois homens estavam espreitando na noite anterior. Ele já suspeitava que outros nobres pudessem estar envolvidos, mas não tantos quanto as fotografias sugeriam. Quatrocentos anos atrás, talvez. Mas a sociedade era mais civilizada agora. Embora ele mesmo não se sentisse civilizado naquele momento.

— Talvez fosse só impressão, e não vejo como isso pode fazer alguma diferença agora — comentou Marcus.

— Eu gostaria de confirmar que esta lista tem alguma autenticidade.

— Você sabe dizer se fizeram alguma busca em nossa casa, principalmente no escritório do meu pai? Se descobriram alguma coisa lá?

Se tivessem descoberto ela saberia, e eles não estariam tão perdidos.

— Não encontraram nada de importante.

— Você investigou minha antiga casa?

— Não.

— Considerando a sorte que você teve em encontrar o esconderijo de Podmore, talvez seja uma boa ideia vasculharmos a casa. E se formos lá? Na semana passada, ela ainda estava desabitada e trancada.

A Coroa havia se apossado da mansão, e ele suspeitava que o local ficaria desocupado por um tempo, até a rainha Vitória criar um novo título e entregar as propriedades vinculadas ao novo titular. Ninguém gostaria de ser associado ao nome de Wolfford. Ou, talvez, a Coroa vendesse tudo ou distribuísse entre os favoritos da rainha.

Esme abriu um sorriso travesso, demonstrando ter gostado muito da ideia.

— E nós dois temos capacidade para entrar sem precisar de chave. Quando você acha que seria o melhor momento para entrarmos escondidos?

— Agora, quando podemos enxergar tudo sem precisar de lamparinas. Caso contrário, alguém poderia avistar a luz e mandar chamar um policial ou a Scotland Yard.

Ela se afastou da mesa, levando seu perfume de rosas.

— Vou mandar aprontarem a carruagem.

Depois que ela saiu do escritório, ele se virou para a janela. Marcus só havia visitado sua antiga casa uma vez desde que sua família fora expulsa com pouco mais do que a roupa do corpo. Ele tinha ido à noite, esgueirando-se furtivamente com apenas a luz fraca de uma lamparina para guiá-lo, com medo de ser visto. No entanto, a visita fora infrutífera, e ele não encontrara nada para ajudá-lo — até os pequenos itens de valor que ele poderia ter colocado no bolso haviam sido levados. Talvez ele tivesse deixado alguma coisa passar, algo que Esme com suas habilidades de espiã pudesse notar. Ainda assim, foi com certo pavor que Marcus se preparou para uma viagem ao passado.

Capítulo 13

A honra de arrombar a fechadura na entrada dos empregados ficou a cargo de Marcus, e enquanto Esme o observava, ela não podia deixar de pensar que ele teria feito o trabalho num piscar de olhos se não estivesse invadindo a casa que pertencera à sua família. Ela chegou a pensar em ir sozinha para poupá-lo do bombardeio de lembranças, mas imaginou que ele não gostaria nada de saber que ela percebera o quão difícil aquela visita seria para ele. Com a morte do pai, a casa teria sido dele, e devia ser insuportável encarar o que lhe fora tirado, por um erro que ele não cometera. Nem ele nem os irmãos fizeram qualquer coisa para merecer a punição e, no entanto, a situação lhes fora imposta porque carregavam o sangue do pai, e o sangue era tudo para a realeza e a nobreza.

Depois que chegaram aos estábulos, ela enviou seu cocheiro em uma missão, certa de que ele retornaria antes que terminassem de explorar o lugar, embora estivesse começando a pensar que Marcus poderia querer recuar antes mesmo de começar. Então, ela ouviu um breve clique e um suspiro de Marcus. Ele soltou o trinco, empurrou a porta e indicou para que ela o seguisse.

Era estranho entrar em uma casa tão silenciosa e sem vida. Era diferente de uma residência vazia que estava disponível para venda ou aluguel. As paredes pareciam assombradas, como se soubessem que foram traídas. Um arrepio percorreu sua coluna enquanto Esme avançava pelo corredor, ciente da porta atrás dela se fechando e do eco das botas de Marcus enquanto ele a seguia.

Andando pela cozinha, ela imaginou todos os funcionários que trabalharam lá, e parou quando chegou ao quarto do mordomo. Os móveis, cobertos com lençóis brancos, ainda estavam ali.

— Você acha que seu pai pode ter escondido algo aqui?

A tensão que irradiava de Marcus era quase palpável.

— Acho que meu pai nem sabia da existência do andar de baixo.

Ela o olhou por cima do ombro.

— É difícil acreditar nisso.

— Ele era um duque que tocava sinos e as pessoas apareciam como num passe de mágica para atender seus pedidos. — Ele suspirou. — Bom, acho que olhar não vai fazer mal...

Não fez mal, mas também não fez bem, apenas serviu para lhe dar uma noção, por todos os livros de contabilidade e notas de lojas, de que um número excessivo de bebidas alcoólicas fora comprado naquela casa. Eles vasculharam o quarto da governanta, a adega, a lavanderia... todos os cômodos usados pelos funcionários. Como os serviçais levaram seus itens pessoais quando foram dispensados, muitas vezes havia pouco para olhar.

— Espero que os empregados tenham encontrado bons empregos — disse ele enquanto subiam a escada. — Tomara que não tenham sido penalizados por trabalharem para um traidor.

— Eles serviram a um duque, então decerto conseguiram alguma coisa. Não consigo imaginar que alguém os responsabilizaria por causa de seu empregador.

— É surpreendente como as atitudes de uma pessoa podem afetar tantas outras.

Eles chegaram ao topo, onde havia uma antecâmara na qual os empregados se preparavam para servir o jantar. Ele empurrou a porta e entrou, mantendo-a aberta enquanto ela o seguia. A sala de jantar era quase tão grande quanto o andar principal da casa dela. Mais uma vez, estava tudo coberto de branco: a mesa enorme, as cadeiras, os armários que sem dúvida abrigaram porcelanas e relíquias da família. Ela ficou tentada a arrancar todos os panos para revelar móveis que deixariam sua mãe morrendo de inveja.

Ele se aproximou de portas duplas, empurrou-as e entrou em outra câmara cavernosa. Ao passar pelo portal, o cheiro dos livros a invadiu. Embora todas as prateleiras e tomos estivessem escondidos atrás de tecidos brancos, Esme foi transportada para uma época em que devorava livros porque eles a levavam para longe de uma mãe brava e um padrasto que não sabia o que fazer com ela além de casá-la jovem para que não fosse mais um problema deles.

Ela reservou alguns instantes para absorver a grandiosidade visível do cômodo — as paredes escuras de mogno, as pesadas cortinas douradas, o lustre colossal —, mas Marcus continuou andando até chegar à enorme lareira para puxar um tecido e revelar um grande retrato de família. Esme reconhecia todos eles porque fizera questão de saber quem eram um por um, caso seus caminhos se cruzassem, ou se tivesse uma oportunidade de fazer perguntas discretas sobre eles. A mulher mais velha sentada no sofazinho era a mãe dele, a jovem ao lado dela era a irmã. O duque estava atrás do único móvel presente na pintura, cercado pelos dois filhos. O sofá era estreito o suficiente para que o corpo de Marcus e de seu irmão ficassem perfeitamente visíveis.

Marcus estava mais magro quando aquele retrato fora pintado. E com as feições mais suaves, sem as atuais preocupações. A testa não tinha marcas de expressão. Os olhos não encaravam o mundo com cinismo. A boca não exibia aquele esgar, como se desafiasse quem quer que se aproximasse. A mandíbula não estava tensa como se ele ansiasse por golpear alguma coisa. Ela desejou tê-lo conhecido antes, mas apenas por um minuto. Não teria sentido tanta atração por ele na época, pois ele seria muito inocente, muito ingênuo, muito confiável. O homem parado ali olhando para o retrato a fascinava muito mais do que deveria, mais do que era seguro ou sensato.

Como se ela fosse a maré e o retrato fosse a lua, a pintura a atraiu. Seus pés não fizeram nenhum som enquanto atravessavam o espesso tapete Aubusson até ela parar ao lado dele, do homem que já considerara seu inimigo.

— Isso foi pintado no Natal antes de tudo ir para o inferno — comentou ele.

Em 1872, então. Depois que os rumores de um plano de assassinato começaram a surgir. Estaria o duque planejando esquemas nefastos enquanto posava com sua família? Ou ainda não se tornara cúmplice de toda aquela história?

— Não sabia que era tão atual. Você parece muito mais jovem.

— Me pergunto há quanto tempo ele já estava envolvido na conspiração de traição. Não vejo maldade nesse olhar. Achei que se olhasse o retrato mais de perto, notaria o que eu deveria saber. — Ele balançou a cabeça. — Como não percebi? Mas olhe para mim. Um garotão que se preocupa apenas com seus prazeres. Lembro-me de ficar um pouco irritado porque o artista estava demorando muito. Eu queria esquiar nos Alpes com meus amigos. Saí assim que a última gota de tinta tocou a tela. A questão é que, mesmo que eu soubesse que seria nosso último Natal juntos, não sei se teria ficado. Nunca fomos próximos.

Ela desejou aninhá-lo contra o peito e murmurar palavras de conforto. Mas ela fora a cortesã sem coração por tanto tempo que qualquer vulnerabilidade parecia aterrorizante.

— Bem — ele soltou um longo suspiro —, olhar para este quadro não vai nos levar a lugar nenhum, certo? — Ele se virou e arrancou o tecido que cobria a escrivaninha maciça de jacarandá. — Faça o que sabe fazer. Vou continuar procurando.

Enquanto Marcus se afastava e jogava outros tecidos no chão, ela teve a sensação de que ele precisava estabelecer alguma distância entre os dois. Talvez estivesse envergonhado por ter se mostrado tão vulnerável, por dar a ela aquele pequeno vislumbre do seu interior. O jovem Marcus no retrato não teria se incomodado com aquilo. Mas, na época, ele ainda não havia sido destruído. Não tinha sido obrigado a se reinventar.

A escrivaninha era gigantesca, formada por três laterais sólidas e um quarto lado com uma abertura entre duas torres de gavetas que se revelaram vazias quando ela abriu uma por uma. É claro que haviam sido revistadas quando o duque fora preso. Qualquer que fosse o conteúdo, não havia sido compartilhado com ela, então devia ser inútil ou algo que só determinados olhos podiam contemplar. Ela não passava de um soldado de infantaria, sabia apenas o que era necessário para fazer seu trabalho.

Olhando para Marcus, se deu conta de que era fácil imaginá-lo ali, sentado à mesa, dono de seus bens, administrando propriedades, cuidando do bem-estar daqueles sob seus cuidados. Tudo aquilo deveria pertencer a ele. Não fora correto terem sido apreendidos. Se tivesse assumido o papel de duque, será que agora se moveria de modo tão furtivo pelo cômodo, como um lobo à espreita? Seus passos eram firmes, o olhar era concentrado. Ele avaliava e explorava cada detalhe dos objetos dos quais se aproximava. Ela não devia ficar fascinada por algo tão simples quanto o modo como ele passava a mão sobre uma estatueta, o movimento de uma cadeira que poderia ter algo escondido sob o tecido, o folhear de páginas de um livro antes de colocá-lo de lado com delicadeza — sempre respeitando os tesouros que iriam para alguém que não tinha seu sangue, uma vez que a Coroa repassaria a propriedade ou a venderia. Ele devia lutar por suas posses. Talvez o fizesse depois de restaurar alguma honra ao nome de sua família. Ela queria que ele tivesse tudo aquilo.

Mas, para que isso acontecesse, eles precisavam de informações.

Ajoelhada, ela começou a correr os dedos sobre a madeira lisa, pressionando de vez em quando, procurando por algo que pudesse acionar a abertura de um compartimento escondido. Ouviu um *clique* na lateral, perto da frente da mesa.

— Achei alguma coisa!

Seu cheiro masculino e provocante a cercou, causando uma tontura inesperada quando ela o inalou profundamente. Como era tola...

— O que é isso? — perguntou ele, com tensão e ansiedade em sua voz.

— Uma portinha se abriu, revelando um cubículo. — Ela colocou a mão e sentiu uma picada. Que esquisito. — Tem alguma coisa...

Com um pouco mais de cuidado, ela agarrou e retirou o que havia ali dentro. Ele recuou, colocou as mãos na cintura dela e a puxou para fora da abertura cavernosa.

— O que você encontrou? — perguntou ele, agachando-se diante dela.

Ela abriu os dedos para revelar um soldadinho de madeira esculpido com um casaco vermelho e espada em punho, cuja ponta era a causa provável da fisgada de dor em seu dedo.

— Maldito! — resmungou ele, pegando o brinquedo da mão dela. — Eu tinha 8 anos. Estava nesta sala tentando chamar a atenção do meu pai, brincando com o soldadinho e fingindo ser ele, batalhando contra o exército de Napoleão. Eu corria de um lado para o outro quando derrubei uma estatueta de porcelana de uma mulher pastoreando cordeiros. Ele arrancou o soldado de mim e disse que eu estava velho demais para aquilo. Acordei na manhã seguinte e descobri que todo o meu exército havia sumido do meu quarto. Fiquei muito triste com a perda do meu companheiro favorito. Ele se deu ao trabalho de escondê-lo em seu esconderijo? Não havia mais nada lá?

Ela balançou a cabeça.

— Talvez haja outro compartimento secreto. Vou continuar procurando.

Ele voltou sua atenção para o soldadinho. Estaria revivendo sua infância?

— Ele não deveria ter tirado isso de você — disse ela com suavidade. — E há muitas coisas que não deveriam ter sido negadas a você.

Ele sorriu de forma irônica.

— Talvez seja por isso que embarquei nesta missão. Era muito jovem para fazer qualquer coisa quando este pequeno guerreiro e eu fomos forçados a nos separar. Por que diabos ele o guardou e não o jogou fora com os outros? Por que o escondeu em um lugar onde era improvável que eu o encontrasse?

— Temo que há muito sobre seu pai que nunca vamos entender. Talvez tenha se arrependido de não ter deixado você ficar com ele...

— Mas por que escondê-lo? Não faz sentido. Sei que fomos proibidos de remover qualquer coisa desta casa, mas vou levar isso comigo.

Ele enfiou o brinquedo no bolso do casaco.

— Sei guardar segredo. — Ela só não sabia por que suas palavras soaram como uma promessa que ela morreria para cumprir.

Trabalharam juntos para terminar de examinar a mesa, mas não encontraram mais nenhum compartimento oculto. Passaram as três horas seguintes vasculhando todos os cômodos da casa e, em cada um, Marcus revelou algo sobre si. Não com palavras, mas com expressões faciais. Raramente transparecia seus sentimentos, e ela suspeitava que ficaria chocado ao saber que, naquele lugar, suas emoções ficavam à flor da pele. No quarto do pai, a raiva predominou. No da mãe, ele sentiu tristeza. No da irmã, remorso. No do irmão, admiração. Em seu quarto... ela observou enquanto ele lutava para aceitar tudo o que havia perdido. Seu coração doía por vê-lo buscar respostas para um passado que o levaria a um futuro melhor. Mas eles não encontraram nada.

Enquanto voltavam pelos corredores, preparando-se para ir embora, ela disse:

— Imagino que isso tenha sido difícil. Você cresceu aqui.

— Não. Acho que não cresci até ir parar nas ruas.

Marcus se sentiu vulnerável e exposto, assombrado pelas memórias que o bombardearam enquanto caminhava pelos cômodos da casa. A falta de amor, a grosseria, a natureza opressiva de seu pai. Ele achava que quando tomasse posse de tudo, moldaria um destino diferente para ele e seus descendentes. Em vez disso, seu pai moldara tudo, e ele não gostava nada disso.

Mesmo assim, não se sentia culpado. De alguma forma, Esme soubera como seria difícil para ele vasculhar a propriedade, então organizou um piquenique para os dois. Enquanto estavam ocupados, o cocheiro havia buscado uma cesta na Fortnum & Mason, uma empresa que se orgulhava de fornecer a melhor comida para aqueles que queriam um piquenique bem prático. Ela o levou até um parque em uma área de Londres que havia sido reformada por Mick Trewlove, conhecido por reconstruir bairros decadentes. Ao redor do parque havia casas que iam de propriedades simples até residências mais elaboradas, com gramados ao redor. Pessoas de todo o tipo, exceto a nobreza, viviam ali, então era improvável que alguém reconhecesse Esme ou ele.

Ele estava esticado em uma toalha, apoiado no cotovelo, bebendo o vinho tinto que ela servira para ele. Depois do que passara nas últimas horas, não deveria se sentir tão satisfeito em estar ali.

Ela ergueu um ovo cozido envolto em salsicha e farinha.

— Que tal um ovo empanado?

— Aceito.

Ela esticou o braço para entregar-lhe o salgado, mas ele simplesmente ergueu uma sobrancelha.

— Você não vale nada — disse ela com um sorriso perverso, e levou a comida até a boca dele, sem urgência de recolher seus dedos quando ele fechou os lábios ao redor deles.

Ele deve ter comido uma centena dos famosos ovos empanados da Fortnum & Mason ao longo dos anos, mas não conseguia se lembrar de um único que tivesse um gosto melhor do que aquele, com o sabor salgado dos dedos de Esme enquanto ela os afastava de seus lábios. Fechando os olhos, ele quase gemeu com o simples sabor de um pedacinho dela. Ao abri-los, notou que ela o estudava com as bochechas coradas antes de voltar à tarefa de servir os quitutes.

— Faz mais de um ano que não como as delícias da Fortnum & Mason — confessou ele.

— E quem foi a sortuda que comeu com você?

Como o local era conhecido por fornecer deliciosos piqueniques, ele não ficou surpreso com a pergunta dela.

— Não gosto de contar vantagem.

— Hum, então alguém se deu bem.

— Teria sido um desperdício gastar tanto com uma cesta cheia de delícias se não tivesse me dado bem.

Ela riu, o doce som ecoando ao redor dele, acertando seu coração com tanta eficácia quanto a flecha de um cupido. De repente, ele enxergou mais perigo em imaginá-la no parque, em uma tarde ensolarada, do que em um beco escuro, porque Esme o fazia desejar o que ele já tivera, o levava a acreditar que tudo poderia voltar a ser dele.

— Imagino que você já deva ter participado de vários piqueniques com cavalheiros.

Com tudo já servido, ela pegou a taça de vinho.

— Este é o primeiro, na verdade. Espero estar fazendo tudo direitinho.

Ele não conseguia conceber que ela não tivesse ido a vários piqueniques, acompanhada de jovens pretendentes que lutariam entre si por sua mão. Tomando um gole de vinho, ela olhou para onde as crianças brincavam, e ele se perguntou se ela se arrependeu da confissão.

— Como você chegou aonde está hoje?

— Do mesmo jeito que você. Peguei uma carruagem.

— Sabe muito bem que não foi isso que quis dizer. Suspeito que tenha notado muitas das minhas vulnerabilidades quando estávamos na minha antiga casa. Quero saber como você se tornou uma protetora da realeza.

Ela deu outro gole, lambeu os lábios e o estudou. Ele queria tranquilizá-la de que ela podia confiar nele, mas palavras não deveriam ser necessárias. Ele estava disposto a confiar nela e queria que ela estivesse disposta a fazer o mesmo.

— Pouco depois que meu pai morreu, minha mãe recebeu uma carta de condolências da rainha...

O alívio que o dominou ao perceber que ela compartilharia sua história, que ela confiava nele o suficiente para fazê-lo, foi surpreendente.

— Na carta, Sua Majestade mencionou que sabia que meu pai tinha uma filha. Mais tarde, descobri que Vitória havia falado com ele quando servia no palácio. Enfim, na carta, ela escreveu que, quando eu tivesse idade suficiente, ela arranjaria um cargo para mim na casa real. Minha mãe ficou em polvorosa quando percebeu que eu poderia conhecer alguém importante e me casar, por isso decidiu me enviar para uma escola de boas maneiras. Quanto a ela, nem seis meses depois da morte do meu pai, ainda durante seu período de luto, casou-se com o vigário paroquial, que era um bêbado, mas tão rígido quanto ela. Eles me controlavam tanto que eu não via a hora de sair de casa. Como não tinha como me sustentar, a oportunidade de ir para outro lugar só surgiu quando eu fiz 19 anos e fui trabalhar como uma das duas camareiras da rainha. Você conhece essa função?

— Não faço ideia.

— Foi o que permitiu que eu me tornasse íntima da rainha. Não tanto quanto eu seria se tivesse sido nomeada estilista dela, uma posição ocupada por minha superiora, Marianne Skerrett, mas meu quarto ficava no mesmo corredor que o da rainha. Eu cuidava do seu guarda-roupa e de seus itens pessoais, e estava sempre à disposição caso ela precisasse de alguma coisa. Minha ambição era um dia ser promovida a estilista. A posição traz prestígio, e o salário é ótimo. Eu estava trabalhando lá havia um ano quando o príncipe Alberto faleceu, e a rainha e eu nos aproximamos muito porque ela sabia que eu também sofrera uma perda devastadora e, mesmo tendo se passado anos desde a morte do meu pai, eu ainda conseguia me identificar com ela e ser muito mais empática com sua dor do que a maioria.

Ela fez uma pausa e contemplou o horizonte, e ele conseguia imaginá-la confortando a monarca. Marcus também tinha a sensação de que o que estava por vir não seria tão fácil para ela compartilhar. Esme soltou um longo suspiro, como alguém que se preparava para encarar o passado.

— Eu compartilhava minhas tarefas com outra camareira. Seu nome era Beatrix. Era alguns anos mais velha que eu e éramos muito amigas, ou assim eu pensava. Contava tudo para ela, e até confidenciei que gostava de um dos guardas do palácio. Seu nome era Richard, e ele ficava muito bonito de uniforme. Estava encantada por ele. Perto do final do meu segundo ano como camareira, comecei a sentir dores e notei alguns inchaços. Aqui. — Ela pousou a palma da mão em seu abdômen. — Prezando pela confidencialidade, compartilhei minhas preocupações com Beatrix e então notei que os demais empregados começaram a me olhar de forma estranha. As pessoas paravam de conversar sempre que eu me aproximava. Até que descobri que circulavam rumores de que eu tive um caso com um guarda do palácio e estava grávida. Beatrix foi quem espalhou a história, já que ninguém conseguia perceber a mudança no meu corpo quando eu estava vestida.

— Você chegou a confrontá-la?

Ela sorriu de forma irônica.

— Sim, mas eu era muito diferente, então agi de forma muito passiva. Ela admitiu que tinha espalhado a informação e que, de fato, acreditava que eu estava grávida. Afinal, eu havia contado a ela sobre minha paixão por Richard e também, infelizmente, sobre todas as vezes que minha mãe me repreendeu por minha desobediência. Por que eu não desrespeitaria as regras da sociedade e me deitaria com um homem?

— Ela traiu sua confiança. Algo deve tê-la levado a fazer isso.

— Mais tarde descobri que ela sentia inveja porque a rainha parecia gostar mais de mim, e Beatrix também queria o cargo de estilista. Toda aquela fofoca me devastou, e ver minha confiança quebrada me fez muito mal. Naturalmente, alguém associado a tal escândalo, uma jovem que teria um filho fora do casamento, não poderia estar próxima da rainha. A srta. Skerrett disse que eu seria dispensada. Minha mãe foi chamada. Ela estava furiosa por eu ter envergonhado a ela e ao marido. Afirmei que jamais me deitara com um homem. A srta. Skerrett sugeriu que eu fosse examinada por um médico, mas minha mãe não permitiu, temendo que os rumores que circulavam se provassem verdadeiros e causassem mais constrangimento. Fui mandada para casa, onde fui trancada em meu quarto por me recusar a divulgar a identidade do homem com quem supostamente havia fornicado. Beatrix decidiu não divulgar o nome do guarda, afinal, se ela o fizesse, ele poderia confirmar que tudo não passava de uma mentira. Minha mãe e meu padrasto começaram a pensar sobre meu futuro. Deveriam me enviar para um convento? Uma casa de família? Ou me expulsar de casa? Acho que eles consideravam a última opção, só me deixar fazer as malas e seguir meu caminho. Eu estava muito assustada. Sempre que meu pai falava sobre pessoas ruins, eu as imaginava com espadas e rifles, mas palavras podem ser armas muito poderosas. Elas quase me destruíram.

Ele pensou nas palavras duras que usara contra ela a princípio, antes de conhecê-la de verdade, e sentiu como se estivessem esfolando seu coração.

— Esme, as coisas indelicadas que eu falei... elas vieram da raiva que sinto do meu pai, não de você.

Marcus desejou que o sorriso suave que ela dirigiu a ele não fosse tão tranquilo e refletisse tal compreensão.

— Eu não sou mais uma criatura tão frágil, Marcus.

A dor que ele estava sentindo se intensificou. Ela sofrera com um escândalo que não fora causado por ela e conseguiu sair mais forte da situação. Como conseguiu?

— Você me disse uma vez que a rainha Vitória acreditou em você quando ninguém mais acreditou.

Ela assentiu.

— Sim. Eu não cheguei a mencionar os rumores ou os estranhos acontecimentos em meu corpo. Não se incomoda uma monarca com assuntos triviais...

— Não eram triviais. Você estava sendo injustiçada.

E ele entendia muito sobre injustiça.

— No fim, ela teve a mesma opinião que você. Quando eu não estava mais lá, a srta. Skerrett precisou explicar minha ausência e disse a ela que eu tinha sido dispensada, e a rainha quis saber o motivo. Eu estava em casa fazia apenas alguns dias quando ela apareceu na nossa porta. Exigiu a verdade e eu disse que não sabia por que minha barriga estava inchada, ou por que eu me sentia mal. Ela insistiu que eu fosse examinada por um de seus médicos. E, bem, ninguém nega uma ordem dada pela rainha.

Ele esperou enquanto ela bebia mais vinho, desesperado para saber toda a história, mas temendo o desfecho. Colocando a taça no colo, ela entrelaçou os dedos e os dobrou ao redor da haste. Ele desejou tê-los segurado antes que ela lhes desse um propósito, mas, ainda assim, talvez a narrativa pedisse que ele respeitasse seu espaço. Ela pigarreou.

— Ela tem muitos médicos. Foi o dr. Graves que me examinou. Nunca conheci um homem tão gentil e delicado. Ele concluiu que eu não estava grávida, mas que havia um crescimento abdominal estranho. Uma parte precisou ser removida e, com ela... outra parte de mim se foi, também. A parte que me permitiria ser mãe.

Sentindo como se tivesse levado um soco no estômago, ele se sentou abruptamente.

— Esme...

— Está tudo bem — falou, ainda que seu sorriso denunciasse a mentira. — Não fique tão chateado. Já faz tempo. Eu aceitei minhas limitações. Precisei de pouco mais de um ano para me recuperar. Minha mãe lamentou, pois nenhum homem iria querer uma mulher que não pudesse ter filhos. A rainha queria que eu voltasse e me ofereceu muitas opções de trabalho, mas eu não me via em condições de voltar lá e conviver com pessoas que pensaram o pior de mim. Minha condição não era algo a ser discutido porque não discutimos nada relacionado a nosso corpo, não é? Agimos como se fosse um constrangimento, e não algo a ser celebrado. Não mencionamos cirurgias que envolvem uma parte tão íntima da nossa anatomia. Mesmo que eu ousasse fazer algo do tipo, era improvável que as pessoas acreditassem em mim. Beatrix garantiu que acreditassem no pior e assim elas o fizeram. Elas achariam que eu perdera o filho ou tivesse dado à luz e sumido com ele. O escândalo é muito mais divertido que a verdade. Eu não conseguiria voltar para um lugar com memórias tão horríveis.

Ela continuou:

— No entanto, eu não podia abandonar Vitória, a única mulher que acreditou em mim e me poupou de uma morte lenta e horrenda por uma doença. Enquanto eu estava no palácio, servindo-a, tive a oportunidade de conhecer o ministro do Interior, quase por acaso. Nós nos cruzamos no corredor, e ele se apresentou. Fui visitá-lo e contei que desejava seguir os passos do meu pai e prestar serviço à Coroa. O Exército jamais me admitiria. Mas ele talvez sim. Expliquei que me sairia muito bem ao coletar informações que pudessem ser necessárias. Os homens não veem as mulheres como uma ameaça e, portanto, confiariam em mim mais facilmente. Eu poderia usar minhas artimanhas femininas para coagir confidências, porque os homens adoram se gabar de suas façanhas para uma mulher que não pode prejudicá-los. Ele ficou bastante intrigado com a ideia. Passamos dois dias conversando sobre as possibilidades e como eu levaria isso adiante. Então, ele me contratou.

— Para seduzir homens.

— Para ser sincera, consigo a maior parte das informações por meio de outras mulheres.

— Então você seduz mulheres?

Ele adoraria ver aquilo. Como se tivesse lido seus pensamentos, ela abriu um pequeno sorriso provocante.

— Não da maneira que está imaginando. Eu me torno amiga delas. Como Beatrix me ensinou, as pessoas não são boas em guardar segredos. Gostam que os outros saibam que elas têm informações que eles não têm. Os homens tendem a se gabar para suas esposas ou para mulheres com quem estão saindo quando estão prestes a fazer algo que os faz parecer interessantes, ousados ou diferentes. Só preciso saber para quem eles contaram e, então, oferecer um ombro amigo.

Ele ouvia tudo quase sem piscar.

— Há alguns anos, um mealheiro que estava sendo transportado pela ferrovia foi roubado. Peter Anderson foi apontado como o principal suspeito. Ao ser preso, ele negou ser o responsável, e é claro que não confessaria onde escondera o dinheiro. Mas talvez tivesse contado para sua esposa. Aluguei um quarto em uma pensão perto da casa deles e garanti que nossos caminhos se cruzassem com frequência. Ela não tinha muitos amigos, principalmente depois que seu marido foi acusado de roubo. Mas eu fui muito empática com a situação dela, afinal, era casada com um falsificador.

Ele sorriu.

— Você é como uma atriz que assume diferentes papéis.

— Quase isso. O segredo é se encaixar às circunstâncias. Se a pessoa é solitária, eu ofereço amizade. Se é triste, ofereço consolo. Se está envergonhada, sou empática. Sempre me coloco onde elas estão. Não demora muito até que confiem em mim e me contem o que preciso saber. Nesse ponto, elas em geral são presas e condenadas como cúmplices.

— Você sente culpa por delatá-las?

— Não, meu coração está morto... — Ela balançou a cabeça. — Está bem, talvez eu sinta uma pontinha de culpa, ainda mais se passo a gostar da pessoa, mas ela infringiu a lei. Quem garante que não fará novamente, ou até pior? Na verdade, não são boas pessoas. Com seu pai foi a primeira vez que me coloquei no papel de amante, e isso só porque ele me identificou como tal. Como mencionei, nossa relação nunca evoluiu até esse ponto. A porta do meu quarto é o limite.

— Sempre?

— Sempre. Caso contrário, posso comprometer as informações que obtive.

— Nem todas as suas missões são tranquilas como a da sra. Anderson, ou você não teria cicatrizes.

— De fato, mas o ministro do Interior garantiu que eu estivesse preparada para eventualidades. Trabalhei com os instrutores que treinaram outros agentes. Aprendi a lutar e usar diversas armas, recebi diferentes tipos de dispositivos e concluíram que eu estava apta para as tarefas atribuídas a mim. Exceto pela última, sempre obtive sucesso e alcancei meu objetivo sem demora. E eu me divirto. É muito mais emocionante que garantir que o guarda-roupa da rainha esteja em ordem ou passar pomada em seus joelhos quando estão doendo. Acho que deveria ser grata a Beatrix, pois ela me ensinou que a feiura interior de algumas pessoas pode ser mascarada com certa facilidade. Então, agora eu procuro formas de espiar por trás dessas máscaras.

— E o que vê quando espia por trás da minha?

— Alguém de quem gosto muito mais do que esperava. Gostaria que a vida tivesse sido mais gentil com você.

Ele estava começando a se ressentir menos por sua jornada. Se não fosse pelas ações de seu pai, ele nunca teria conhecido esta mulher incrível. Estendendo a mão e sentindo-se aliviado quando ela não se afastou, ele segurou o queixo dela e acariciou sua pele macia com o polegar.

— Lamento por tudo que passou na corte, a traição e suas consequências, mas a Grã-Bretanha tem sorte de tê-la. Seu pai estaria orgulhoso.

Ela corou levemente.

— Obrigada.

Ele considerou beijá-la ali mesmo, naquela pequena colina, e poderia tê-lo feito se ela não tivesse recuado para que ele não a tocasse mais. Ela ergueu a garrafa de vinho.

— Vamos terminar isso e voltar para casa. Depois de desnudar minha alma, preciso de um tempo no meu refúgio. Acho que você me deve uma ou duas rodadas no ringue.

— Não terei misericórdia.

— Não pedi que tivesse.

Dentro do ringue ele poderia dar tudo de si em uma luta com ela, mas, fora dele, ele queria protegê-la. No entanto, até que os culpados fossem encontrados e presos, Esme continuaria colocando sua vida em risco, e ele percebeu que mantê-la segura importava muito mais para ele do que a honra da própria família.

Capítulo 14

Era estranho estar tão consciente da presença de um homem na casa que Esme podia senti-la, mesmo quando não estavam no mesmo cômodo. Ela sabia quando Marcus estava prestes a entrar na sala de jantar pouco antes de ele cruzar a soleira da porta. Erguia os olhos de sua mesa pouco antes de ele entrar no escritório. Estava alerta enquanto ele andava de um lado para o outro do quarto, incapaz de dormir. E podia dizer quando só o quarto não era suficiente e ele acabava andando por outros cômodos. Até quando ele saía de casa ela sabia.

Esme lia relaxada em seu quarto, em uma cadeira perto da janela, com Laddie já recuperado em seu colo, quando ouviu Marcus se despedir e sair. Ela se levantou tão rápido que fez Laddie escorregar pela sua saia. Abriu as cortinas e viu Marcus caminhando pela rua. Irritada por ele não ter lhe avisado que sairia, agarrou a bolsa, vestiu a peliça enquanto saía do quarto, desceu as escadas e foi atrás dele.

Talvez ele estivesse em uma missão pessoal, ia visitar o irmão ou um bordel ou...

Seus pensamentos galoparam até considerar a possibilidade de que ele estivesse procurando companhia feminina, que planejasse conceder seus beijos maravilhosos a outra mulher. Estava mais que disposta a recebê-los e ficou desapontada depois que voltaram do parque e foram para seu refúgio para lutarem um pouco. Ele não aproveitou as inúmeras oportunidades que teve de beijá-la, embora parecesse interessado em fazê-lo. Talvez ela devesse ser mais direta e dar sinais de que ansiava por mais intimidade, mesmo que a relação deles nunca pudesse ser mais que um simples caso. Ele gostaria de ter filhos, com certeza, e uma esposa que cuidasse da casa, não uma mulher que se escondia. Portanto ela só poderia tê-lo por um curto período, e ainda assim era melhor do que nada.

Mas se não prestasse atenção, ela o acabaria perdendo.

Ele andava com ousadia, enquanto ela se movia sob as amplas sombras fornecidas por árvores ou edificações pouco iluminadas. Por que ele não contara sobre seus planos? Será que não confiava nela? Era uma tola por confiar nele? Será que sua boa aparência a enganara, assim como seu charme e a vida dura que ele agora levava, mas não merecia?

Ele chamou um cabriolé. Praguejando, ela teve que acelerar o passo. A essa hora da noite era improvável que encontrasse um outro a tempo de ver para onde ele foi, mas o destino estava ao seu lado e logo mais um cabriolé apareceu.

— Siga aquele veículo de forma discreta — ordenou antes de entrar.

Parecia que ele não queria só esticar as pernas, então. Tinha um destino em mente, estava disposto a ir longe, e ela estava determinada a descobrir aonde estava indo e o que estava planejando.

O cocheiro o deixou em uma das partes mais arriscadas de Londres, uma área que ele assombrara por vários meses quando adquiriu o tipo de habilidade que, se fosse pego aplicando-a, o levaria direto para a prisão. Invadir casas, fazer pequenos furtos, entrar em brigas sem regras. Ameaçando, intimidando e, por vezes, aterrorizando pessoas.

Ele aprendera a se esconder nas sombras, a observar e avaliar os perigos ao seu redor. Aprendera a ter paciência e a ganhar tempo.

Mas naquela tarde, ao lutar com Esme, tudo o que desejava era agarrá-la. Dominar com um beijo aquela boca que sorria vitoriosa. Substituir a respiração ofegante pelo esforço por gemidos de prazer. Arrancar as roupas que cobriam suas curvas e deixar que suas mãos viajassem pelo corpo que lhe dava água na boca. Estava impaciente, mas, se cedesse aos seus desejos, perderia de vista o objetivo que o consumia havia mais de um ano. Seu foco se voltaria todo para ela, e o que ele tinha a oferecer além de um homem danificado? Um homem sem futuro até que resolvesse o passado?

A risada rouca dele ecoou pelo beco escuro no qual agora caminhava. Até parece que ela ia querer algo com um homem que ainda não havia encontrado um caminho para se erguer do lamaçal que sua vida se tornara. Mais do que nunca ele precisava descobrir quem estava por trás da ruína de seu pai. Os últimos acontecimentos tinham jogado alguma luz e fornecido uma pista que poderia ajudá-lo.

Ele parou em frente a um prédio que mais parecia um armazém que uma residência, mas o proprietário o via como seu castelo, sua fortaleza. Contava até com uma maldita sala do trono. Marcus começaria por ali, onde Willie sentia-se mais poderoso. Passava da meia-noite, então as piores tarefas já estariam resolvidas, o líder da gangue Mão do Diabo estaria aguardando seus empregados o atualizarem sobre o andamento de suas missões.

Com discrição, Marcus observava atento tudo ao redor. Não havia nada além dos ratos, que corriam livres. Atravessou a rua, se escorou na lateral do prédio e foi até os fundos, onde parou e sentiu o pungente e intenso odor de tabaco.

Marcus espiou pelo canto do prédio. O vigia estava sentado com o antebraço por cima da barriga, servindo de apoio para seu cotovelo enquanto apertava o cachimbo entre os dentes e soprava a fumaça, um tornozelo displicentemente cruzado sobre o outro. Havia apenas vigilantes, aguardando que os outros retornassem; não esperavam problemas naquela noite. Marcus dobrou a esquina e, antes que os olhos do guarda pudessem se arregalar por completo, ele lhe desferiu um golpe que o derrubou no chão. Tirando uma corda fina do bolso, Marcus amarrou as mãos do homem para trás e prendeu os pés. Ele o amordaçou e o arrastou para um canto fora de vista, aproveitando para checar que a movimentação não havia atraído nenhuma atenção. Voltou para a porta e não ficou surpreso ao descobrir que não estava trancada. Afinal, havia um guarda tomando conta dela.

Sem perder tempo, ele entrou em silêncio e andou pelos corredores vazios até se aproximar da grande sala que procurava. Uma luz fraca se espalhava pelo corredor. Pressionando as costas contra a parede, ele tentou escutar, mas tudo o que ouviu foi o barulho de vidro sendo colocado sobre madeira. Com sorte, Willie estaria tão intoxicado de álcool que sua língua solta daria a Marcus as respostas que buscava.

Espiando pelo batente da porta, ele não viu mais ninguém na sala, apenas o líder da gangue esparramado em seu enorme trono de madeira com sua berrante exibição de vidro colorido, a qual Marcus supôs representar as joias incrustadas nas bordas. O trono traduzia toda a ignorância do homem. Entrando devagar, Marcus se deleitou com a visão de Willie se endireitando no assento com olhos arregalados.

— Achei que tivesse morto — disse o chefe.

— Você bem que tentou. Trabalhei para você e, mesmo assim, mandou seus capangas me matarem.

Willie deu de ombros.

— Sua cabeça tava valendo quinhentas pratas, parceiro. Sou um homem de negócios. Não dava pra deixar passar.

— E quem ia te pagar por isso?

— Lúcifer.

Marcus estreitou os olhos.

— Você não é o Lúcifer?

O chefe da gangue deu uma risada assustadora.

— Não.

— Então quem é?

— Sei lá. Nunca vi, mas ele sempre consegue me achar.

— Então você trabalha para ele — concluiu Marcus.

— Isso significaria que trabalho pra ele por opção. Ninguém diz "não" pra esse cara, não se você quer continuar vivo.

Marcus olhou ao redor mais uma vez, garantindo que ninguém estava escondido nas sombras. Ele não esperava que Willie fosse tão direto em suas respostas, pensou que talvez precisasse persuadi-lo. A sala estava vazia, exceto pelo trono e a mesa ao lado que continha um copo e uma garrafa de gim. Por que ele estava cooperando com tanta facilidade?

— Onde está o oito de ouros?

— No necrotério.

Será que Marcus tinha entendido tudo errado? Ele deu dois passos e removeu a carta da sua jaqueta.

— Um homem foi assassinado ontem e isso foi encontrado ao lado do corpo.

Willie assentiu.

— Eu que mandei ele fazer o serviço pro Lúcifer, mas acharam o Oito hoje de manhã, pendurado embaixo da ponte Blackfriars.

Enforcado? Teria sido suicídio ou execução? Se pudesse apostar, Marcus colocaria todo o seu dinheiro na hipótese de execução.

— Você sabia que a noite dele terminaria assim? — perguntou Marcus.

O homem negou com a cabeça.

— Daí eu teria mandado outro. Eu gostava do Oito. Era boa pessoa.

Era evidente que ele e Willie tinham uma concepção bem diferente do que constituía uma *boa pessoa*.

— O que mais sabe sobre Lúcifer?

— Ele imaginou que você apareceria aqui...

Ele se levantou devagar e abriu os braços, como uma fênix ressurgindo das cinzas

—... e fui encarregado de te mandar pro inferno.

Estendendo a mão para trás, Marcus pegou suas facas, puxou-as e preparou-se para lutar. Seu primeiro pensamento foi sentir-se grato por Esme não estar com ele, por não ter lhe contado que planejava confrontar seu antigo inimigo, assim ela não correria perigo. Seu segundo pensamento foi perceber como era estranho ir para a batalha sem ela a seu lado, lembrando-se da noite no beco quando ela o pegou de surpresa. Ele ajustou sua postura e disse:

— Pode vir com tudo.

Willie gargalhou e Marcus pensou em um corvo.

— A vantagem de se sentar no trono é não precisar sujar as mãos. Tenho quem faça isso pra mim. — Ele jogou a cabeça para trás. — Vamos dançar!

O chefe da gangue sempre fora meio teatral. Marcus se virou para enfrentar seus adversários que entravam na sala empunhando porretes e facas. Seis. A sorte não estava ao seu lado. Ele devia ter percebido que foi fácil demais ter encontrado Willie sozinho. Pensou que os homens que ele e Esme encontraram no beco a seguiam desde a casa de Podmore e que o objetivo deles era dar cabo dela. Mas, ao reconhecer um dos brutamontes que entrava pela porta, entendeu que ele sempre fora o alvo. Tinha certeza de que ninguém sabia onde ele estava. Como o encontraram?

Aquelas perguntas seriam respondidas outra hora, se ele sobrevivesse ao ataque, se conseguisse escapar dos gigantes que o cercavam. Eram criaturas feias e fétidas, com cabelos oleosos e barbas por fazer, dentes podres e rostos esburacados. Tinham sujeira sob as unhas, visível por causa dos buracos nas luvas por onde passavam os dedos; encurtar as luvas era uma prática comum porque permitia que eles segurassem mais firmemente o cabo das facas.

Por um instante se arrependeu de não ter beijado Esme mais uma vez, de não a ter levado para a cama, por nunca ter feito com que ela sentisse prazer. Por não ter a lembrança de suspiros, e gemidos, e gritos de êxtase dela para levar com ele para o inferno. Ele sabia que o céu não era o seu lugar. Pelo menos encontraria o pai e poderia perguntar no que diabos ele estava pensando quando se envolveu naquela trama.

Gritando feito uma alma penada, um brutamontes muito entusiasmado correu em sua direção. Marcus o chutou na barriga, jogando-o para trás com força suficiente para que derrubasse o sujeito que estava logo atrás dele. Com um giro, Marcus empunhou as facas com precisão, atingindo um braço e uma bochecha, e curvando-se para atingir a coxa de outro homem. Mas eles continuavam vindo, e eram muitos. Quando atacou mais um, viu com o canto do olho uma lâmina brilhante vindo na direção de seu pescoço e levantou um braço para desviá-la. Só que isso deixou seu abdômen desprotegido, e outra faca se aproximou...

Um disparo rugiu pela sala cavernosa, seguido por um grito agudo. A faca saiu voando, e sangue espirrou em um arco quando o agressor apertou a barriga ferida e recuou, soluçando. Todos ficaram imóveis como gárgulas.

Marcus voltou sua atenção para a porta, onde uma mulher estava parada. Alta, gloriosa e confiante. Ela segurava o que ele reconheceu como um revólver Beaumont-Adams, uma arma com uma câmara que acomodava cinco balas. Ele não deveria estar surpreso que ela tivesse acesso a uma arma usada pelo Exército. Será que a arma ficava camuflada como um adorno de pérolas para o cabelo ou uma joia extravagante? Ou, talvez, tivesse pertencido ao pai dela.

— Ainda tenho quatro balas, e eu não erro — disse ela com um desdém frio e enervante. — Sugiro...

Soltando um uivo assassino, um dos bandidos correu na direção dela. Ela deu outro disparo. O agressor gritou e agarrou o próprio ombro quando sua faca caiu no chão.

— Qual parte de "eu não erro" não ficou clara?

— Agora você só tem três balas — falou Willie.

— Mas agora a luta está mais justa, e uma dessas três balas tem o seu nome gravado...

— Como fez isso? — perguntou um dos homens. — Como escreveu o nome dele na bala?

Ela não desviou o olhar de Willie.

— É só uma expressão. Mande seus homens soltarem as armas.

— Ou o quê?

— Ou você morre. E se não for você, será o próximo homem na minha mira. Eu fui generosa até agora, mas a minha paciência está acabando.

— De que inferno você veio? — perguntou Willie.

— Sou a mulher do Satanás — respondeu Esme. — Sou conhecida por fazer marmanjos chorarem. — Ela sacolejou a arma na direção de Willie. — Mande seus homens largarem as armas.

— Soltem as armas — resmungou Willie.

Sem ela pedir, Marcus guardou as próprias facas, pegou as que estavam jogadas no chão e foi até ela. Que Deus o ajudasse, mas ele nunca quisera tanto beijar uma mulher.

— Conseguiu o que você queria? — indagou ela, com certo ressentimento na voz.

— Ele não sabe de nada.

— Então vamos embora — anunciou Esme. — E não ousem vir atrás de nós!

— Lúcifer virá atrás de mim se eu deixá-lo sair vivo.

— Fique onde está e encontrará quinhentas libras na sua soleira ao amanhecer — ordenou Esme.

— Mil libras.

— Oitocentas.

Willie assentiu.

Mas quando Marcus e Esme chegaram ao corredor, começaram a correr para chegar à rua. Ao passarem por um beco, ele descartou as facas que havia pegado. A alguns metros de distância havia um cabriolé esperando. Eles mal haviam entrado quando o veículo partiu, e ele ficou com a sensação de que ela tinha pagado muito bem ao cocheiro para garantir que não fosse embora antes que retornasse. Aquela mulher não dava ponto sem nó. O revólver e a bolsa estavam em seu colo. Ela não ia atirar nele, mas, mesmo que fosse uma possibilidade, ele não se importava. Ele chegara perto de morrer e a adrenalina de ainda estar vivo corria por suas veias.

— Você foi incrível.

Ele acariciou o rosto dela, entrelaçou os dedos nas mechas soltas de cabelo para ter apoio, e virou o rosto dela para ele, surpreso pela raiva e mágoa que enxergou.

— Não lhe ocorreu que eu precisava saber dos seus planos? — esbravejou ela.

Sua fúria deveria ter apagado qualquer chama de desejo, mas só serviu para tornar a chama dentro dele ainda mais abrasiva.

— Não queria colocá-la em perigo.

— Então você decidiu se colocar. Sozinho. Sem nenhum tipo de reforço. Você é muito tolo.

Marcus era um tolo mesmo, porque, quanto mais zangada ela ficava, mais ele a queria. Ele crescera em uma família onde ninguém demonstrava emoções. Vulnerabilidades não eram reveladas. Sonhos e decepções nunca foram compartilhados. Seus pais não deixavam transparecer nenhuma preocupação com ele, nem mesmo quando ele caiu de um cavalo aos 9 anos e quebrou o braço. No ano anterior, ele e Griff haviam se aproximado, mas Marcus ainda não havia se conectado de forma significativa com Althea. Ter aquela mulher *preocupada* com ele... isso o deixava sem saber como agir. Para estar tão irritada, ela tinha que se *importar com ele*, pelo menos um pouco. Quando havia sido a última vez que isso acontecera?

Por Deus, eram lágrimas que faziam os olhos castanhos brilharem, denunciadas pelos postes de luz que passavam?

— Esme...

Ela deu um soco no ombro que não estava ferido.

— Como vai recuperar a honra da sua família se estiver morto? Você é muito irresponsável!

— Você fica deslumbrante quando está com raiva. — E ele sabia então que por mais aterrorizante que tivesse sido aquele momento quando os homens de Willie o cercaram, ele teria movido céu e terra para vê-la de novo. — Nada teria me impedido de voltar para você.

— Seu idiota. Seu... seu...

Ele observou uma lágrima rolar ao longo de seu rosto. Sem pensar, ele se aproximou e a pescou com a língua.

— Não chore, Esme. Não...

Ele cobriu a boca dela com a sua porque não conseguia pensar em palavras para tranquilizá-la e doía, lá no fundo, naquela pequena parte do seu coração que não havia apodrecido, ver aquela mulher corajosa e guerreira, tão angustiada em pensar na sua morte. Ele não conseguia expressar como a chegada dela o aterrorizara mais do que estar cercado por bandidos armados com facas. Se ela tivesse morrido, ele estaria chorando, inconsolável. Como era possível ela significar tanto para ele em tão pouco tempo? Seria porque eles compartilhavam o mesmo intuito? Pelas batalhas que lutaram e confidências que trocaram? O que ele sentia era muito maior do que um objetivo comum...

Luxúria. Era apenas luxúria. Tinha que ser, porque só o pensamento de ser algo além disso... Ela não se apaixonaria por um homem que vivia em meio à escuridão, que havia considerado lutar para destronar o líder da Mão do Diabo, tomar seu lugar para controlar aqueles que lhe respeitavam.

O sal das lágrimas em seus lábios o desarmou. O desejo dela o atraiu como imã. Talvez não fosse luxúria, mas uma necessidade de reafirmar que ambos estavam vivos, que o ar enchia seus pulmões e seus corpos estavam quentes. A pele dela era macia. A de suas bochechas, ao menos. O queixo. O pescoço. Seus dedos deslizaram sobre o rosto de Esme enquanto o beijo se intensificava.

Apesar do espaço limitado, ela foi ágil o suficiente para subir em seu colo. Ele deixou a cabeça pender para trás e ela o seguiu, tomando posse de sua boca como se pertencesse a ela. E talvez pertencesse. De certa forma, ele tinha se tornado dela. Ele não conseguia imaginar os lábios de outra mulher nos seus, não conseguia imaginar um dia desejar o gosto de outra mulher. Ela o consumia, fazendo-o queimar como uma chama indomável. A paixão que sentia por ela não conhecia limites. Mesmo que ele a possuísse totalmente, sabia que a desejaria de novo. Ela teria sido uma esposa formidável para qualquer homem, mas o destino lhe dera um golpe devastador. No entanto, em vez de se remoer pelo que aconteceu, ela se tornou guardiã de uma rainha. Ela mesma se tornara uma rainha, de fogo, coragem e força.

Quando a carruagem chegou ao destino, eles se afastaram e ela saiu do colo dele para olhar para o lado, revelando apenas seu perfil e, só com isso, a impossibilidade de determinar qual era o seu humor.

— Esme...

— Eu reagi porque estou viva. Não há nada nas entrelinhas.

O cabriolé parou, as portas se abriram e ela partiu apressada. Ao sair, ele olhou para o cocheiro.

— Acredito que já tenha sido pago.

— Uma fortuna, parceiro.

Então ele instou o cavalo em movimento e desapareceu no nevoeiro. Marcus subiu os degraus e entrou na casa. Ela estava de pé perto do aparador, bebendo algo quando ele se aproximou.

— Esme. — Ela pousou o copo com um tinido suave, mas não se virou para encará-lo. Ele desejou que ela tivesse olhado para ele. — Obrigado por me resgatar. Encontrarei uma maneira de devolver as oitocentas libras.

— Enviarei um recado, e o Ministério do Interior providenciará os fundos, embora suspeite que Willie... honestamente, ele precisa de um nome mais impactante... vai acabar nas garras da Scotland Yard antes de ter a chance de gastar qualquer dinheiro. — Ela então o encarou. — Gostaria que você confiasse seus planos a mim.

— Não foi questão de confiança. Estava receoso que as coisas pudessem dar errado e, se fosse o caso, não queria você lá. Não quero que você se machuque.

— Se aquele verme tivesse conseguido acabar com você, eu nunca saberia, e me perguntaria para sempre por que você... foi embora. São poucas as pessoas com as quais eu me importo. Infelizmente, Marcus Stanwick, você agora é uma delas. Peço que tenha a decência de, ao menos, me deixar um aviso.

— E o que a faz pensar que não deixei?

Ela piscou, o estudou e piscou de novo.

— Você deixou?

A esperança na voz dela o fez desejar poder lhe dar uma resposta diferente.

— Não.

E ele teria se arrependido disso em seu último suspiro. Ter deixado Esme sem uma explicação, quando ele sabia muito bem o que era viver sem respostas para as ações alheias.

— Pelo menos você é honesto.

— E você, Esme, está sendo honesta comigo? Você me beijou só porque está viva?

— Eu o beijei porque não consegui me segurar.

— Então me beije de novo. — Envolvendo a mão com suavidade ao redor de seu braço, ele a puxou para mais perto, grato por ela ter se aproximado sem resistir. — Me beije de novo.

A boca de Esme estava na dele antes que ele tivesse tempo de implorar. Por ela, ele o teria feito. Enquanto ela enlaçava os braços ao redor do pescoço dele, ele a envolveu em seus braços, pressionando o corpo contra o dela, consciente de sua suavidade contra a dureza dele. Ela não fazia nada pela metade. Com uma paixão ardente, ela passou a língua pela boca dele, enquanto ele aproveitava a oportunidade para explorar a dela. Ela tinha gosto de uísque e más intenções, e ele sabia que a noite não terminaria naquele beijo. Ele a queria desde o primeiro momento em que a viu entrar naquela sala, tão confiante e presunçosa. Ela não só se apossara da sala, mas, contra a sua vontade, se apossara dele.

Ela, perfeita e ousada, não reclamou quando ele a levantou nos braços. Ele interrompeu o beijo e sustentou seu olhar cálido por dois segundos antes de sair da sala.

— Seu ombro...

— Foi beijado por um anjo e por um milagre ficou curado.

Ela enterrou o rosto na curva do pescoço dele e mordiscou a pele sensível sob sua mandíbula.

— Eu não sou angelical.

— Não vou discutir semântica.

Foi até a escada e começou a subir.

— É melhor irmos para o seu quarto — disse ela, quase tímida. — Laddie não gosta quando precisa dividir minha atenção.

A risadinha de Marcus ecoou por todos os cantos.

— Então somos parecidos, porque sou uma fera quando se trata de dividir.

Ela passou a língua pelo lóbulo de sua orelha, e seus joelhos ficaram fracos, antes que ela sussurrasse:

— Faz muito tempo que quero você.

— Então hoje você me terá.

Capítulo 15

Enquanto excitação e ansiedade percorriam sua corrente sanguínea, Esme se deu conta de que ir para a cama com Marcus era imprudente e atrapalharia ainda mais o trabalho de ambos, mas ela ansiava por seus beijos e toques como precisava de ar para viver.

Quando entrou naquele cômodo que mais parecia um armazém e o viu cercado, um terror acometeu seu coração e sua alma. Ela teria destruído todos em seu caminho para salvá-lo. Teria mandado aqueles homens para o inferno se ele tivesse morrido. A imensidão de seus sentimentos por ele naquele momento quase a dominou. Pensar que poderia tê-lo perdido para sempre sem nunca o ter conhecido de verdade, nunca ter sido íntima dele, nunca ter mostrado como se sentia... Ela se arrependeria pelo resto da vida.

Esme não dava voz às emoções que estava sentindo porque sabia muito bem que ficariam juntos apenas por um tempo passageiro. Quando alcançassem seu objetivo, eles se separariam, e apenas as lembranças permaneceriam vivas. Seriam suficientes. Ela faria com que fossem suficientes.

Ele a carregou para seu quarto, fechou a porta com um chute e foi até a cama onde um empregado acendera uma lamparina solitária. Depois de colocá-la de pé, ele ajustou a luz, que os cobriu por inteiro. Embora preferisse o escuro, ela não queria perder a oportunidade de vê-lo nu, em toda a sua glória. Além disso, ele sabia de suas cicatrizes. Elas não o pegariam de surpresa ou lhe causariam repulsa.

Depois de tirar o próprio casaco e jogá-lo no chão, ele desabotoou a peliça dela e a colocou de lado. Com suas mãos grandes e ásperas, acariciou seu rosto e sustentou o olhar.

— Você é uma mulher incomparável, Esme Lancaster.

— Então me beije.

Ele abriu um sorriso que faria com que qualquer mulher perdesse a cabeça e se jogasse em sua cama. Do tipo que seduzia mesmo que ela já estivesse entregue. Mas, ainda assim, ele demonstrou o prazer que sentiu com suas palavras. Então sua boca capturou a dela com uma urgência e voracidade que ela desconhecia, de um jeito que nenhum outro homem fizera. Ela já havia experimentado sua cota de parceiros entusiasmados, mas nunca tivera a sensação de que era o foco absoluto, fonte de uma sede que não podiam mitigar, uma fome que não podiam saciar. Que ela, e só ela, era tudo o que importava no mundo naquele momento.

A casa poderia pegar fogo, e ele não perceberia. Nem ela.

Ela nunca se sentiu tão poderosa. Nossa, era assim que se sentia uma rainha? Tão adorada, tão idolatrada?

Não queria estar em um pedestal sozinha, não sem ele ao seu lado. Retribuiu o beijo, com zelo, obstinação e atenção equivalentes. Ele era o único homem com algum significado em sua vida, e ela derramou toda a sua consideração por ele naquele beijo, ficando satisfeita com o grunhido que ouviu e o aperto dos braços dele à sua volta.

Podia sentir o calor dele através das roupas, mas desejava sentir sua pele pressionada contra a dela, marcando-a como sua. Começou a desabotoar a camisa dele, completando apenas metade da tarefa antes que ele se afastasse e arrancasse a peça pela cabeça e a deixasse cair ao lado do casaco.

Ele estava soltando os fechos do vestido, e logo ela estava sem ele. Ele sorriu.

— Sabia que não fazia questão de usar anáguas.

— São um obstáculo em uma luta.

— E na hora de fazer amor.

O coração de Esme saltou em seu peito. Ela esperava que ele usasse uma palavra grosseira para descrever o que estavam fazendo, uma palavra que ela sempre associara com o ato porque nunca entregara seu coração a nenhum homem, então como poderia fazer amor? E, ao mesmo tempo, temia perder seu coração rebelde para ele. Doeria quando ele partisse, mas aquele não era o momento de pensar sobre isso ou considerar como a dor da sua partida valeria o preço de tê-lo conhecido por inteiro.

Estendendo a mão, ela acariciou o volume na calça dele. Ele gemeu baixo, quase como se estivesse com dor. Mais uma carícia antes de agarrá-lo.

— Acho que vou me surpreender com você.

Afastando-se dela, ele se sentou na beirada da cama e tirou as botas e as meias. Ficou de pé e tirou a calça. Agora, sim, a boca de Esme ficou seca.

Acariciando o queixo dela com ternura, ele inclinou seu rosto para cima até que pudesse olhá-la nos olhos.

— Há algum risco de machucá-la por conta da cirurgia que precisou fazer?

Ela negou com a cabeça. Chegou a sentir desconforto nas primeiras vezes, mas em dado momento passou. Mas nenhum de seus parceiros eram tão impressionantes quanto Marcus.

— Acredito que não.

— Se doer, me avise.

Ela assentiu com a cabeça, mas estava mentindo. Ela o queria dentro dela o mais profundamente possível, preenchendo-a por completo.

Ele passou um dedo pelo pescoço dela, sobre a clavícula até o decote, e até o espartilho. Foi soltando os fechos com agilidade, e jogou a peça para o lado. Os sapatos e a roupa de baixo dela tiveram o mesmo destino.

Os olhos azuis, reluzentes como um fogo enfurecido, percorreram-na devagar. Ela soube o instante em que seus olhos pousaram na cicatriz que descia pelo comprimento de sua barriga. Quando ele ia tocá-la, ela segurou sua mão e a colocou em seus seios.

— Não sinto nada aí, mas sinto aqui.

Com um aceno, ele dominou sua boca com a mesma urgência poderosa de antes, e seus dedos agarraram seus peitos, beliscando e acariciando os mamilos. De repente, seus braços a apertaram contra ele, e os dois caíram na cama.

Ele notou as cicatrizes. Cada uma delas. A da coxa, a que se formaria no seio. Uma menor em seu braço que ela não havia compartilhado com ele. A que estava acima dos pelos escuros entre suas pernas. Aquela que havia roubado tanto dela, que a colocara em um caminho que a levara para os braços dele. Ele não acreditava em destino, mas sem as cicatrizes que ambos carregavam, por dentro e por fora, eles não estariam ali, um de frente para o outro, pele contra pele, bocas se devorando, suspiros e gemidos ecoando e os embalando em um calor quase inflamável.

Ela não hesitou em envolver a mão ousadamente em torno do pau dele e acariciá-lo com tal propósito que o fez quase explodir ali mesmo.

— Eu poderia fazer isso a noite toda — disse ela em um tom sedutor.

Ele a impediu de continuar.

— Eu não duraria um minuto. Não me deito com uma mulher desde... o maldito piquenique no verão do ano passado. — Ele lambeu o pescoço dela. — Mas não é por causa do hiato de amantes. É por sua causa. — Ele subiu por seu pescoço delicado, mordiscou seu lóbulo e saboreou seu doce gemido. — É só por sua causa. Cada aspecto seu, por dentro e por fora, me faz queimar de desejo, de vontade.

Beijou de seus ombros até os seios, acariciando-os. Ela não o soltou, e ele sentiu os dedos se apertarem ao redor dele. Ele quase gemeu de prazer.

— Mesmo se eu tivesse me deitado com uma mulher ontem à noite, você acenderia minhas paixões hoje.

— Faz muito tempo desde que estive com um homem. Eu sei que homens preferem mulheres inocentes e intocadas.

Ele levantou a cabeça.

— Não a culpo por ter tido amantes.

— Mas é pecado.

— Então aproveitaremos o inferno juntos.

E ele voltou a devorar sua boca.

Marcus estava errado. Ela nunca se sentira tão perto do céu como naquele momento, nos braços dele, enquanto eles faziam coisas deliciosamente perversas um ao outro, se acariciando, beijando, mordiscando e lambendo. Ela estava pegando fogo, mas um fogo que criava em vez de destruir. Um fogo que causava sensações gloriosas. Suas terminações nervosas vibravam e tremeluziam. Seus dedos dos pés... não, seu corpo inteiro queria poder se dobrar enquanto se estendia ao longo do comprimento do corpo de Marcus.

Ele a deitou de costas e se aninhou entre suas coxas. Com os dedos, ela delineou os contornos de seu peito e ombros magníficos quando ele se aproximou e se posicionou para penetrá-la. O corpo dela o acolheu, ajustou-se às suas dimensões. Como era bom e maravilhoso tê-lo e senti-lo inteiro dentro dela. Quando ele começou a investir contra ela, as sensações gloriosas começaram a se intensificar, percorrendo seu corpo em ondas gentis como o mar saudando a praia, cada vez mais intensas.

Apoiado em seus braços, ele a observou, os lindos olhos azuis fixos nos dela. Ele ia e voltava, os impulsos poderosos aumentando em força e intensidade. Ele era admirável em sua concentração, a mandíbula cerrada, o olhar focado como se estivesse memorizando cada linha e curva das feições dela. Esme podia sentir a tensão aumentando, a respiração dele ficando mais curta e ofegante. Nunca um homem tinha durado tanto tempo, se envolvido com tanta determinação, tanta exatidão, tanto propósito... mas não para ele. Para ela.

Ela, que nunca chorava, quase se rendeu. Com ternura, acariciou seu rosto.

— Não espere por mim. Isso está maravilhoso. Incrível. Mas só consigo até aqui.

— Oi?

Ele não parou, mas os movimentos ficaram menos intensos.

— Eu já atingi o clímax antes, mas nunca...

Ela sabia que havia mais. Ela já tinha atingido o pico do prazer sozinha, mas nunca com um homem. Por muitas vezes, ela fingira. Mas não conseguiria fazer isso com ele. Com ele, por algum motivo, ela precisava ser sincera.

— Eu não consigo ir até o fim. Mas não pare por isso...

— Ora, mas nem pensar.

De repente, ele não estava mais dentro dela, mas beijando seu peito e afastando suas coxas até alcançar o centro da sua feminilidade, e então ele a beijou. Não, era mais que um beijo. Ele se banqueteava. Sua língua acariciava, lambia, circulava.

— Minha nossa!

Era impossível conter os pequenos gemidos que escapavam de sua garganta. Quando ele a encarou, seus olhos ardendo com paixão e promessas, ela percebeu que nunca chegara perto de alcançar o clímax porque de repente se vira trêmula com sensações impossíveis de ignorar.

— Eu vou fazer você gozar, Esme — rosnou ele. Então lambeu e sugou. — Você vai gritar meu nome até o fogo que eu acendo dentro de você se extinguir.

Ela enfrentara bandidos assassinos, mas nunca se sentira tão assustada. Erguendo-se ligeiramente, apoiando-se nos cotovelos, ela conseguiu enfiar os dedos entre os fios de cabelo dele.

— Marcus...

— Não tenha medo, querida. Você não estará sozinha. Chegarei lá com você pulsando em mim.

Sem tirar os olhos dela, ele intensificou seus movimentos.

Ela nunca tivera sensações tão maravilhosas.

— Seu gosto é delicioso, melhor do que qualquer piquenique.

Uma gargalhada escapou, e ela mordeu um dedo. Uma mulher não ria quando o rosto de um homem estava enterrado entre suas pernas, e ainda assim ele a fazia feliz. Gloriosamente feliz.

Deslizando as mãos para cima, ele acariciou seus seios, seus polegares roçando de leve os mamilos intumescidos, fazendo-os reagir ao toque.

— Não pare, continue fazendo isso, continue fazendo tudo. Eu nunca...

Ela nunca soube que sua pele poderia queimar de prazer. Que as estrelas brilhariam nos cantos de seus olhos, que tudo dentro dela explodiria de uma vez e que ela realmente gritaria o nome dele como uma bênção, um triunfo.

Ele a penetrou.

— Ah! Eu consigo sentir você pulsando em mim. É tão gostoso, Esme... Você é deliciosa. Molhada, quente e apertada.

Então ele se inclinou para trás, gemendo o nome dela, e ficou parado por um segundo ou dois antes de desmoronar em cima dela, apoiando seu peso nos cotovelos para não a esmagar, mesmo que ela o quisesse inteiro contra ela. Ela deslizou os dedos bem devagar pelas costas largas. Enquanto sua respiração ofegante voltava ao normal, ela confessou:

— Nenhum homem nunca se esforçou tanto por mim.

Ele beijou seu ombro.

— Então nenhum deles mereceu você.

Esme envolveu seus braços e pernas ao redor dele, segurando-o perto, desejando que permanecesse com seu coração de gelo, pois doeria demais quando seu tempo com Marcus chegasse ao fim.

Capítulo 16

Algumas horas depois, ele saiu de cima dela, puxou-a para perto e adormeceu com a mão em concha sobre a cintura dela de forma possessiva, como se estivesse dizendo "minha". Ou talvez fosse apenas a imaginação tola de Esme projetando tais sentimentos, porque queria que ele a desejasse. Ela desconhecia os sentimentos que experimentava naquele momento. Nunca se sentira tão próxima de alguém, como se ele fosse parte dela. Eles respiravam juntos, e ela não conseguia parar de estudá-lo, com seus longos cílios escuros descansando sobre as bochechas, seu nariz fino, sua mandíbula forte e aquela boca extraordinária que lhe causara um prazer tão incomparável.

Os orbes azuis se abriram e ele sorriu satisfeito.

— Olá.

Quando uma onda de puro prazer a percorreu, ela teve a sensação incômoda de que poderia estar corando.

— Olá — retribuiu ela.

— Desculpe por ter caído no sono, mas você me esgotou.

— Tudo bem. Foi bom observar você sem que percebesse.

Ele inclinou a cabeça.

— Ficou tímida?

— Eu me excedi, a forma com que me entreguei.

O sorriso dele ficou ainda mais largo.

— Pretendo fazê-la gritar meu nome pelo menos mais uma vez antes que saia daqui.

— Você foi o único que me fez reagir de forma tão selvagem. Pensei que talvez a cirurgia tivesse removido minha feminilidade, de forma que não pudesse me conectar a um homem. Sozinha, eu consigo chegar lá, mas...

— Eu adoraria assistir.

Ela franziu a testa.

— O quê?

— Você se dando prazer.

— De jeito nenhum!

Era algo muito pessoal, muito íntimo, mesmo que suas atitudes recentes com ele fossem tão íntimas quanto.

— Eu retribuo o favor, faço o mesmo para você.

— Você não vale nada.

— Só por que quero conhecer cada aspecto seu? — Ele apertou sua cintura. — Quanto ao que você disse antes, a ausência de um útero não faz de você menos mulher.

— Muitos discordariam de você, inclusive a minha mãe.

— O diabo que a carregue, então. Nunca conheci uma mulher tão feminina quanto você.

Ela mordeu o lábio.

— Mas eu e você, nós não nos encaixamos perfeitamente, ou você não teria que ter se esforçado além da conta.

Ela nunca se encaixaria com ninguém.

— Querida, não somos como peças de um quebra-cabeça que precisam se encaixar. Ajustes são necessários. Da próxima vez que atingir o clímax, Esme, será com o meu pau dentro de você.

Ela quase desmoronou ao perceber a intensidade da promessa queimando em seus olhos.

Ainda com a mão em sua cintura, ele a puxou para perto de modo delicado e se ergueu, apoiando-se no cotovelo. Foi deslizando o dedo ao longo de seu tronco, da clavícula até a cicatriz que dividia sua barriga. Ela colocou a mão sobre a dele, interrompendo a jornada.

— Não toque aí. É horrível.

— É bonita, Esme. É uma prova de sobrevivência. — Inclinando-se, ele deu um beijo na cicatriz, então distribuiu outros ao redor dela. — Minha garota corajosa. A vida foi muito injusta com você.

— Para ser sincera, eu não sabia se queria filhos. Senti certo remorso quando a decisão foi tomada por mim, mas não sinto falta de crianças. Minha vida é bem satisfatória, então não precisa sentir pena de mim.

Ele a olhou.

— Não sinto pena de você. Admiro sua tenacidade diante de toda essa adversidade.

— Você também já foi vítima do azar.

Ele riu baixinho.

— É uma forma de interpretar minha situação. Estou passando por um processo de conter a minha raiva por tudo o que aguentei e me trouxe até aqui. — Endireitando-se, ele a beijou antes de se afastar. — Até você.

Então ela parou de pensar nas cicatrizes quando ele tomou sua boca e a puxou para mais perto, seu torso cobrindo o dela pela metade. Ela acariciou sua panturrilha com os pés e cravou os dedos nos músculos tensos de suas costas. Será que ele sempre fora assim tão definido? Ou os perigos que encarou o forçaram a desenvolver um corpo que pudesse reagir com agilidade aos ataques, que tivesse a capacidade de sobreviver quando outros queriam destruí-lo?

Segurando-a com força, ele virou seus corpos até que ela estivesse montada nele. Só então sua boca deixou a dela para viajar sobre seu pescoço.

— Levante o quadril — ordenou ele com urgência.

Quando ela o fez, ele se posicionou em sua abertura, e ela lentamente relaxou, envolvendo-o por inteiro, apoiando as mãos em seu peito para se manter ereta enquanto o fitava nos olhos.

— Deixe-se ajustar da melhor forma até sentir o fogo entre suas coxas — disse ele. — Então, monte em mim, seja rápida e feroz, lenta e gentil. Como preferir.

Ela nunca imaginou que um homem pudesse ser tão altruísta.

— Me avise se eu machucar você.

Ele sorriu. Ela adorava toda aquela arrogância.

— Querida, você não vai me machucar.

Ela deslizou para a frente e para trás, para cima e para baixo. Então as chamas se acenderam e ela jogou a cabeça para trás, saboreando as sensações que prometiam êxtase com ele dentro dela. As mãos dele cobriram seus seios, e ela suspirou.

— Isso...

Ela amava sentir as mãos dele em seus seios, a forma como acariciavam e apertavam, estimulavam e provocavam. Uma mistura de gentileza e persistência. Ela nunca estivera no controle antes, a que ditava o ritmo, a intensidade, a potência. Estranho que, neste aspecto de sua vida, ela sempre tivesse sido passiva, não a dominante. Estar no comando, dominar e definir o ritmo combinava com ela. E ele sabia disso, mas não se sentia ameaçado.

Jogando a cabeça para a frente para que seu cabelo os envolvesse, ela o olhou profundamente, movendo-se de encontro a ele, erguendo e abaixando os quadris, observando os olhos azuis pegarem fogo, ouvindo a respiração dele ficar ofegante.

— Está gostando?

— Demais.

— Quero que você grite o meu nome.

Cerrando a mandíbula, ele assentiu. Da próxima vez, ela amarraria as mãos dele na cabeceira da cama e o torturaria com seus movimentos. Mas, por enquanto, à medida que o êxtase crescia, tudo o que ela queria era se lançar no abismo do prazer incomparável. Ao ser invadida pela onda, sua satisfação foi potencializada quando ele agarrou sua cintura, forçando-se contra ela e grunhindo seu nome.

Desta vez, foi ela quem desmoronou, esparramando-se sobre ele, seu rosto encaixado na curva onde o pescoço encontrava o ombro, inalando a fragrância almiscarada que os cercava, sua respiração saindo em suspiros satisfeitos.

— Isso é viciante.

— Que bom, porque eu ainda não acabei com você.

Ela sempre sentiu que os homens a desejavam e aprendeu muitas maneiras de garantir que eles o fizessem, mas com ele era diferente — era mais intenso, mais profundo, mais necessário. Ele a fazia se sentir desejada não apenas por sua beleza física, mas por todos os aspectos de seu interior. Com Marcus, ela se sentia valorizada.

— Não vai demorar até que se canse de mim.

— Duvido muito.

— Você é muito criativo dentro de quatro paredes.

— Sinta-se livre para retribuir. Nunca hesite em me dizer o que você quer ou do que precisa, Esme.

Eu preciso de você. Ah, aquele era um caminho perigoso a se seguir, que poderia levar a uma grande mágoa. Desde o momento em que começaram a circular os rumores de que ela estava grávida, Esme sentiu como se estivesse enfrentando o mundo sozinha. Brewster a tinha ajudado de várias maneiras, mas nunca lutara ao lado dela como Marcus. Ela gostava de ter um parceiro que a via como igual em todas as coisas.

— Você me perguntou com quantos homens me deitei.

Ele acariciou suas costas, passando os dedos sobre sua coluna.

— Eu fui um idiota. Isso não é da minha conta.

— Três. Achei que você deveria saber que não sou exatamente a rameira que espalham por aí.

— Um deles foi o guarda do palácio?

— Richard? Não. Eu perdi o interesse quando soube que ele acreditou nos rumores que espalharam sobre mim.

— Beatrix ainda trabalha no palácio?

— Você a desafiaria para um duelo pela minha honra?

— Pode apostar que sim.

Será que Marcus conseguia sentir o sorriso dela contra sua pele?

— Ela foi dispensada, parece que sem referências. Da última vez que a vi, estava trabalhando como empregada doméstica para um comerciante e sua família, que tinha seis filhos, então imagino que esteja bastante ocupada.

Ela gostava de ficar deitada com ele, conversando, sentindo a vibração em seu peito sempre que ele falava.

— Me conforta saber que ela pagou o preço por tê-la traído.

— A mim também. Depois dela, não consegui mais confiar em ninguém. É um dos motivos pelos quais me chamam de "sem coração". Passei a esconder muito de mim.

Mas, de alguma forma, ele encontrara uma chave, ou talvez tivesse arrombado a fechadura do coração dela.

— É difícil confiar quando alguém joga fora um presente tão precioso.

Ele virou a cabeça para ela e deslizou um dedo sob seu queixo, inclinando-o para cima, até que pudesse encarar seus olhos.

— Seus amantes anteriores... você confiava neles?

Colocando as mãos sob o queixo, ela o estudou.

— Só na cama.

— E isso se aplica a mim?

Ela ficou surpresa com o quão sério ele soou, como se a resposta importasse.

— Ainda não tenho uma opinião sobre isso.

Ela soltou um gritinho quando Marcus a virou de costas e pulou em cima dela.

— Então deixe-me ver o que posso fazer para mudar isso — falou ele, pouco antes de dominar sua boca.

Ele destruiria suas muralhas, abriria um caminho sem volta em seu coração — um coração que ele provavelmente não teria interesse em guardar para sempre. Mas uma vez tomado por ele, Esme não sabia como poderia pertencer a outra pessoa.

Capítulo 17

Eles estavam atrasados para o café da manhã. Honestamente, Esme estava surpresa por terem chegado a tempo. Toda vez que ela se levantava para se vestir, Marcus a observava com um brilho predatório e, quando ela estava quase pronta, ele tirava cada peça de roupa e a agarrava de novo. Era admirável que conseguisse andar, com aquela sensação dolorida entre suas pernas, o que indicava o quão intensa e frequentemente ela sentira prazer.

Com uma risada provocante, ela correu nua até seu quarto e trancou a porta. Não se lembrava da última vez que se sentira tão jovial e desinibida. Queria pular por campos floridos, rodopiar na chuva.

Agora ele estava sentado à sua frente na mesinha quadrada onde comiam o que um empregado trouxera antes de partir. Ela pediu para Brewster buscar duas cópias do *Times* para que pudessem acompanhar as últimas notícias. Não que Marcus estivesse prestando muita atenção nas palavras impressas no papel. Em vez disso, ele seguia a observando, seu olhar tocando o fundo da sua alma. Ela suspeitava que eles voltariam para a cama assim que estivessem fartos de bacon, ovos, salsicha e torradas.

Ou, como estavam sozinhos, talvez ele derrubasse tudo da mesa e a jogasse sobre ela. Sim, ela tinha certeza de que era nisso que ele estava pensando.

— Comporte-se — alertou ela.

Ele sorriu.

— Acho que você gosta mais quando não me comporto.

— Você é muito atrevido.

— Só porque você é muito atraente e irresistível. E você fica vermelhinha quando eu sussurro safadezas no seu ouvido.

Era o que ele fizera durante sua última performance na cama, e ela nunca se sentira tão excitada.

— Leia seu jornal — ordenou ela.

— Não é tão interessante quanto você.

— Não precisa me bajular. Você já me conquistou.

— Não são elogios falsos. Cada aspecto seu me fascina. Gosto de descobrir novas coisas sobre você.

Graças a ele, Esme estava descobrindo coisas novas sobre si mesma. Ela tinha conseguido chegar ao clímax com um homem dentro dela. Seria por que os amantes anteriores não se dedicaram como Marcus para garantir que ela perdesse o controle, ou por que ela não confiara neles o suficiente para se permitir ficar tão descontrolada? Sempre teve vergonha de sua cicatriz e do que ela simbolizava. Talvez se sentisse um pouco menos mulher, mas não se sentira daquela forma com Marcus porque ele a achava perfeita e completa.

Ele voltou sua atenção para o jornal e, de repente, ficou muito quieto.

— Diz aqui que Vitória está em Balmoral.

— Não me surpreende. Ela passa bastante tempo em seu castelo na Escócia. Para ser sincera, acho que ela tem uma quedinha por John Brown.

John Brown serviu ao marido da rainha Vitória, o príncipe Alberto, mas tornou-se assistente pessoal dela logo após a morte do príncipe.

— Minha irmã se casou há pouco tempo com um homem que tem uma propriedade na Escócia.

— O Conde de Tewksbury.

Mais conhecido como o bastardo Benedict Trewlove, que atendia pelo apelido de Fera antes de suas verdadeiras origens serem descobertas. Um dia ele herdaria o ducado de Glasford.

— No que está pensando, Marcus?

— Temos tentado descobrir quem está envolvido na história, fazendo perguntas e buscando identificar trechos de conversas que possam revelar algo útil. Mas e se pudéssemos atrair os culpados até nós e enganá-los para que se revelassem?

Marcus estava no grande saguão da residência do duque de Glasford em Mayfair, esperando enquanto o mordomo anunciava sua chegada. Ele não se sentia muito à vontade em procurar Althea para pedir ajuda, mas estava muito cansado das buscas e disposto a fazer o que fosse necessário para encerrá-las. Ainda assim, ele era o mais velho e era sua responsabilidade proteger os outros. Falhara nisso, deixando-os à própria sorte, mas, na época, achou que não tinha escolha. Como as coisas poderiam ter sido diferentes se ele tivesse procurado Esme um ano antes, se tivesse acesso ao seu bom senso e apoio.

Ao lado dele, Esme passou a mão pelas suas costas de forma tranquilizadora.

— Há quanto tempo você não vê sua irmã?

— De tempos em tempos eu a observei de longe, só para garantir que ela estava bem, mas não nos encontramos ou nos falamos desde pouco antes de ela se casar com Trewlove.

— Você não foi ao casamento?

Ele negou com a cabeça.

— A única coisa que queria era vê-la segura e feliz. Eu a visitei depois que ela ficou noiva, e ela me garantiu que estava bem. Não queria fazer nada que pudesse prejudicá-la, e temia que minha presença na cerimônia pudesse trazer perigos para sua vida.

— Mas você não hesitou em trazê-los para a minha.

Olhando para ela, ele sorriu com a provocação.

— Você sabe se cuidar.

— Você não sabia disso naquela época.

— Quando a vi de longe pela primeira vez, percebi que você era uma mulher poderosa. A maneira como se comporta, como assume o comando do que a cerca. Você pode ser intimidadora.

— Você não pareceu intimidado.

— Eu não tinha nada a perder.

O eco de passos rápidos o fez voltar sua atenção para a abertura do amplo corredor enquanto sua irmã emergia com um sorriso em seu lindo rosto, e seu marido gigante vinha logo atrás dela. Apressando-se até ele, Althea segurou suas mãos e apertou-as.

— Marcus, estou muito feliz que esteja aqui! Você parece ótimo! Estava muito preocupada com você.

Ele não ficou surpreso com a distância que a irmã manteve entre eles, evitando o abraço de boas-vindas. Afeição não era o forte da família, e, muitas vezes, ele sentira como se vivesse com estranhos. Por isso, aceitava qualquer desculpa para evitar a companhia deles. Arrependia-se disso no momento, após entender a importância dos familiares, como podiam — deviam — enfrentar juntos os desafios da vida.

— É bom vê-la, Althea.

Olhando além dele para Esme — que optou por não colocar a peruca ruiva e usava um vestido verde-escuro simples que não exibia o decote —, Althea franziu a testa e estreitou os olhos.

— Você me parece familiar, mas eu não consigo... lembrar...

Então sua expressão se inundou de desgosto, e ela voltou sua atenção para o irmão.

— Por que você trouxe a rameira do papai?

— Esme não era amante do nosso pai.

— Desculpe, mas não concordo. Eu a vi com ele. Ela não é bem-vinda aqui. Nossa mãe foi humilhada por causa da falta de discrição deles.

Eles ainda moravam com os pais à época, então era impossível ignorar a tensão que as fofocas trouxeram para o casamento. Mas sempre houve frieza e distância entre os dois. Como era próxima da mãe, Althea compartilhou da sua dor, até porque estava vivenciando o turbilhão de emoções que era a temporada social e fora forçada a aguentar todos os olhares penosos e reprovadores acerca do relacionamento dos pais. Fora prometida ao conde de Chadbourne antes de seu pai ser preso e, quando tudo aconteceu, Chadbourne desistiu do compromisso.

— Althea, as coisas não são o que parecem. Vamos explicar tudo, mas saiba que eu confio nela cegamente.

Com meu coração, minha alma. As palavras que ele não conseguiu pronunciar em voz alta o surpreenderam, e ainda assim ele entendeu a verdade delas. No entanto, não tinha certeza de que Esme gostaria de ouvi-las.

Sua irmã inclinou o queixo desafiadoramente antes de voltar o foco para a mulher ao seu lado.

— Nesse caso, sejam bem-vindos.

Esme fez uma reverência graciosa, parecida com a que concedera à rainha quando seus caminhos se cruzaram.

— Lady Tewksbury, é uma grande honra conhecê-la.

Ela suspirou.

— Me chame de Althea. Meu marido ainda não está muito confortável com seu título. — Ela se virou para o homem silencioso e observador que estava logo atrás dela. — Ben, este é meu irmão, Marcus, e a mulher ao seu lado é a srta. Esme, certo?

Ela arqueou uma sobrancelha loira.

— Esme Lancaster — os dois responderam ao mesmo tempo, e Marcus não conseguiu conter o sorrisinho, que só fez sua irmã estreitar os olhos para ele.

— Sejam bem-vindos — disse o homem uma vez conhecido como Fera, que, assim como Marcus, também havia percorrido os cantos mais obscuros de Londres. — Vamos para a sala de estar? Essa visita pede uísque e conhaque.

— É uma ótima ideia — falou Marcus.

Quando estavam todos acomodados, uísque para os homens e conhaque para as mulheres, cada casal sentado em um sofá de frente para o outro, Marcus disse à irmã:

— Estou contente em vê-la tão bem.

— Estou muito feliz mesmo. E você?

Era estranho perceber que, apesar de tudo, parte dele estava feliz, a parte que passava o tempo na companhia de Esme — quando não estavam encarando brutamontes que tentavam matá-los. Mesmo assim, tê-la por perto, lutando ao seu lado, lhe trazia alegria, porque ela garantia que ele não seria derrotado.

— Ansioso para deixar o passado para trás, e isso envolve encontrar aqueles com quem papai conspirou.

— Você ainda está procurando por eles?

— Sim, e foi isso que me trouxe, ou melhor, nos trouxe até aqui. — Ele olhou para Esme. — Você conta ou eu conto?

— Contar o quê? — questionou Althea.

Ao seu lado, Esme se inclinou ligeiramente à frente.

— Meu relacionamento com seu pai... era, bem, platônico. Trabalho para o Ministério do Interior e meu objetivo ao passar tempo com o duque era coletar informações. Acredito que ele passava tempo comigo para ter um pretexto para ficar fora de casa o máximo possível.

Ela explicou como descobriu que o pai deles estava envolvido na trama e também como usou suas artimanhas para mantê-lo por perto. Marcus observou os olhos de Althea se arregalarem, incrédulos. Era uma história meio absurda e, se necessário, ele convenceria sua irmã de que era verdade. Mas quando Esme terminou, Althea se reclinou no encosto do sofá e ficou sentada em silêncio por alguns minutos, como se estivesse absorvendo tudo. Até que o encarou.

— Você acredita nisso tudo? — questionou ela.

— Não tenho motivos para duvidar. E faz sentido. Além disso, tivemos encontros com rufiões que nos levam a pensar que estamos perto de descobrir quem está por trás de tudo. Mas queremos acelerar o processo. E foi por isso que viemos até aqui.

Althea sentou-se como se ele tivesse puxado cordas invisíveis presas a ela, e Marcus podia sentir sua empolgação.

— Você quer nossa ajuda? O que você precisar, irmão.

Marcus percebeu que a ansiedade dela indicava que Althea se sentia menosprezada por não ter sido incluída até então e, embora ainda hesitasse em envolvê-la naquele momento, esperava que o risco fosse mínimo.

— Queremos usar a propriedade do seu marido na Escócia para um baile. Todos os nobres devem ser convidados. Como eles ainda devem estar curiosos sobre o mais novo lorde entre eles, a grande maioria deve comparecer.

Meses antes, em março, Trewlove fora apresentado à sociedade como o legítimo herdeiro de Glasford. Pouco depois, ele se casara com Althea, e eles passaram algum tempo na Escócia porque os pais de Trewlove — o duque e a duquesa de Glasford — raramente visitavam Londres ou recebiam visitas, e todos queriam a oportunidade de se conhecer melhor, já que o casal mais velho levara mais de trinta anos para encontrar o filho perdido.

— Como isso ajudaria vocês? — perguntou Althea.

— A rainha está na Escócia. Avisaremos que ela pretende fazer uma visita ao baile e que passará a noite na propriedade dos Glasford. — Esme virou-se para Trewlove. — Não é possível que uma mansão escocesa que está na sua família há gerações não tenha alguns corredores secretos para visitas inesperadas de ingleses.

Trewlove tomou um gole de seu uísque antes de responder:

— Meu pai me mostrou algumas passagens escondidas.

— Seria útil se houvesse acesso a uma delas no quarto em que a rainha dormiria para que pudéssemos levá-la em segredo antes que qualquer mal lhe acontecesse.

— Se, assim como meu pai, os demais envolvidos são nobres, é bem provável que eles vejam esta ocasião como a oportunidade perfeita para terminar o que começaram — explicou Marcus. — Achamos que adiariam qualquer tentativa de assassiná-la até que todos estivessem dormindo para que pudessem entrar, executar o plano e escapar sem serem pegos. Mas estaremos esperando por eles.

— Vocês vão ficar escondidos no quarto?

— Sim, mas não a noite toda. Também precisamos poder andar livremente, caso ouçamos algum trecho de conversa que possa nos levar aos culpados antes da chegada da rainha. Ninguém estranhará minha presença, já que você gostaria que sua família, incluindo Griff e Kathryn, estivesse lá. Esme pode fingir ser uma das empregadas. Ela não terá tanta liberdade para se movimentar como eu, mas tem as habilidades para aproveitar qualquer oportunidade que surgir.

— Você não acha que, se ela for flagrada, as pessoas vão achar estranho que a mulher que conheciam como amante do nosso pai esteja no baile?

— Você quase não me reconheceu, e tem mais motivos que a maioria para lembrar do meu rosto — apontou Esme. — Nos eventos a que fui com seu pai, eu sempre usava máscara. Ele me levou à ópera e ao teatro algumas vezes, mas sempre chegávamos depois de iniciado o espetáculo e nos sentávamos no fundo do camarote. E eu usava um binóculo bem grande para manter meu rosto parcialmente escondido. Embora não fosse segredo que ele tinha uma amante, poucos me viram a ponto de conseguir me identificar. Além disso, já faz mais de um ano desde que alguém viu a ruiva extravagante. Não estou dizendo que não serei reconhecida, mas acho que o risco é bem pequeno. Não vou usar a peruca ruiva e serei bastante recatada em minhas roupas e postura. Realmente imperceptível.

— E se tudo isso for em vão e nada der certo? — indagou Althea.

— Então aproveitamos um baile e a companhia um do outro — disse Marcus.

— Mas se a rainha for morta, vão acreditar que tudo isso foi parte do plano e qualquer um de nós poderá ser enforcado — afirmou Trewlove.

— O que estou prestes a contar é um segredo que poucas pessoas sabem, mas Marcus me garantiu que posso confiar em vocês — disse Esme em voz baixa. — Há uma mulher que se passa pela rainha em alguns eventos, quando existe algum risco. Poucas pessoas conseguem distinguir as duas. No caso, a substituta estará no baile no lugar da monarca.

— E ela colocaria a própria vida em risco? — perguntou Althea, incrédula.

— É o trabalho dela, como é o meu. Pela rainha e pelo país.

Tudo indicava que Esme conquistara Althea, porque sua irmã não disse uma palavra, apenas estudou a mulher elegante e segura ao seu lado. Marcus por sua vez ficou tenso ao lembrar que Esme não colocaria sua própria segurança em primeiro lugar. Ele quase se levantou e falou: "Esqueçam tudo. Não precisamos saber quem estava envolvido no plano. Não dou a mínima para com quem nosso pai estava trabalhando. Que o diabo leve a honra da família. Restaurarei meu nome de outro jeito".

Mas ele sabia que, mesmo se desistisse, Esme não o faria. Ela fora encarregada de proteger a rainha e cuidaria da tarefa à custa de sua própria vida, com ou sem ele. Então Marcus não a deixaria sozinha de maneira alguma.

Finalmente, Althea olhou para o marido.

— O que acha?

— Não quero meus pais envolvidos. Eles já passaram por muita coisa na vida, e garanto que não têm interesse em desejar o mal para a rainha, então não há necessidade de suspeitar deles ou exigir sua presença. Vou convencê-los a fazer uma viagem pela Europa por algumas semanas. Quanto à tarefa de organizar um baile na propriedade... quanto tempo isso levaria?

— Três semanas, mais ou menos, se não quisermos que suspeitem de que algo está acontecendo. Os convites serão impressos e enviados durante esse tempo. A maior parte dos convidados está em suas propriedades no interior. — Althea olhou para Marcus. — Estamos em Londres porque é onde Ben se sente mais confortável, e a família Trewlove mora aqui. Seria estranho não ter os irmãos dele presentes. Tenho certeza de que podem contar com o apoio de todos.

Trewlove e outros cinco filhos, todos bastardos, haviam sido criados por Ettie Trewlove como se fossem dela.

— Os Trewlove adoram uma boa luta. Vocês terão um exército na Escócia — afirmou Trewlove.

— E tem o Griff, também — lembrou Althea. — Ele já sabe dos seus planos?

— Ainda não — admitiu Marcus. — A propriedade na Escócia era a chave para colocarmos tudo em ação. Se você se opusesse, teríamos que pensar em um esquema alternativo, então começamos com você.

— Por que não mandamos chamar ele e Kathryn para discutirmos os detalhes dessa estratégia ousada? Vocês vão jantar conosco, certo? Depois de tanto tempo, seria muito agradável.

"Agradável" não era bem a palavra que Marcus escolheria para descrever os jantares na casa do duque de Wolfford. A tensão sempre irradiava ao redor da mesa, enquanto seu pai dominava as conversas e sua mãe raramente contribuía com qualquer discussão. No entanto, ele sentia falta de sua família.

— Ficarei muito feliz em jantar com vocês.

— Você a ama? — perguntou Althea.

Após o jantar, Trewlove serviu uísque aos cavalheiros antes de levar Kathryn e Esme em um passeio pelos jardins de sua mãe, deixando Marcus com seus irmãos no terraço enquanto o sol se punha. Uma cortesia, sem dúvida, para lhes dar a chance de uma conversa particular. Marcus não sabia como responder à pergunta de Althea, mas tinha certeza de que Griff estava tão ansioso quanto ela por uma resposta. Desde sua chegada, o irmão não havia esnobado Esme uma única vez. No entanto, também não tinha sido muito cordial com ela.

— Ela é uma mulher notável.

— Isso seria um sim, então — afirmou Griff, em um tom desapontado.

Marcus tomou um gole do uísque em vez de socar o rosto bonito do irmão. Seus sentimentos por Esme eram complicados; *ela* era complicada.

— Já explicamos qual era o relacionamento dela com o nosso pai. Ela não foi responsável por nada do que aconteceu conosco.

— Detesto admitir, mas gosto dela — revelou Althea. — Ela sabe o que quer e parece bastante capaz.

— Uma ótima definição para Esme — concordou Marcus.

Ele avistou Trewlove e as duas mulheres caminhando sob o mandril arqueado. Enquanto pareciam estar apenas dando um passeio, ele notou como Esme olhava ao redor o tempo inteiro, embora de forma casual. Ele duvidava muito que ela estivesse prestando atenção na variedade de flores. Assim como ele, Esme estava sempre atenta a qualquer indicação de perigo e com certeza já havia traçado uma rota para uma fuga apressada, se necessário. Ela teria identificado pontos fracos e fortes em suas companhias de jantar, e seria capaz de descrever em detalhes todos os empregados que encontraram. Será que alguma vez ela deixava de trabalhar? Será que conseguia ficar completamente relaxada? No início ela não se permitia perder o controle nem nos braços dele. Parecia que precisava estar o tempo todo no comando, e por isso, depois da primeira vez que fizeram amor, ele decidiu garantir que ela sempre estivesse.

— Ele a está observando como se fosse um homem apaixonado — comentou Griff.

— Vá se danar — resmungou Marcus.

— Deixar de ser herdeiro de um ducado pode ter sido vantajoso para você — refletiu o irmão. — Não poderia se casar com ela se fosse duque.

Marcus não tinha certeza de que Esme se casaria com ele em nenhum dos casos, ou que desistiria de sua vida perigosa por ele. E muito menos se poderia viver com a eterna preocupação se ela não desistisse.

Capítulo 18

Esme sabia que a maneira mais eficiente de arranjar o que precisavam para o baile era contar o plano para Og, pois ele ajudaria a garantir que Vitória ficasse em Balmoral até depois do baile para que acreditassem que ela ia comparecer. Ele também poderia coordenar a participação de Mary. Embora de perto ela não se assemelhasse a Vitória, Esme queria que ela chegasse ao baile usando um chapéu velado e declarando que uma enxaqueca exigia que se retirasse para seu quarto.

Mas Esme não queria envolver Og. Ou qualquer um do Ministério do Interior, na verdade. Desde que tirara as fotos no escritório de Podmore, não conseguia deixar de suspeitar que havia um espião entre eles — inocente ou não. Decidiu não contar o plano inteiro nem para Brewster. Ele os acompanharia, é claro, mas pensaria que estavam lá para proteger a rainha caso ela fosse ao baile. Ela também não queria nem que Og ou o Ministério do Interior soubesse porque tinha certeza de que reclamariam do plano. As chances de não funcionar eram grandes, mas Marcus tinha razão quando disse que precisavam tentar alguma coisa.

O tal Lúcifer era evasivo e habilidoso em esconder sua identidade, e Esme temia que ele perdesse a paciência e atacasse a rainha quando estivessem menos preparados. Afinal, havia dado fim a Podmore e ao assassino do lorde... Depois de um ano sumido, o malfeitor estava mais uma vez à espreita. Esme não achava que ele estava amarrando as pontas soltas porque estava desistindo do objetivo, mas sim porque estava se preparando para dar o bote. Era bom em cobrir seus rastros, e aquilo a preocupava mais que tudo.

Mas era importante que mais uma pessoa estivesse ciente do esquema, pois sua aprovação era crucial. Por isso, Esme e Marcus partiram em um trem com destino à Escócia.

— Uma pena não termos um vagão particular — comentou ele. — O movimento do trem podia ser uma experiência interessante...

— Você é muito safado.

— Vai me dizer que não ficou curiosa?

Ela gostaria de experimentar qualquer coisa com ele, a qualquer hora e em qualquer lugar. Mas não ia confessar isso ali, quando estavam rodeados de estranhos. Ela notara algumas moças olhando para Marcus, sem dúvida atraídas por sua beleza, e suspeitou que elas estavam se esforçando para ouvir trechos da conversa.

— Comporte-se. Não queremos chamar a atenção.

O trem os levaria a Aberdeen com mais rapidez, e o tempo era essencial para o plano. A cooperação da rainha e de Mary precisava ser confirmada antes que os convites fossem feitos, impressos e entregues. Não adiantava avançar sem a colaboração do pivô.

— Sabia que todos os homens neste vagão notaram você e com certeza estão fantasiando sobre levá-la para a cama?

— Eu deveria ter me vestido de velha, então.

— Duvido que teria feito alguma diferença. Você tem alguma coisa que é difícil de ignorar.

Entrelaçando seus dedos aos dela, ele colocou as mãos unidas em sua coxa.

— Chegaremos bem tarde da noite. Pode usar meu ombro como travesseiro se quiser dormir um pouco.

— Você tinha um compartimento privado quando era um lorde?

— Não, eu preferia viajar de carruagem, mas os trens são bem mais rápidos. Conseguiremos ir e voltar em no máximo quatro dias. E se ela não aceitar nos receber?

Esme deu um leve sorriso.

— Ela vai aceitar. Essa não é a minha preocupação.

— E qual é?

— Que ela ache tudo uma ideia ridícula ou que possa colocar muitas pessoas em risco. Mas estou convencida de que esse Lúcifer é muito cauteloso. Ele não fará nada abertamente. Como a rainha se tornou reclusa e quase nunca é vista em público, um baile com a presença dela será uma tentação grande demais para resistir. Nós precisamos convencê-la disso.

— Tenho total fé em sua capacidade para fazê-lo.

Ela sorriu para ele.

— Olha a bajulação de novo, sr. Stanwick...

— Quando você me olha assim... Nossa, como eu gostaria que estivéssemos sozinhos. Eu bajularia cada centímetro do seu corpo.

Ela também desejou que estivessem sozinhos. Mas, em vez de confirmar com palavras, apenas apertou a mão dele. Era estranho como estar em um trem de mãos dadas fosse quase tão íntimo quanto estar nus entre lençóis. Esme estava descobrindo que a intimidade tinha muitas formas.

Ele aproximou a boca da orelha dela, e ela por instinto se aconchegou nele.

— Estive pensando no seu plano de ir como empregada — falou ele baixinho. — É muito limitante, pois não vai lhe dar muito acesso aos convidados da nobreza. Tive uma ideia melhor. Você deveria ir como minha esposa.

Marcus notou quando ela ficou tensa e se afastou, soltando a mão dele e erguendo uma barreira invisível, mas assustadora, entre eles. O terror que cruzou suas belas feições o surpreendeu.

— Não seja ridículo! Casamento não é para mim.

Ela nunca havia pensado em se casar? Conhecendo a sociedade, ele conseguia imaginar os argumentos: ela estava velha, não podia ter filhos, não era mais virgem. Ele não se importava com nenhuma daquelas razões e considerava todas absurdas.

Mas talvez o que ela realmente quisesse dizer era que casamento com *ele* não era para ela. Talvez, como os antigos amantes dela, ele fosse bom para uma farra entre os lençóis por um curto período, mas estavam fadados a seguir caminhos diferentes quando atingissem seus objetivos. Não que ele pudesse culpá-la. Embora seus irmãos tivessem tido a sorte de encontrar alguém disposto a ignorar seu passado, como herdeiro, Marcus estivera muito mais associado ao nome e aos títulos da família. Pode-se dizer que fora banhado neles desde o nascimento.

— Eu não estava pedindo sua mão, Esme. — Não que a ideia não lhe tivesse ocorrido uma ou duas vezes, mas seu orgulho fora ferido ao saber que ela se opunha de modo tão veemente. — Mas se você vai fingir ser uma criada, por que não fingir ser minha esposa? Isso lhe daria a liberdade de andar entre os convidados, ouvir conversas, julgar atitudes e ações. Claro que lhe daria mais visibilidade, mas também faria com que todos ficassem mais visíveis para você. Ninguém questionaria se fôssemos vistos juntos ao compartilhar alguma informação no meio da festa.

Ela relaxou, mas não voltou a segurar a mão dele.

— Ah, entendi. Sim, faz sentido. Pode ser uma boa ideia, mas teríamos que inventar uma história para explicar nossa relação. Como nos conhecemos?

Ele olhou em volta para os outros passageiros. A maioria tinha adormecido, e não havia ninguém nos bancos de trás ou da frente. Ninguém podia ouvir o que estavam discutindo.

— Eu aluguei um quarto na sua casa. Não foi você que me aconselhou que o melhor é sempre ficar o mais próximo da verdade?

Ela sorriu, quase arrependida.

— Então eu tenho uma pensão. É, pode funcionar... Como dona de um negócio, as pessoas podem esperar que eu seja mais assertiva. Só não sei se aceitariam seu casamento com uma plebeia. Você era considerado um bom partido na temporada anterior.

— Como uma solteirona velha e desesperada para se casar, você se jogou em mim. Considerando a posição em que meu pai me deixou, decidi que você não era tão ruim assim.

Ela desdenhou.

— Você teria muita sorte de me ter como esposa, isso sim.

Agora ela estava mudando de tom, e ele abriu um sorriso provocante.

— Exatamente. Por isso acho que acreditariam no nosso casamento.

Ela o estudou.

— Nos casamos em segredo?

— Não, mas foi discreto. Faz mais de um ano que não frequento a sociedade. Por que eu anunciaria meu casamento?

— Quando nos casamos?

— Escolha uma data.

— Sempre gostei de agosto. Dia 15 de agosto.

Ele suspeitava que ela havia escolhido uma data com algum significado para ser mais fácil de lembrar.

— Por que essa data é especial?

— É meu aniversário.

— Desculpe ter perdido seu aniversário.

— Você estava ocupado se casando.

Ele riu, sabendo que sentiria falta dela se tivessem sucesso em seu plano, quando não teriam mais motivos para permanecer um na vida do outro.

— É verdade.

— O fato de estarmos casados permitiria *mesmo* que eu andasse com mais liberdade pelo baile. Bem pensado, Marcus. Ótima ideia.

— Você não está decepcionada por não ter sido um pedido de casamento de verdade?

— Nem um pouco.

Ela olhou pela janela, para a escuridão que caíra sobre a terra.

Que pena, pois ele descobriu que estava um pouco decepcionado pelo casamento ser uma mentira.

Capítulo 19

Era tarde da noite quando chegaram a Aberdeen, em um hotel onde Marcus pagou por um quarto para o senhor e a senhora Stanwick. Ele não achou nada estranho se referir a Esme como sua esposa. Ela usava luvas, então era impossível saber se tinha uma aliança em sua mão esquerda — algo que precisava ser resolvido antes do baile.

Esme viajava com um pequeno baú, enquanto ele levava apenas uma bolsa com uma muda de roupa, para que aparecesse arrumado na frente da rainha Vitória.

No quarto, ela parou diante das chamas baixas da lareira como se esperasse se aquecer.

— Foi muito natural para você me apresentar como sua esposa.

Ele jogou o casaco em uma cadeira e começou a desabotoar a camisa.

— Achei que devia começar a praticar. Vou precisar ser convincente no baile.

— Como vai fazer sua esposa desaparecer quando tudo isso acabar? Vamos apenas anunciar que era tudo uma farsa?

Marcus se sentou em uma cadeira e começou a tirar as botas.

— Não sei se vamos precisar dizer alguma coisa. Só vou me relacionar com a nobreza se precisarem dos meus serviços de investigação, e é improvável que meu estado civil seja tópico de conversa. Não é como se eu fosse virar amigo deles. E entre vizinhos e conhecidos, ninguém saberá que tive uma esposa. Se você se sentir desconfortável por estar ligada a mim de forma tão íntima, ou achar que isso pode comprometer sua posição no Ministério do Interior, fique à vontade para criar outro subterfúgio para circular entre os convidados no baile.

— Não tenho vergonha de ser vista com você, Marcus. E qualquer missão que eu receba depois envolverá pessoas que não têm ideia de quem sou. Só quero garantir que nossa mentirinha não cause problemas a você mais tarde, quando precisar de uma esposa de verdade.

— Casamento não é para mim.

Ela franziu a testa e se afastou da lareira.

— E por que não?

De pé, ele tirou a camisa.

— Vai me dizer por que casamento não é para você? — ele devolveu a pergunta.

— São muitas razões para enumerar.

Quantos desses motivos teriam surgido por causa da mãe dela?

— Talvez eu mude de ideia em relação a casamento em algumas semanas, mas não hoje. No momento, estou morto de cansaço. Vire-se para eu ajudar com seu vestido.

O vestido de viagem era modesto e a cobria até o pescoço. Talvez fosse por isso que, quando o tecido foi aberto e revelou o que estava escondido, ele beijou a pele quente.

— Achei que estivesse morto de cansaço — disse ela, mas ele notou o tom provocativo.

— Hum. Seria uma pena não aproveitar esse tempo que tenho a sós com minha *esposa*.

Ela deu uma risadinha, um som que parecia estranho vindo dela, e ainda assim fez com que o cansaço evaporasse de seu corpo e o desejo o dominasse. Será que ela não se sentia à vontade com a ideia de casamento porque havia sido um sonho que lhe fora tirado? Algo que ela encarava como uma impossibilidade? Será que estava tensa porque se esforçava para não deixar que esse sonho viesse à tona?

Marcus fez mais do que desabotoar o vestido. Ele a ajudou a tirar todas as suas roupas. Quando ficou nua, ele não conseguia nem imaginar como chegou a considerar dormir ao lado dela sem tocá-la. Tirando a calça, ele pegou a mão dela e a levou para a cama.

— Não estou mais cansado.

Esme tentou não imaginar como seria o casamento com Marcus e noites como aquela: ser despida por ele e depois levada para a cama. Não devia ficar tão emocionada quando ele a chamava de “esposa”. Sabia, por instinto, que ele se casaria por amor, que adoraria sua esposa e a faria agradecer todas as noites por ser dele.

Marcus a deitou de costas e iniciou uma jornada de carícias em seu corpo, acendendo as chamas de seu desejo. Aquele não era o costumeiro amor frenético que faziam. Era calmo e sem pressa. Com ele, tudo era sempre diferente e familiar ao mesmo tempo. Ela arranhou os músculos rijos, deliciando-se com a forma como eles ficavam ainda mais tensionados com a provocação. Não conhecera nenhum homem com um corpo como o de Marcus, tão imponente. Ela estava perdida. Depois dele, como poderia se satisfazer com outra pessoa?

Esme se moveu para montar em Marcus quando ele se virou, mas foi agarrada pela cintura e impedida de se sentar. Ela o encarou e encontrou os olhos azuis ardendo de desejo.

— Venha até aqui — disse ele.

Ela franziu a testa.

— O quê?

Ele a puxou com carinho.

— Quero provar você.

Uma onda de calor a percorreu como se fosse lava derretida. Ele a puxou de novo enquanto lambia os lábios. Como recusar tal convite? Ela caminhou por cima dele até apoiar seus joelhos em ambos os lados da cabeça dele. Ele então abaixou os quadris dela e a lambeu. Mordiscou. Lambeu mais.

Gemendo baixinho, ela jogou a cabeça para trás e saboreou as sensações incríveis que tomavam conta dela.

— Brinque com seus peitos — ordenou ele com a voz abafada.

Esme obedeceu e apertou seus seios, beliscou os mamilos eriçados e depois os acariciou com movimentos circulares enquanto ele se banqueteava. Nunca se sentira tão livre e soberana. Com um simples movimento dos quadris, ela podia aumentar a pressão ou suavizá-la, podia direcionar onde ele deveria lamber. Marcus seguiu seu comando com maestria, mas não era o suficiente. Só ela estava aproveitando a situação, e não conseguia parar de pensar em deixá-lo tão louco de desejo quanto ela.

Então, segurou o cabelo dele e levantou os quadris até conseguir fitá-lo.

— Vou me virar.

A manobra não saiu tão graciosa quanto Esme gostaria e ela quase caiu. Mas quando se ajeitou para que Marcus pudesse voltar ao banquete, aproveitou para se inclinar e beijar um lado do quadril dele, sendo recompensada com um gemido baixinho. Em seguida, lambeu o interior de uma das coxas e depois a outra. Ele emanava um aroma almiscarado e sensual, um afrodisíaco que a deixava ainda mais excitada.

Segurando o membro ereto com uma das mãos, ela lambeu a ponta reluzente. Marcus levantou um pouco os quadris e gemeu alto, mas não parou suas carícias com a língua. Pelo contrário, apenas intensificou a urgência dos toques. Esme estava em chamas e queria que ele queimasse assim como ela, queria que se contorcesse como ela, queria sentir todos os gemidos dele por seu corpo. Então ela o devorou de uma só vez, acomodando-o em sua boca para provocá-lo com a língua.

— Oh, Esme!

Marcus afundou os dedos nos quadris dela enquanto continuava seu trabalho com vigor, deixando-a tão excitada que ela pensou que morreria.

Esme queria vê-lo da mesma forma, prestes a explodir, então continuou a lamber, chupar e provocar enquanto sentia o corpo dele ficar cada vez mais tenso. Nunca se sentira tão poderosa e tão consumida pelo prazer. Dominada por um desejo tão forte quanto as correntes de um mar tempestuoso, ela gritou em êxtase ao atingir o clímax.

De repente, ele a levantou e a virou, guiando seu corpo para baixo e penetrando em sua intimidade quente e molhada.

— Cavalgue, Esme — disse ele com a voz rouca, dando estocadas profundas enquanto a segurava pela nuca e tomava posse de sua boca.

Ela provou seu próprio gosto nos lábios dele e se perguntou se ele estava experimentando a mesma sensação. Então ele arrancou sua boca da dela, deu uma última estocada e gemeu, apertando a cintura dela enquanto gozava e caía para trás. Deitando-se em cima dele, Esme escutou sua respiração ofegante e seu coração disparado enquanto era embalada em um sono profundo.

Marcus havia dormido como uma pedra, e parece que Esme também. Quando acordou, descobriu que estava abraçado com ela e teve o pensamento absurdo de que não se importaria de acordar daquele jeito todos os dias pelo resto da vida. Mas ela não estava interessada em casamento. Ou talvez não com ele...

Tomaram o café da manhã na sala de jantar do hotel e contrataram um cabriolé para levá-los até Balmoral, pagando o suficiente para que o cocheiro esperasse e os trouxesse de volta a Aberdeen.

Esperavam no grande saguão de entrada enquanto a rainha era avisada da chegada deles, e torciam para que a soberana consentisse uma audiência. Marcus estava se esforçando para manter suas emoções sob controle, para não pensar que havia perdido muita coisa por causa da monarca. Fora culpa de seu pai e ninguém mais. Mesmo assim, teria sido muito bom ter recebido algum tipo de compaixão por parte da realeza.

Esme, por outro lado, não parecia nada nervosa enquanto tirava alguns pelos do casaco dele.

— Eu me esqueci de perguntar se você já a conheceu — comentou ela.

— Uma vez. Algum evento no Palácio de Buckingham que fui com meu pai quando tinha 16 anos e o príncipe Alberto ainda estava vivo. Não espero que ela me reconheça. Eu mudei bastante desde então.

— Como todos nós...

O som de passos abafados por tapetes reverberou pelas paredes antes de o mordomo aparecer.

— Sua Majestade vai vê-los. Sigam-me, por favor.

O criado os conduziu por um labirinto de corredores até uma câmara que sem dúvida servia como o escritório da realeza para reuniões com visitantes oficiais. Havia uma mesinha de jacarandá perto de uma janela, uma parede cheia de livros, e pinturas majestosas pela sala, algumas feitas por artistas renomados. Havia também vários espaços para se sentar, e a pequena governante da Inglaterra estava na poltrona mais próxima da porta.

— Senhorita Esme Lancaster e senhor Marcus Stanwick — anunciou o mordomo antes de sair e fechar as portas duplas atrás de si.

Esme fez uma reverência graciosa, enquanto Marcus se curvou levemente.

— Vossa Majestade — cumprimentou ela baixinho.

— Esme, querida, me cumprimente direito.

Esme caminhou até a rainha, pegou sua mão e deu um beijo nela enquanto fazia outra reverência.

— Você parece ótima, pequena.

Esme se ergueu.

— É gentileza sua.

Então a rainha o estudou da cabeça aos pés.

— Stanwick... Não seria o herdeiro do duque de Wolfford, seria?

Endireitando-se, ele inclinou a cabeça para o lado.

— Sou o primogênito do antigo duque, sim.

— Você sem dúvida acredita que foi tratado com injustiça.

Marcus sabia que, se as ações do pai tivessem sido bem-sucedidas, teriam causado consequências graves para a nação e o mundo. No entanto, a punição escolhida fizera com que sua família inocente também sofresse.

— Não estou aqui para questionar ou esmiuçar ações passadas.

— Então qual é o motivo da sua presença?

A pergunta parecia ter sido para ele, mas a rainha a fez virada para Esme.

— O sr. Stanwick tem me ajudado em minha busca pelos outros que desejam o seu mal. Acreditamos que temos um bom plano para atraí-los, mas precisamos de sua cooperação.

— Vamos tomar chá no jardim para discutir esse plano, então.

Marcus ficou fascinado assistindo às interações de Esme com a mulher que governava o império. Ele duvidava que qualquer dama que conhecia estaria tão à vontade quanto Esme estava enquanto servia chá para a rainha e perguntava sobre sua família. Por causa da intimidade de Esme com a soberana, Marcus apenas observou enquanto ela explicava como esperavam atrair os conspiradores.

Mary Talbot, a substituta da rainha, iria ao baile, faria uma breve aparição sem falar com ninguém além de seus anfitriões, diria que estava cansada e se retiraria para a ala reservada a ela e suas damas — esposas e filhas de membros da corte, que ajudavam a cuidar do conforto da monarca. John Brown precisaria acompanhar Mary, já que ninguém acreditaria que Vitória iria a qualquer lugar da Escócia sem ele. Usando uma passagem secreta, Marcus e Esme entrariam na câmara designada à rainha. Então, Marcus escoltaria Mary pela passagem secreta até o exterior da casa, e a acompanharia de volta a Balmoral com Brown. Enquanto isso, Esme aguardaria a aparição do malfeitor. Os dois debateram muito sobre essa parte do plano, pois Marcus queria ficar esperando o bandido, mas Esme insistira que era o dever dela. Por fim, ela ganhou a batalha.

Como não tinha muito com o que contribuir na conversa, Marcus se recostou na cadeira, saboreou seu chá e apenas acompanhou o diálogo das duas mulheres. Elas sorriam bastante, davam risadas e pareciam realmente se importar uma com a outra. Os dois anos nos quais Esme serviu a rainha deviam ter ajudado a forjar um vínculo forte entre elas.

Uma hora depois de chegarem a Balmoral, ele e Esme estavam na carruagem de volta a Aberdeen, e ao anoitecer pegaram um trem para Londres.

Capítulo 20

As três semanas seguintes foram as mais maravilhosas da vida de Esme. Durante o dia, ela e Marcus passavam boa parte do tempo com a irmã dele, ajudando nos detalhes do baile que aconteceria na propriedade da família. Esme ajudou a escolher os convites e escreveu o nome dos convidados nos envelopes. Como se fosse uma jovem debutante aproveitando sua primeira temporada, ela também fofocou bastante com Althea e Kathryn, que eram melhores amigas havia muito tempo.

— Ouvi de uma fonte confiável que Chadbourne e Jocelyn estão morando em residências diferentes — disse Kathryn. — Me atrevo a dizer que você teve sorte por ele ter desistido de se casar com você.

Althea deu um sorrisinho para Esme.

— Eu estava noiva do conde de Chadbourne antes de tudo o que aconteceu com o papai, e então ele me dispensou. Jocelyn, que eu considerava uma grande amiga, foi escolhida no meu lugar.

— Ela está tendo o que merece — afirmou Kathryn.

— Ninguém merece ser infeliz.

Elas falaram de quem estava cortejando quem, de escândalos recentes e das moças que esperavam se casar. A cada dia Esme vislumbrava como teria sido a vida de Marcus se o duque não tivesse traído o país, e como ele se encaixaria no dia a dia da nobreza. A autoconfiança com que expunha seus planos, a atenção que dava aos detalhes, a maneira como transmitia a convicção de que teriam sucesso. Seu modo de caminhar seguro. O quão confortável ficava ao conversar com um futuro duque. O coração de Esme doía ao ver como ele era perfeito para um mundo que lhe fora tirado.

E todas as noites, quando voltavam para a casa dela, iam para o quarto dele e faziam amor de um jeito louco e apaixonado. A atenção que Marcus dedicava a ela era muito mais do que ela jamais tivera. Ou imaginara. Ele devia gostar dela de alguma forma para se doar tanto, não? Esme dizia a si mesma que era apenas libido, mas então acordava e o descobria estudando seu rosto, como se nunca se cansasse de observá-la.

Ela meio que esperava que a missão falhasse e Marcus não tivesse motivos para ir embora — não ainda. Então se arrependia de tamanho egoísmo. O futuro dele havia sido virado de ponta-cabeça, e ela queria que Marcus encontrasse felicidade e um propósito além daquela vingança. Queria que ele conquistasse o amor, se casasse, tivesse filhos de cabelo escuro e lindos olhos azuis. Filhos que se tornariam tão corajosos e magníficos quanto ele.

Esme também visitou sua modista para encomendar um vestido novo, enquanto Marcus foi a um alfaiate em busca de um traje adequado à ocasião.

Os convites foram entregues por criados uniformizados, enviados em massa a fim de fazer com que os envelopes aveludados chegassem a todos os lordes e damas da Grã-Bretanha. Uma nota cuidadosamente inscrita em caligrafia perfeita em cada convite dizia: *Sua Majestade nos dará a honra de Sua presença no baile.*

Os convidados chegariam no dia do baile e teriam acomodações para passar a noite. Na manhã seguinte, iriam embora apenas depois de um farto desjejum. A viagem era longa para uma estadia tão curta, e isso eliminaria aqueles que não tinham interesse na rainha ou no recém-descoberto filho de um duque.

Ela e Marcus combinaram de chegar na véspera do baile, antes de qualquer convidado. Queriam explorar a casa e o terreno para garantir todos os detalhes do plano e manter todos seguros.

Quando a carruagem em que eles viajavam parou em frente à enorme mansão, Esme olhou para Marcus e notou que ele a observava.

— Em breve você estará livre — comentou ela.

— E você?

— Vou ser designada para outra missão, graças a Deus. Já estava ficando entediada com esta. Sempre há algum tipo de intriga na corte, alguma informação que precisa ser coletada sobre alguém. E há aqueles que infringem a lei e precisam ser presos, ou algum tipo de serviço para a Scotland Yard. Você ficaria surpreso com as coisas que acontecem e ninguém fica sabendo.

— Será que algum dia saberei se acontecer algo com você?

— Quando isso acontecer, se acontecer, você já terá se esquecido de mim.

— Você não é alguém que dê para esquecer, Esme. Mas estamos sendo afobados. O plano precisa funcionar.

— Isso é verdade.

Um criado abriu a porta, mas antes que o homem pudesse ajudar Esme a descer, Marcus segurou o braço dela.

— Tenho algo para você, para deixar essa história mais crível.

Esme tentou imaginar o que poderia ser enquanto se acomodava no assento acolchoado, mas não conseguiu pensar em nada.

— Vamos precisar de mais um minuto — disse ele ao criado antes de estender a mão e fechar a porta para lhes dar um pouco mais de privacidade.

Sentado à sua frente, Marcus pegou a mão esquerda dela e começou a tirar sua luva devagar. Esme sentiu a respiração ficar presa em sua garganta quando entendeu o que estava acontecendo.

— Marcus...

— Eu deveria ter feito isso antes. Não sei por que não fiz. Acho que o simbolismo me deixou um pouco nervoso... — Ele a encarou. — Mesmo que seja apenas de mentirinha.

Marcus beijou a mão dela quando removeu a luva e tirou algo do bolso do casaco. Era uma aliança simples, de ouro rosa, que ele colocou com delicadeza no anelar de sua mão esquerda em um encaixe quase perfeito. Quando menina, Esme sonhava com aquela cena acontecendo em uma igreja cheia de espectadores sorridentes com a felicidade do casal. Ela engoliu em seco.

— Você não precisava ter se incomodado ou gastado dinheiro comigo. Espero que o joalheiro aceite a devolução.

— Era da minha avó. — Esme sentiu o estômago embrulhar. — Minha mãe tinha um cofre escondido onde guardava suas joias. Tinha me esquecido dele até o dia em que fomos à minha antiga casa. Como eu precisava de um anel, decidi ignorar a ordem da Coroa de que não deveríamos retirar nada de lá. Fiquei feliz ao descobrir que os oficiais não tinham encontrado o cofre ou, se encontraram, deixaram-no como estava. Dei as outras joias que estavam lá para Althea, mas este anel é seu.

— Vou devolvê-lo assim que tudo acabar.

— Prefiro que guarde como lembrança de... quando foi minha esposa.

Marcus abriu um sorriso sardônico, mas Esme não tinha certeza se não estava mesmo levando a sério a história de casamento.

— Não me sentirei bem de mantê-lo comigo, mas ficarei honrada em guardá-lo e vou apreciá-lo como aprecio... sua amizade.

Ele sorriu com malícia.

— É assim que você chama meu pau? De "amizade"?

— Seu bobo!

Esme deu um tapinha no ombro dele, grata pela seriedade do momento ter ficado para trás, pois uma pequena parte dela desejava que a aliança fosse de verdade e que, quando tudo acabasse, ainda fosse a esposa dele.

Ele riu e abriu a porta antes de saltar da carruagem e ajudá-la a descer.

Brewster, que havia viajado ao lado do cocheiro, aproximou-se.

— É um lugar enorme — comentou ele. — Não sei como você vai conseguir proteger a rainha aí dentro.

Eles não contaram todos os detalhes do plano ao mordomo, principalmente que a rainha não compareceria ao baile. Até onde ele sabia, Vitória havia entrado em contato dizendo que desejava ir ao baile e queria que sua protetora estivesse lá para garantir sua segurança. Esme confiava em Brewster, mas não queria correr o risco de que uma palavra dita de forma inocente estragasse tudo.

— Fale com os criados e veja se consegue determinar se alguém não gosta de Vitória. Seja discreto. Queremos que as pessoas pensem que, assim como ela, estamos aqui apenas para participar do baile.

— Deixe comigo. Devo levar a bagagem?

— Vamos pedir aos criados que cuidem das malas — respondeu ela com um sorriso. — E lembre-se que você deve se apresentar como o valete de Marcus.

Brewster fez uma careta.

— Não posso nem ser um mordomo. É insultante.

— É apenas por alguns dias. Você vai sobreviver.

O homem se afastou com um resmungo.

— Ele é bem genioso — falou Marcus.

Ela encaixou o braço no dele.

— Ele gosta de se sentir importante. Acho que não gosta nem um pouco de saber que confio mais em você do que nele, embora eu nunca tenha confiado totalmente nele.

— E confia em mim?

Com certeza mais do que deveria. Em sua profissão era difícil conseguir confiar em alguém e, ainda assim, não havia demorado para ela fiar-se em Marcus. Eles caminharam até os degraus largos que levavam a uma porta maciça que deve ter sido construída para resistir ao ataque de aríetes. Ninguém ficaria surpreso por Marcus estar presente em um evento organizado pela irmã, embora Esme suspeitasse que algumas pessoas o evitariam, ainda desconfiadas de qualquer envolvimento que ele pudesse ter nos planos do duque. E presumia que muitas damas ficassem com ciúme dela por sua intimidade com aquele belo homem. Embora o nome da família Stanwick estivesse manchado, ela imaginava que várias mulheres fantasiavam ir para a cama com ele. O fato de ela ter esse privilégio a deixava cheia de orgulho.

— Compartilho mais com você do que com qualquer outra pessoa.

— Então me considero mesmo sortudo.

A porta se abriu e o mordomo os levou para a sala cheia de gente: os seis irmãos Trewlove e suas respectivas esposas, Griff e Kathryn, e um homem que Esme reconheceu como o duque de Glasford. Ela o vira uma vez antes, quando trabalhava no palácio e ele havia visitado a rainha. Era tão grande e forte quanto o filho, e estava ao lado da adorável esposa sentada em uma cadeira de rodas.

Acompanhada do marido, Althea se aproximou.

— Já estávamos nos perguntando se vocês tinham se perdido no caminho — comentou ela.

— Não, apenas saímos tarde da pousada onde passamos a noite — explicou Marcus.

Porque haviam passado mais tempo do que deviam se divertindo na cama.

— Meus pais insistiram em participar — disse Benedict Trewlove Campbell. — Parece que herdei a teimosia deles.

— Vamos mantê-los seguros — prometeu Esme antes de serem apresentados ao duque e à duquesa. Ela fez uma reverência. — Agradeço por nos permitir usar sua magnífica mansão, Sua Graça.

— É mais um castelo do que uma mansão — disse a duquesa.

Esme se endireitou, ciente de Marcus ao seu lado.

— Sim, mas ainda magnífico.

— Ninguém acreditaria nesse teatrinho se Mara e eu não estivéssemos aqui para recepcionar a rainha — explicou o duque com seu sotaque escocês. — Não se foge para a Europa quando a realeza chega para uma visita.

— Tem razão — afirmou Marcus.

— Já nos conhecemos antes, rapaz. Pelo que me lembro, seu pai nos apresentou em um clube algum tempo atrás.

— Sim, Sua Graça. A vida era muito diferente naquela época.

— Você nunca sabe o que está no coração de um homem. Meu próprio pai é um ótimo exemplo disso. O ódio o fez tentar matar minha Mara e meu menino. Sinto muito pelo que seu pai causou à sua vida.

— Ele não estava agindo sozinho, tenho certeza. Espero que tenhamos respostas em breve.

Althea se aproximou e tocou o braço do irmão.

— Venham, vou apresentar vocês dois à minha nova família.

Esme conhecia os integrantes do clã Trewlove apenas por sua reputação — eles estavam sempre nos folhetins de fofocas. Ninguém olhou feio para ela ou deu qualquer indicação de que a consideravam alguém inferior, mas bastardos costumavam ser pessoas mais receptivas. Ela e Marcus foram recepcionados como iguais, e Esme imaginou que ele passaria um bom tempo na companhia daquelas pessoas no futuro. Não seria mais um lobo solitário, mas considerado um membro daquela família. Era o que desejava para Marcus: que ele voltasse a ter um senso de pertencimento.

Capítulo 21

Marcus tinha esquecido o que era ser recebido na casa de um nobre, ter criados que não conhecia à sua disposição, sentar-se a uma mesa cheia de gente e manter uma conversa sem ninguém fazendo comentários sarcásticos sobre seu pai ou a ruína de sua família. Ser aceito. Como era ter o interesse genuíno de novos conhecidos.

Mas o que lhe trazia mais satisfação era que estavam aceitando Esme do mesmo jeito, e devia fazer muito tempo desde que ela fora tratada com tanta gentileza. Eles receberam quartos adjacentes, e Marcus aproveitou a ausência de Laddie para se infiltrar na cama dela. Não tinha certeza de como o relacionamento deles mudaria se o plano fosse concluído com sucesso naquela noite, e queria aproveitar o máximo de tempo com ela.

Após o café da manhã, eles estavam passeando pelo terreno que incluía colinas, árvores aqui e ali e campos de urze.

— A propriedade ducal da sua família era parecida com esta? — perguntou Esme.

— Não era tão selvagem. A mansão era enorme e mais do estilo jacobino, feita para a realização de bailes e eventos e com uma ala exclusiva para a realeza. Parece que alguns dos meus ancestrais eram favoritos de reis e rainhas.

— Vitória chegou a visitar sua família?

— Não. Ainda bem, considerando tudo o que aconteceu. A propriedade era luxuosíssima. Além dos imensos jardins, tinha três parques, e um deles possuía cercas altas por conta de leões. Ideia do meu avô, então eles já estavam lá fazia um tempo, uns vinte anos, acho, quando os vi pela primeira vez. Eu só podia olhar de longe, nada de brincar com eles. Tinha uns 5 anos quando o primeiro morreu. Achei muito triste ele ter passado tantos anos sem poder correr solto pelo campo e comecei a planejar como libertar os dois que sobraram, mas, infelizmente, meu plano dependia de eu crescer um pouco e ser mais forte. Não deu tempo, e eles morreram de velhice.

Era impossível não ficar triste e decepcionado com aquelas recordações, e os sentimentos transpareceram em seu tom de voz.

— Deve ser por isso que você é tão bom em estratégias. Começou bem novo.

Ele abriu um sorriso triste.

— Quando fiquei mais velho e forte o suficiente, quebrei as cercas com um machado de batalha dos meus ancestrais.

— Você foi punido?

— Curiosamente, não. Acho que meu pai nem percebeu.

— Quando você era muito, muito mais jovem, o que sonhava em fazer se não estivesse destinado a ser um duque?

— Foi para isso que nasci. Nunca me ocorreu ser outra coisa. Acho que esse é um dos motivos para eu ter demorado a encontrar meu caminho depois de todo o infortúnio, uma vez que não seria mais esse o meu destino.

— Você *queria* ser duque?

Ele franziu a testa.

— Por que eu não iria querer?

— Sempre achei que ser um herdeiro era algo que definia a vida de um homem, o impedia de buscar outras ocupações de que pudesse gostar mais. E se você quisesse ser ator, por exemplo? Lordes não se apresentam no teatro. Nem viram médicos ou cozinheiros.

— Nunca vi todas as responsabilidades que eu assumiria como um fardo. Gostava da ideia de ser duque um dia. Não por causa do prestígio ou do poder que acompanham o título, mas por conta do que eu poderia fazer pelos inquilinos das propriedades, com as próprias edificações. Estava tudo definhando sob os cuidados do meu pai. Ele não tinha imaginação nenhuma para gerenciar as coisas, outra razão para ele não ser o mestre dessa trama.

— Não sabia que um lorde precisa ter imaginação.

— Não é um requisito, mas como ver o potencial das coisas sem imaginação?

— E o que você via?

— Formas de melhorar a vida dos inquilinos por meio de educação. Ensinando-lhes métodos mais modernos de agricultura, treinando seus filhos para ocupações nas cidades. Garantindo que houvesse um caminho para evitar a pobreza na próxima geração e que fossem membros produtivos da sociedade. O que a terra podia proporcionar estava mudando e precisávamos mudar junto. Eu estava planejando, assim como fiz com os leões, só que dessa vez queria um meio de nos levar para o futuro. A Coroa ter tomado tudo foi um golpe devastador porque eu não tinha nenhuma outra fonte de renda. Estava me concentrando no que um dia seria meu, ao contrário de alguns amigos que perseguiam paixões até herdarem seus títulos. Eu estava tão ansioso para herdar o ducado, para assumir o comando... e então o que meu pai fez acabou com tudo.

— Talvez, se tudo correr bem esta noite, Vitória considere devolver os títulos para você.

— Não, Esme... O melhor que posso esperar é que as pessoas percebam que não sou como meu pai, que posso ser confiável e que sou um homem honrado. E talvez um artigo no jornal que traga clientes que precisam de um investigador. Um pouco de renome não faria mal.

Após andarem bastante pelo terreno até se familiarizarem com a área, eles voltaram para a mansão. Os convidados foram chegando durante toda a manhã. Marcus estava com certo receio de rever alguns dos antigos colegas de carteado ou do clube. Estava determinado a agir como se o tratamento frio que recebera após a prisão do pai não tivesse sido um choque inesperado que o deixara abalado por um tempo. A rapidez com que as pessoas se voltaram contra ele o surpreendeu — não que ele as culpasse, pelo menos não no fundo. Eles não podiam arriscar estar sob suspeita de terem alguma simpatia por alguém que planejou a morte de um monarca. Marcus havia sido preso, interrogado, colocado em dúvida, e isso tornava qualquer relacionamento com ele um grande risco.

Griff conseguira sua vingança desprezando-os ou cobrando-lhes uma fortuna para serem membros de seu clube exclusivo. Quando o assunto era diversão, os nobres eram rápidos em esquecer como tinham sido injustos com o filho mais novo do duque. Marcus duvidava que fossem tão compreensivos com ele, que era o herdeiro.

Capítulo 22

Conforme a noite se aproximava, mais carruagens chegavam em um ritmo constante até uma fila de veículos se formar na estrada que levava à mansão. O clima estava aprazível, e o ar fresco dava os primeiros indícios do outono. As pessoas se reuniram nos jardins para tomar alguns drinques e fofocar antes do baile começar. E para matar sua curiosidade. Não apenas sobre o novo herdeiro de Glasford, mas também sobre o ex-herdeiro de Wolfford.

Esme tinha planejado aproveitar a oportunidade para falar com as esposas e filhas dos vários lordes presentes, na esperança de descobrir algo que ainda não soubesse sobre Wolfford ou seus comparsas. Ela fora treinada para mimetizar aqueles ao seu redor, para se infiltrar em qualquer tipo de grupo, e ficava muito confortável com a tarefa.

Mas enquanto perambulava entre as pessoas tentando determinar quem poderia ser uma boa fonte de informações, quem poderia ser útil, foi impossível não pensar que uma das debutantes ou noivas poderia ter sido a esposa perfeita para o herdeiro de Wolfford. E foi inevitável se perguntar: será que alguma delas tinha aproveitado um piquenique com ele no verão anterior?

Não querendo ofender o duque e a duquesa de Glasford, os convidados receberam bem sua nora, Althea. E não querendo desagradar Althea, ninguém foi mal-educado com seus irmãos. Esme notou algumas damas se aproximando de Marcus com certa timidez, oferecendo sorrisos esperançosos, e ocorreu a ela que, assim como o irmão, Marcus talvez conseguisse conquistar a filha de um lorde quando tudo aquilo estivesse esquecido. Ou mesmo se não estivesse. Era óbvio que ele era querido, cobiçado antes e cobiçado agora — mesmo que naquele momento, todos acreditassem que ele estava casado.

E parecia que Esme também estivera certa sobre ninguém a reconhecer ou se lembrar dela como amante do duque. Pelo menos não até aquele instante. Mas ela não estava se exibindo ou se esforçando para chamar a atenção. Era a recatada e recente esposa de um homem que deveria ter sido duque.

Pensou na conversa que haviam tido, de quando ele compartilhara como estivera ocupado se preparando para ser duque em vez de buscar outras atividades. Ele estava perseguindo suas paixões, e elas eram exatamente as coisas com as quais o herdeiro de um ducado deveria se importar. O futuro do que ele herdaria. Como Esme desejava que ele tivesse o que fora seu sonho um dia...

Ela falou com uma dama sobre rosas, com outra sobre seu amor por tulipas. Elogiou vestidos, pediu conselhos sobre a contratação de empregados e discutiu livros. Por ser uma leitora voraz, era capaz de conversar sobre qualquer tópico sem ficar nervosa. Era hábil em direcionar as conversas para temas distantes de si. As pessoas adoravam falar sobre si mesmas, e ela lhes dava a oportunidade de fazer isso. Foi assim que descobriu que lady Aubrey estava muito feliz por estar de volta à Grã-Bretanha depois de mais de um ano na França.

— O convite que recebemos para este baile fez Aubrey querer voltar — confidenciou ela.

— A França é um país lindo — comentou Esme.

Ela havia passado alguns dias na costa francesa uma vez.

— Gosto muito do vinho de lá — disse a condessa. — Mas ver as videiras crescerem é entediante.

— Você estava em um vinhedo?

— Ah, sim, eu não disse? Aubrey herdou de um tio distante. Ele ficou obcecado com o negócio. Não queria ir embora nunca, mas também não queria perder a oportunidade de ver a rainha. Ele quer que seus vinhos sejam servidos no palácio.

Algum tempo depois, enquanto olhava ao redor, Esme sentiu uma mão grande e quente pousar em suas costas e sorriu para o "marido".

— Você devia olhar para mim com um pouco mais de amor — brincou ele. — Afinal, conquistei seu coração à primeira vista.

Ela arqueou uma sobrancelha.

— É mesmo?

— Aham.

— É isso que você anda falando para as pessoas?

— Precisamos nos manter o mais perto possível da verdade, não é?

— Você foi insuportável naquela primeira noite.

Inclinando-se um pouco, ele beijou sua testa.

— E me arrependo desde então.

— Não deveria. Eu também fui bem intolerável.

— Espero que o vestido desta noite seja vermelho. Você fica irresistível de vermelho.

— Acho que você me considera irresistível em qualquer coisa que eu vista.

— Prefiro quando não está vestindo nada.

Ela riu e se posicionou em frente a ele, para encará-lo.

— Você sempre flerta em eventos como esse?

Marcus deu um sorriso safado.

— Acho que sim. Tinha esquecido o quanto gostava desse tipo de coisa. Já que estamos aqui por um motivo sério, podemos nos divertir um pouco até a chegada da rainha, não é?

— Deveríamos estar reunindo informações.

— Eu fiz isso, mas até agora não consegui descobrir nada.

— O que sabe sobre o conde de Aubrey?

O sorriso dele desapareceu e o brilho provocante em seus olhos azuis se transformou em aço.

— Por quê?

— Ele esteve na França por pouco mais de quinze meses, o que significa que partiu na época da morte do seu pai. Parece que estava cuidando de um vinhedo que herdou, mas não resistiu à oportunidade de ver a rainha. Estranho, não?

Ele assentiu.

— Vou pedir para Griff ficar de olho nele. Mais alguém suspeito?

— Até agora não. Você teve alguma sorte?

— Ninguém é tão aberto comigo. Ouvi muitos "que azar, meu velho" antes de ser deixado de lado. Mas pelo menos as pessoas não estão fingindo que não existo, o que já é alguma coisa.

— Aproveite a oportunidade para informar seus velhos amigos de que podem procurá-lo caso precisem de algum tipo de investigação.

Ele a encarou por um tempo, e ela se perguntou se deveria contar para ele que gostaria de procurá-lo também.

— Acho que devíamos voltar ao trabalho — disse ela, em vez disso.

— É, acho que sim...

— E é vermelho.

O sorriso de Marcus derreteu o coração dela.

— Estou ansioso para tirá-lo do seu corpo mais tarde.

Enquanto ele se afastava, Esme se sentiu em êxtase, como uma jovem que nunca havia sido magoada, ou uma mulher que decidira que ele *valia* o risco de se machucar.

Marcus era suspeito para falar, mas Esme era de longe a mulher mais linda no salão de baile. Não eram apenas suas feições graciosas. Era o ar recatado e acolhedor que ela transmitia, a impressão de ser um refúgio para quem quer que precisasse. As damas a rodearam como borboletas em busca de uma flor protegida para pousar durante uma tempestade. Ele queria ser um porto seguro para ela, mas Esme era seu próprio porto seguro, e isso a tornava ainda mais atraente.

Se alguém a reconhecera como amante do duque, havia guardado o comentário para si. Sem a peruca ruiva, ela não chamava tanta atenção, não se destacava como quando a vira pela primeira vez havia mais de um ano. A capacidade de Esme de se misturar em qualquer ambiente era impressionante. Agora Marcus entendia por que ela era tão importante para o Ministério do Interior. Será que o sucesso de Esme na profissão faria mais mulheres serem contratadas? Ela transformara uma situação trágica em algo bom, e era impossível não a admirar ainda mais por isso. Ele esperava suscitar a mesma admiração nos próximos anos, com o sucesso que pretendia obter com sua agência de detetives.

Embora muitos de seus colegas estivessem um pouco cautelosos na sua presença, a maioria fora mais acolhedora que ele esperava. No entanto, o sorriso no rosto bonito de um dos dois homens que se aproximavam dele era bem mais caloroso enquanto oferecia um copo de uísque para Marcus.

— King, Knight — cumprimentou Marcus ao receber a oferta do duque de Kingsland.

— Stanwick — disse King. — Não esperava encontrá-lo aqui. Achei que você tinha dito que ficava mais confortável nas sombras.

— Tem muitas sombras por aqui. Além disso, minha irmã insistiu bastante para que eu aparecesse. Vejo que resolveu a questão entre você e sua secretária.

— Ela não é mais minha secretária. É minha esposa. — O tom dele era um misto de alegria e orgulho. — Agradeço sua ajuda por ter encontrado Penelope. Ela consegue ser bem teimosa quando quer... Bom, parece que você também se casou.

Marcus não gostava nada de mentir para um homem que admirava, mas se confortava em saber que era tudo para um bem maior.

— É isso mesmo.

— Estou tentando convencer o Knight aqui a dar uma chance ao casamento.

— Algo bem improvável de acontecer — falou o outro homem.

— Você vai precisar de um herdeiro um dia — apontou King.

— Uma razão idiota para se casar ou ter filhos.

— Concordo — disse Marcus. — Eu me pergunto quem foi o idiota que inventou a ideia de primogenitura.

— Espero que o tenham açoitado — brincou Knight. — A propósito, estão apostando que você enfrentará a rainha quando ela chegar.

— Eu vou é evitá-la, isso sim — assegurou Marcus. — Os outros Enxadristas também vieram?

Os quatro amigos tinham apelidos de peças de xadrez por sua estratégia implacável quando o assunto era investimento.

— Bishop e Rook estão em algum lugar por aí. Apostaria que na sala de jogos — respondeu Knight. — Se me derem licença, acho que vou me juntar a eles.

Enquanto o homem se afastava, Marcus deu um pequeno gole no uísque. Ele não podia se embriagar naquela noite. King pigarreou.

— Se não me engano, sua mulher já foi amante do seu pai.

— Eu esperava que ninguém notasse.

— Eu os vi no camarote do seu pai na ópera uma noite, pouco depois de surgirem os boatos de que o duque tinha uma amante. Infelizmente para você, como Penelope pode confirmar, é muito difícil eu esquecer algo que vi. Mas o cabelo da sua esposa está de um tom diferente... Vocês dois formam um casal estranho.

Marcus deu de ombros.

— Fui visitá-la, esperando que meu pai tivesse dito algo que me ajudasse a devolver a honra ao nome da família. Ele não tinha falado nada de bom, mas acabei me afeiçoando. Ela não era nada como eu esperava.

— As mulheres raramente são — comentou King. — Mas é ótimo ter uma por perto. Você está mais próximo de alcançar seu objetivo?

— Há momentos, King, em que já nem sei o que estou procurando. Talvez você estivesse certo naquela noite, quando sugeriu que eu desistisse. — O homem o havia procurado para que ajudasse a encontrar o paradeiro de Penelope Pettypeace. — Estar aqui, no meio da alta sociedade de novo, me faz questionar se realmente pertenço a essa gente.

— Acho que somos pessoas muito mais pobres por termos perdido sua companhia.

As palavras o tocaram, e Marcus sorriu para não ficar emocionado com tudo o que havia acontecido.

— Se não tivesse perdido, eu não teria sido muito útil para você quando precisou de ajuda.

— Se eu puder retribuir o favor algum dia...

— Você me pagou bem o suficiente.

Moedas que ele havia usado com moderação para garantir que não precisasse pedir mais dinheiro a ninguém. Quando um garçom passou, Marcus colocou seu copo vazio na bandeja que ele carregava.

— Mais um? — perguntou King.

— Não, não quero me embebedar.

— Bem, acho que vou dançar com minha esposa. Foi bom ver você, Stanwick.

— Digo o mesmo, Sua Graça.

Depois que King partiu, Marcus ficou onde estava e continuou fazendo o que vinha fazendo o tempo todo: observando os convidados, procurando alguém que pudesse parecer tenso ou nervoso, alguém que estivesse suando demais. A noite estava fria, e as portas que davam para o terraço estavam abertas e deixavam uma leve brisa circular pela sala. Em uma área elevada, acessível por uma escada nos fundos, uma pequena orquestra tocava. As pessoas estavam dançando ou conversando em pequenos grupos. Na sala ao lado, um banquete estava sendo servido. Era possível sentir a alegria no ar. Era como todos os bailes de que ele já tinha participado. Nada parecia estranho ou fora do lugar.

Uma jovem entrou na frente dele.

— Olá, milorde. — Ela balançou a cabeça e os cachos loiros. — Desculpe, me enganei. É sr. Stanwick agora, não? Mas você ainda se parece com um lorde. Mesmo temendo estar sendo ousada demais, será que gostaria de dançar comigo?

Ele viu o brilho de excitação nos olhos castanhos.

— Quantos anos você tem?

— Quase 18 anos.

Uma criança.

— Você tem uma reputação a proteger, mocinha. Dance com outro.

— Ninguém é tão empolgante quanto você. Todos são tão chatos, enquanto você emana um ar de perigo.

— Pip, o que diabos está fazendo?

Os olhos da garota se arregalaram quando uma mulher mais velha — sem dúvida sua mãe, considerando os cachos loiros — apareceu como um anjo vingador em uma pintura. Antes que a menina pudesse responder, ela agarrou o braço da filha e olhou para ele.

— Ela não é para você.

Então desapareceu arrastando a jovem desanimada atrás de si.

— Devo sentir ciúme?

Ele olhou para o lado, viu Esme e logo ficou tentado a tomá-la nos braços e arrancar aquele sorriso zombeteiro com um beijo.

— Ela é a terceira a vir falar comigo esta noite.

— É o jeito como você anda por aí como uma fera selvagem. Faz com que todos os outros homens pareçam chatos e desinteressantes.

— E você faz as outras mulheres parecerem bem pouco atraentes.

— Então por que ainda não dançou comigo?

— Preciso corrigir isso agora mesmo. — Ele estendeu a mão. — Me daria a honra de uma dança?

Os dedos enluvados dela pousaram em sua palma enluvada, e ele se perguntou por que a sociedade se opunha tanto ao toque da pele em público. Talvez porque um toque levasse a outros. Marcus desejou que pudessem escapar dali para um encontro mais íntimo, mas eles tinham uma missão. Aquela noite poderia dar as respostas e um fim à busca dele, então por ora ele podia se contentar com uma valsa.

— Notei você dançando com alguns cavalheiros. Conseguiu alguma informação?

— Nossa, sim. Lorde Sayres gostaria muito de pedir a mão de lady Violet, mas teme ser rejeitado porque a viu em mais de uma ocasião olhando triste para lorde Harding, que ele considera indigno para ela. Lorde Harding, por outro lado, pediu uma moça em casamento durante a temporada, mas agora está repensando a ideia e temendo ter sido um pouco impulsivo porque a moça, ao que parece, é muito reclamona. Para complicar as coisas, ele se apaixonou por uma americana que conheceu recentemente. Está se perguntando se seria melhor cancelar o noivado.

Ele sorriu.

— Como você faz isso? Como consegue fazer com que as pessoas lhe contem todo tipo de coisa?

— Não sou ameaçadora. Eu os encaro nos olhos e passo a impressão de que me importo muito com o que têm a dizer. Nada é trivial porque, para eles, todas as suas preocupações são importantes. Ofereço uma oportunidade de desabafarem um pouco.

— Para logo depois analisar o que ouve em busca de algum tesouro escondido.

Ela torceu o nariz.

— Isso não parece muito legal da minha parte, não é?

— Os fins justificam os meios. Alguém a reconheceu?

— Caso tenham reconhecido, não me disseram nada.

— O duque de Kingsland se lembrou de ter visto você no camarote da ópera com meu pai.

— Isso não é nada bom.

— Ele não vai comentar com ninguém — Marcus a tranquilizou. — Se mais alguém está olhando para você com interesse, suspeito que seja porque é a mulher mais bonita daqui.

Esme sorriu, e ele sentiu um aperto no peito enquanto lutava para não pensar no futuro que não teria com ela.

— Você não está dando muita atenção às damas elegíveis que, sem dúvida, disputarão sua atenção quando a honra da sua família for restaurada e elas descobrirem que você não está casado de verdade.

— Elas não vão nem se lembrar de mim. Ainda serei alguém sem títulos.

— Você subestima seu apelo se acha que depende de um título para conseguir uma esposa da nobreza. De qualquer forma, você será celebrado como um herói por ter salvado a rainha.

— E você uma heroína pelo mesmo motivo.

Ela balançou a cabeça.

— Seria melhor se você levasse todo o crédito e ninguém soubesse da minha participação. É melhor que as pessoas não saibam quem eu sou, independentemente de para onde eu seja designada a ir.

— Não parece justo fazer tanto e não receber um elogio.

— Não faço isso por elogios. Além disso, muitas pessoas fazem muito mais que eu e ninguém nunca ouviu falar delas.

— Tipo o Og?

— Ele é uma dessas pessoas, sim. Muita coisa acontece para garantir a proteção da rainha e da pátria sem que ninguém fique sabendo. É realmente incrível.

— Você é incrível.

— Nunca fui capaz de perdoar a Beatrix pelo que ela fez, mas foi graças a ela que pude construir uma vida bem melhor do que eu esperava que fosse. Se não fosse pelas besteiras que ela espalhou sobre mim, duvido que você e eu teríamos nos tornado amigos.

— É isso que somos? Amigos?

— E mais.

— E o que seremos quando isso tudo acabar, Esme?

Esme inclinou a cabeça ligeiramente e seu olhar recaiu mais adiante. Então, seus olhos castanhos se arregalaram e ela pareceu vacilar no meio da dança.

— Ai, meu Deus...

Os dois pararam a dança, e não foram o único casal a ignorar a música para olhar para a porta. Para sua surpresa, ele avistou uma mulher baixinha, ladeada por um cavalheiro alto de um lado e várias damas do outro.

— Meu Deus, você tinha razão. Mary Talbot é praticamente a gêmea da rainha.

— Essa não é a Mary. Infelizmente, é Vitória em carne e osso.

CAPÍTULO 23

QUE DESASTRE!

Esme não podia ir até a rainha e exigir saber o que diabos ela estava fazendo ali quando haviam concordado que permaneceria na residência em Balmoral e enviaria Mary em seu lugar. John Brown estava ao lado de Vitória, e Esme tentou se tranquilizar com a ideia de que o escocês daria a vida pela mulher que amava.

— O que vamos fazer? — perguntou Marcus. — Ela está segura enquanto estiver nesta sala. Ninguém vai atacá-la com tantas testemunhas presentes.

— A menos que estejam planejando seguir os planos de Guy Fawkes e explodir o lugar em pedacinhos.

— Se esse fosse o plano, já teriam feito isso em Windsor, Buckingham ou Balmoral. Não... Se há algum perigo, é apenas para a rainha. Quando ela for se deitar, você precisará tirá-la do quarto o mais rápido possível.

— Prefiro ficar com você — disse ele, não pela primeira vez.

— Esse não é o plano.

— Então você leva a rainha — sussurrou ele perto de seu ouvido de uma maneira que sem dúvida fez os outros acreditarem que Marcus a estava provocando com promessas sensuais.

— Já discutimos isso antes. É meu trabalho.

— Você vai falar com ela?

— Apenas uma saudação educada, porque não se importuna Sua Majestade.

As pessoas já estavam começando a fazer fila. O duque e a duquesa de Glasford, assim como seu filho e sua esposa, cumprimentavam a rainha e seus acompanhantes.

— Suspeito que Vitória vai dançar pelo menos uma música com John Brown antes de ir para o quarto.

Embora a rainha ainda estivesse usando trajes de luto, ela não estava morta e John Brown era um homem bondoso e charmoso.

— Você acredita mesmo que a rainha está tendo um caso com seu servo? — indagou Marcus baixinho.

A orquestra havia parado a música e Vitória estava sendo conduzida a uma cadeira enorme que Esme suspeitava ter sido feita havia várias gerações para as visitas de monarcas.

— Não ficarei surpresa se, daqui a décadas, escritos desenterrados dos arquivos reais revelarem que aconteceram indecências entre os dois — disse ela.

— Esse é um dos segredos que você sabe?

Ela abriu um sorriso atrevido.

— Vai ficar querendo saber...

— Aposto que, fazendo bom uso da minha língua, consigo convencê-la a revelar tudo.

Meu Deus, ela ia sentir falta dele quando tudo terminasse.

— Desafio você a tentar.

Ele arqueou uma sobrancelha e deu um sorriso sensual.

— Com prazer. Embora seja melhor ficarmos aqui por enquanto.

— Sim. É melhor nos separarmos agora e escutarmos algumas conversas para ver se descobrimos algo importante. Entramos na fila quando ela não estiver tão grande.

As damas de companhia que cercavam a rainha não eram as mesmas que estavam no palácio quando Esme trabalhara lá. Vitória trocava suas damas de companhia com frequência. Mas, ainda que fossem as mesmas, era improvável que se lembrassem dela, já que ninguém prestava atenção nos criados e fazia mais de uma década desde que ela residira no palácio.

Enquanto caminhava pela sala ouvindo as conversas, ela usou sua habilidade de se misturar para garantir que continuasse passando despercebida.

— Ouso dizer que a impostora da rainha é uma imitação perfeita de Vitória — comentou Griff, parado com Marcus perto de uma folhagem.

Marcus havia circulado pela pista de dança ouvindo trechos de conversas, mas todas eram relacionadas à chegada da rainha e por que ela escolhera homenagear aquela família com sua presença. Parecia que muitos não esperavam que ela aparecesse, mas a maioria estava se esforçando para entender o que a visita significaria para o futuro do duque de Glasford, bem como para o do filho. Marcus ouvira algumas apostas sendo feitas: Vitória e Brown dançariam? Se dançassem, seria uma valsa ou uma polca? Quantas vezes dançariam? Mas ele não ouviu nenhum murmurinho que ameaçasse a vida da soberana, nenhuma palavra insinuando insatisfação com a monarca. Se havia pessoas ali que quisessem que ela fosse eliminada, certamente estavam se escondendo bem.

— Infelizmente, *é* a rainha.

— Achei que o plano...

— Parece que ela mudou de ideia — disse Marcus, exasperado.

— Então é melhor você torcer para que ela não seja morta enquanto estiver aqui. Vão dizer que você planejou tudo e vão cortar sua cabeça.

— Acho que serei enforcado.

— Por Deus, Marcus!

— Eu sei...

Ele não precisava ouvir suas preocupações ditas em voz alta pelo irmão. O que aconteceria com Esme por ter se envolvido com ele? Por ter confiado nele, ter planejado tudo sem consultar Og ou o Ministério do Interior? Se algo desse errado, ela seria considerada culpada? Enforcada?

— Vai haver outra mudança de planos, e preciso da sua ajuda.

— O que precisar — respondeu Griff.

Apesar do dano que o pai havia causado, a aproximação entre os irmãos fora algo bom.

— Tenho que acompanhar a rainha por uma passagem secreta que se conecta aos aposentos dela e levá-la de volta a Balmoral em segurança. Mas não quero arriscar deixar Esme enfrentar sozinha quem quer que esteja pensando em aproveitar a presença de Vitória aqui esta noite. Vou escoltar a rainha pela passagem, mas quero que você espere na entrada para levá-la a Balmoral. Tenho algumas armas no meu quarto que você pode usar para não ficar indefeso e Brown estará lá com você.

Quando Esme soubesse que ele havia alterado o plano, seria tarde demais para discutir. Ela seria forçada a aceitar a presença dele.

— Trouxe minhas próprias armas.

Ele desviou o olhar daqueles que circulavam perto da rainha e de Esme — que estava casualmente parada próxima à monarca, vigiando-a como um falcão — e arqueou uma sobrancelha para Griff. O irmão apenas deu de ombros.

— Minhas armas estão sempre prontas desde que tivemos que visitar os cantos mais obscuros de Londres. Nunca se sabe quando alguém pode vir atrás de nós, e morro antes de alguém tocar num fio de cabelo de Kathryn.

— Você está armado agora?

— Sim. E você?

— Com certeza.

— Acha que algum dia não vamos mais precisar esperar pelo pior?

Marcus voltou sua atenção para onde Esme estava. Ela conseguia não chamar atenção para si mesma enquanto avaliava aqueles que cumprimentavam a rainha. Quando estava com ela, ele não esperava o pior, mesmo que o perigo estivesse no ar. Sentia que juntos podiam vencer tudo, e era ela que fazia com que pensasse assim. Mesmo ali, com a chegada inesperada da verdadeira Vitória, ele acreditava que qualquer atentado à vida da monarca fracassaria. Esme não aceitaria nenhum outro resultado.

Desejava uma vida inteira compartilhando piqueniques com ela, inúmeras oportunidades para abraçá-la, mil valsas em pisos de madeira e passeios intermináveis por campos cobertos de urze. Queria seus sorrisos, sua risada e sua paixão. Restaurar a honra ao nome de sua família seria o suficiente para mantê-la ao seu lado? Ele não se considerava nada sem um nome do qual se orgulhar, porque agora seu nome o marcava como filho de seu pai, o filho de um traidor. Mas se pudesse se libertar daquelas amarras que o acorrentavam ao passado e o mantinham ancorado nas ações de seu pai, será que poderia ter um futuro com Esme?

Vitória se levantou de repente e Brown estendeu a mão para ela. Juntos, eles foram para o centro da pista de dança enquanto as pessoas se afastavam para abrir espaço. Ela sinalizou para a orquestra, e os acordes de uma valsa encheram o ar.

— Acabei de ganhar vinte libras — comemorou Griff.

Marcus sorriu. É claro que seu irmão estava participando de uma aposta. Seu gosto por apostas fora o que dera a ele os meios para abrir o seu clube. Algumas pessoas começaram a se juntar aos dois na pista de dança.

— Se me der licença, vou aproveitar esse momento para dançar com Esme.

Ele tinha quase certeza de que ela gostaria de estar perto de Vitória.

— Claro. Acho que vou fazer o mesmo com minha esposa.

Esme devia estar antecipando o movimento dele, pois o encontrou no meio do caminho e deslizou suavemente para seus braços. Então, ele a acompanhou para o círculo de dançarinos.

— Você ouviu alguma coisa importante? — perguntou ela.

— Só apostas sendo feitas. E você?

— Nada de significativo.

— E se os conspiradores não estiverem aqui?

Ela sorriu.

— Então tive a oportunidade de dançar com você.

Por mais que gostasse de saber que ela se sentia assim, Marcus foi tomado por outras preocupações.

— Estou falando sério, Esme. Para onde iríamos a partir daqui?

— Não sei. Talvez fosse apenas seu pai e os outros rumores são falsos. Ou talvez a nobreza não esteja envolvida. Eu não sei, Marcus.

Sem dúvida ele seria considerado um traidor se alguém lesse seus pensamentos naquele momento, porque estava rezando para que tentassem matar a rainha aquela noite.

Capítulo 24

Como era proibido gritar com monarcas, Esme estava controlando a própria língua para evitar dizer o quanto estava chateada por Vitória não ter seguido o combinado. O intuito da estratégia era não haver surpresa alguma, e não ajudava nem um pouco quando a pessoa que precisava ser protegida se colocava em perigo.

Era quase meia-noite quando a rainha e sua comitiva deram boa--noite a todos e seguiram para a ala que havia sido reservada para acomodá-los. Escondida em uma passagem mal iluminada, Esme estava com o ouvido pressionado contra uma porta secreta para escutar os barulhos do quarto de Vitória enquanto suas criadas — que foram recebidas pela entrada dos criados e estavam de prontidão — a preparavam para dormir e a deixavam confortável. Para aumentar as chances de o plano funcionar, era imperativo que ninguém soubesse que ela seria retirada do quarto em segredo. Suas damas de companhia eram esposas ou filhas de nobres, e era possível que uma delas estivesse envolvida na trama. Afinal, seria muito bom ter um cúmplice da traição trabalhando diretamente com a rainha para fornecer informações sobre as idas e vindas da monarca.

Marcus estava atrás dela, com a mão repousada na curva de sua cintura. Será que ele percebia quantas vezes a tocava? Será que notava como sua mão sempre encontrava um caminho até ela de maneira tão natural, como se ela fosse a lua e ele a maré? Ela gostou bastante da inocência do ato, da necessidade inconsciente que ele tinha de se conectar a ela.

Então, reparou no silêncio do outro lado da porta.

— As criadas foram embora — sussurrou ela antes de mexer no trinco que abria o painel oculto. Ela mal entrou no quarto e fez uma profunda reverência ao ver a pequena mulher, vestindo camisola e roupão, de pé ao lado da cama. — Sua Majestade.

— É ressentimento que ouço na sua voz, Esme?

Consciente de Marcus imóvel como pedra ao seu lado, ela se endireitou.

— Não, senhora.

— Você achou mesmo que eu mandaria alguém para correr risco em meu lugar?

— Eu esperava... — ela balançou a cabeça — Não importa o que eu esperava. Precisamos tirá-la daqui o mais rápido possível. O sr. Stanwick vai escoltá-la em segurança.

— Mandei o pai dele para a forca e tirarem toda a sua herança. Você realmente acha que ele quer o melhor para mim?

— Confio nele com minha vida — declarou ela com veemência — e com a sua. Como dissemos quando nos encontramos em Balmoral, ele não é o pai dele. E o sr. Brown está esperando por você lá fora.

A rainha assentiu.

— Está bem, então. Vamos terminar logo com isso. Não existe nada tão perturbador quanto ter uma sentença de morte pairando sobre sua cabeça. Estou pronta para me livrar dela.

— Por aqui, Majestade — disse Marcus, curvando-se levemente e indicando a passagem.

Quando a rainha se abaixou na entrada, ele agarrou Esme e lhe deu um beijo rápido.

— Cuide-se até eu voltar.

Então os dois sumiram pela passagem secreta, escondidos pelo painel e fora do alcance de qualquer um que pudesse entrar no quarto pela porta principal. Ela queria que Marcus ficasse ao seu lado mais que tudo, o que era ridículo. Aprendera desde cedo a não depender de ninguém além de si mesma.

Sem perder mais tempo, ela foi até a cama, jogou o edredom para o lado e colocou travesseiros no centro do colchão. Cobrindo o corpo improvisado com o edredom, colocou uma peruca trançada, que combinava com o tom do cabelo de Vitória, no travesseiro de cima, para que parecesse que a rainha estava deitada de lado e dormindo. Então, apagou as lamparinas, deixando apenas as chamas da lareira como fonte de luz. Embora as sombras a deixassem em desvantagem, quem entrasse no quarto estaria na mesma situação. Isso se alguém aparecesse...

Esme se escondeu atrás de uma planta de folhagem espessa que havia sido colocada ao lado do guarda-roupa naquela manhã, de onde tinha uma visão clara da porta, da janela, da cama e do restante do grande aposento. O relógio na lareira tiquetaqueou, tiquetaqueou e tiquetaqueou. Um som irritante. Ela deveria tê-lo parado antes de assumir sua posição. Gostava do som de crepitar do fogo, mas até esse barulho estava irritando seus ouvidos. Aquela era a parte de que menos gostava de qualquer caçada — a espera.

Não havia controle, não havia como apressar o criminoso a cumprir sua tarefa. Ela estava à mercê de outra pessoa.

E então ela ouviu. Um *clique*.

A porta estava trancada, então alguém tentava abri-la. Outro *clique*, um pouco mais sinistro que o primeiro, e a porta se abriu. A escuridão a impediu de ver qualquer coisa, exceto a silhueta de uma figura que entrou rapidamente antes de fechar a porta. Era alguém de baixa estatura e isso a surpreendeu.

Quem quer que fosse, era hábil em se mover sem fazer barulho. Ela rastreou o caminho dele — ou dela — até a cama. Tinha que ter certeza de sua intenção, então esperou por uma ação que comprovasse que aquilo era uma tentativa de assassinato.

Ela viu a luz do fogo refletir na ponta de uma lâmina, viu a faca cortar o ar, e ouviu a silhueta praguejar quando penas voaram para todos os lados. Foi dominada pela calma quando saiu de trás da folhagem, brandindo o revólver.

— Parado aí.

Mas a pessoa se moveu bem rápido, e Esme se viu de frente para um revólver. Ela olhou para o homem, incapaz de acreditar no que via.

— Og?

A rainha estava agindo como se estivessem em um maldito dia de folga, andando devagar e a passos curtos, colocando um pé após o outro nos degraus de pedra da escadaria esculpida que os levaria para fora da mansão. Marcus segurava a lamparina sobre a cabeça dela para que a mulher pudesse ver com mais clareza, mas não parecia fazer nenhuma diferença. Sim, ela era cerca de 25 anos mais velha que ele, mas ainda assim... Esme estava lá em cima sozinha, esperando Deus sabe quem ou quantos.

Ele queria entregar a lamparina para Vitória e deixar que ela se virasse para encontrar o próprio caminho, mas sabia que Esme nunca o perdoaria por isso, ainda mais se ocorresse uma tragédia com a monarca. Se ela caísse ou, pior, se alguém além de seu irmão e Brown estivesse esperando lá fora... E, além do mais, ninguém dava ordens a uma rainha.

Ah, mas como ele estava tentado... O que Vitória ainda poderia fazer de tão ruim com ele? Ela já o privara de sua antiga vida. Embora talvez pudesse mandar prendê-lo. Ou enforcá-lo. Bom, ele assumiria qualquer risco se pudesse voltar correndo para Esme.

— Majestade, talvez devêssemos andar um pouco mais rápido.

— Não sou tão ágil quanto antes, meu jovem. — Então ela parou. Parou! E o encarou. — O que você acha de Esme?

— No momento, que ela está em perigo.

Ela balançou a mão na direção dele.

— Então volte para lá.

— Ela nunca me perdoaria se eu abandonasse Sua Majestade. — Então outra ideia lhe ocorreu. — Poderia segurar a lamparina?

A monarca pegou a luz com o entusiasmo de alguém recolhendo lixo. Assim que viu as mãos livres, Marcus ergueu a mulher nos braços e começou a descer correndo os degraus.

— Que diabos você está fazendo? — gritou Vitória. — Não pode tocar na rainha sem permissão nem tratar sua soberana de maneira tão indigna.

— Você pode me enforcar mais tarde pela ofensa, mas estou fazendo o que devo para salvar você e... — *a mulher que amo.*

Ele quase tropeçou e fez os dois rolarem escada abaixo. Quando começara a amar Esme? Não importava. Ele sabia com todo o seu ser que a amava do fundo do seu coração. Ela era o sol e a chuva, a lua e as estrelas. Era a razão pela qual ele estava correndo o risco de ser preso ou morto ao tocar uma mulher que ninguém podia tocar. Bem, exceto o marido. O príncipe Albert obviamente a tocara, ou eles não teriam tido tantos filhos.

Filhos que Esme não podia ter, o que a tornaria impossibilitada de casar quando ele era um nobre. Mas agora... agora ele tinha que voltar para ela o mais rápido possível. Como ele não tinha reparado que aquele caminho era quase tão longo quanto uma viagem para a Ilha de Wight? Não acabava nunca!

Até que viu a porta aberta no fim da passagem e Griff encostado nela.

— Eu já estava começando a ficar preocupado...

Ele praticamente jogou a rainha nos braços do irmão sem dar explicação e sem ouvir o que Griff falou. Agarrando a lamparina, correu para fazer o caminho de volta como se sua vida dependesse disso — porque dependia. Como ele ia sobreviver se alguma coisa acontecesse com Esme?

Capítulo 25

Esme olhou para o homem que era praticamente seu chefe, a quem deveria obedecer.

— Como sabia que haveria um baile e que a rainha estaria aqui?

— Brewster me contou. Ele se reporta a mim também, sabia? Pensei que você viria apenas para proteger a rainha. Não sabia que aproveitaria a oportunidade para descobrir quem queria matar a maldita. Você não contou tudo ao Brewster, não foi?

— Eu nunca conto tudo. — Exceto para Marcus. Não, ela não lhe contara tudo, não dissera que o amava. — Por que quer matar Vitória?

— Porque ela não presta mais como rainha. Passa o tempo todo escondida em suas propriedades, lamentando a morte de seu amor em vez de cumprir seus deveres, enquanto o país está em ruínas. Preciso proteger a Inglaterra. O país ficará muito melhor nas mãos de um rei. Nas *minhas* mãos, já que sou o verdadeiro e legítimo herdeiro do trono. Consigo traçar minha linhagem até Ricardo III. Olhe bem para mim. Herdei até a mesma deformidade.

Shakespeare de fato descrevera Ricardo III como corcunda em sua peça, mas Esme não tinha certeza se ele realmente fora um. Estava começando a suspeitar que Og estava louco.

— Como convenceu Wolfford e Fotheringham a seguir seus planos?

— Eles acreditavam no mesmo que eu: que ela é ruim para o país. Eu os convenci do meu direito ao trono e prometi a eles riqueza e poder que nunca conseguiriam obter de outra forma. E então o maldito ministério do Interior mandou você para trabalhar comigo.

Ela ofegou.

— Ai, meu Deus. O alvo não era Wolfford. Era eu. Você fez com que eu me envolvesse com ele para que o duque ficasse de olho em mim e se reportasse a você. Não o contrário.

— Exato. Você tem a fama de ser competente. Se eu a deixasse agindo por conta própria, sabia que não levaria muito tempo para me descobrir. Então eu lhe dei uma distração. Achei que quando fosse publicamente associada a Wolfford, o Ministério do Interior a enviaria para outra missão, mas você não desistiu. Eu precisava fingir que estava fazendo meu trabalho, então fiz um sacrifício pelo bem maior.

— Foi você que mandou prender o Wolfford. Não teve receio de ele contar tudo? Não, não... Aposto que se certificou de que ele não o faria. Você o ameaçou com alguma coisa. Você matou Fotheringham.

Ele deu de ombros, e ela entendeu tudo. A morte do homem não fora nenhum *acidente* de equitação. De alguma forma, Og conseguira fazer parecer um acidente, mas tinha sido assassinato.

— Quando você apareceu, ele começou a ficar com medo de sermos pegos antes que eu conseguisse chegar ao poder e pudesse proteger a todos nós. Não podia arriscar que ele estragasse tudo, então me livrei dele. Deixei claro que eu estava disposto a fazer qualquer coisa para alcançar meus objetivos. Quando Wolfford foi preso, eu disse que o herdeiro dele sofreria o mesmo destino de Fotheringham se ele mencionasse meu nome a alguém.

E foi por isso que o duque de Wolfford ficou calado e foi para a forca como um traidor: para salvar a vida de seu filho. Será que Marcus sentiria algum conforto se soubesse disso?

— E lorde Podmore? Por que me mandar para a festa dele com instruções para revistar sua escrivaninha?

— Aqueles papéis não significavam nada. Eu precisava colocá-la em alguma situação que permitisse a meus *associados* sumir com você, porque é espertinha demais, garota. Precisei pausar meus planos por um ano inteiro enquanto esperava o Ministério do Interior transferi-la para outra missão. Mas me cansei da demora em reivindicar o que é meu por direito, e queria que você sumisse. Só não contava com o maldito Stanwick enfiando o nariz onde não era chamado naquela noite...

Embora quisesse acreditar que poderia ter derrotado aqueles quatro homens, ela duvidava que conseguisse. Não com um mero florete contra todas aquelas facas. Sem Marcus lutando ao seu lado, ela teria encontrado seu fim.

— Não deveria ter contado tudo isso — comentou ele com ironia. — O inferno teria sido o puro tormento para você com todas essas perguntas não respondidas.

— O barulho de tiros vai chamar a atenção das pessoas, então não pode atirar em mim.

— Pelo contrário, minha querida. Como eu já suspeitava, *você* é uma traidora e estava aqui para matar a rainha.

Então, ele disparou.

Esme se jogou no chão antes de perceber que Marcus estava na entrada da passagem secreta e voava em direção a Og. Ora essa! Será que ninguém entendia a importância de seguir um maldito plano? Antes que ela pudesse começar a se preocupar com a localização da rainha, Marcus colidiu com Og e o derrubou. Só que ele não se moveu enquanto Og se contorcia para sair de debaixo daquele corpo maciço.

A bala. A bala deve ter atingido Marcus! Esme foi tomada por uma fúria tão grande que se sentiu possuída. Ela se levantou com um salto, atravessou o quarto correndo, agarrou Og, puxou-o de debaixo do homem que amava e deu um, dois, três socos no rosto dele, sentindo satisfação em ouvir os grunhidos de dor.

Como ela suspeitava, o barulho fez com que as damas de companhia e seus maridos invadissem o cômodo, acompanhados de Glasford e Benedict, que também tinham quartos naquela ala caso fossem requisitados ao auxílio.

— Ela estava planejando matar a rainha! — gritou Og, ou tentou gritar. As palavras saíram ininteligíveis, pois ela havia quebrado a mandíbula dele.

— Ele está mentindo! — Ela e Marcus disseram ao mesmo tempo.

Esme voltou sua atenção para ele, que felizmente estava conseguindo se encostar na cama. Ele apertava um ombro com uma das mãos, o sangue escorrendo entre os dedos, enquanto a outra mão segurava a pistola de Og apontada para os que se mantinham imóveis e boquiabertos na porta.

— Não atrapalhem ela — disse Marcus entre os dentes. — Esme tem a permissão da rainha.

Ela virou Og e amarrou as mãos dele com um pedaço de corda que tinha guardado no bolso.

— Onde está a rainha? — exigiu um dos homens.

— Ela está aqui — anunciou a voz régia, e Esme quis gritar. Ninguém se preocupava com a própria segurança?

A multidão se separou e a rainha entrou no aposento seguida por Brown e Griff.

— Oglethorpe.

— Ela é a traidora, Sua Majestade! — afirmou Og. — Olhe para a cama. Verá que ela tentou esfaqueá-la em seu sono.

— Se ela fosse me esfaquear, teria feito isso enquanto eu estava sozinha no quarto com ela mais cedo. Estou muito desapontada com você, Oglethorpe. Terei que cancelar os planos de conceder seu título de cavaleiro. Seu homem parece estar ferido, Esme. Cuide dele enquanto o sr. Brown e o sr. Stanwick se ocupam desse traidor. Tenho certeza de que este castelo tem algum lugar para manter prisioneiros.

— De fato, Sua Majestade — disse Glasford. — Mas temo ser um lugar muito frio, úmido e desconfortável.

— Parece perfeito.

Esme deixou Og de lado para ser levado pelos outros e se agachou ao lado de Marcus.

— Que diabos você estava pensando quando invadiu o quarto daquele jeito e se jogou em cima do Og? Esse não era o plano! Você deveria...

Sem deixá-la terminar, Marcus apenas abaixou o revólver e a puxou para um beijo ardente.

Capítulo 26

A notícia dos acontecimentos na ala da rainha se espalhou pela mansão como fogo em palha seca, e antes que Esme percebesse, ela estava no salão principal com Vitória — que decidira adiar sua partida para Balmoral até todos se certificarem de que ela nada sofrera e que tudo estava sob controle. Por temer ficar repentinamente doente, a monarca sempre viajava acompanhada de um médico, que agora estava atendendo Marcus.

Esme desejou que ele estivesse ali com ela, estava se sentindo desconfortável com todas aquelas pessoas reunidas em suas roupas de dormir, ouvindo Vitória contar o verdadeiro motivo de sua visita e o quão perto havia chegado da morte.

As damas da rainha e os maridos que haviam presenciado a cena juraram segredo sobre o que de fato acontecera. Marcus recebeu todo o crédito por impedir a tentativa de assassinato, o que Esme sabia que ele não ia gostar nem um pouco, mas era melhor que seu papel fosse apenas o de esposa do herói.

Era melhor que ninguém lembrasse dela caso fosse necessário investigar ou coletar informações dos convidados. Quando tudo passasse, Marcus podia alegar ter contratado uma atriz para ajudar em seu plano. Ele então seguiria com sua vida, e Esme também.

O Ministério do Interior foi contatado e, assim que todos os convidados partissem, Og seria tirado do calabouço e levado para Londres sob a escolta dos guardas da rainha. Esme contava que o Ministro do Interior não ficasse contrariado com ela por ter agido por conta própria. Mas, como tudo acabara bem, e levando em conta a descoberta sobre Og, com certeza o ministro entenderia que aquela fora a estratégia mais sábia.

Criados que pareciam recém-saídos de suas camas passavam com bandejas carregadas de conhaque. Esme pegou dois copos antes de caminhar até Brewster, que estava parado perto de uma janela parecendo um cachorrinho que tinha acabado de ser chutado. Ou talvez ele estivesse pensando em pular pelo vidro e fugir. Ela lhe ofereceu um dos copos.

Brewster abaixou a cabeça antes de balançá-la.

— Eu contei tudo para ele. Para o Og. Também fui designado para trabalhar com ele, mas ele só se encontrava com você. Quando ele solicitou uma reunião comigo, confesso que fiquei lisonjeado. Achei que estava sendo reconhecido.

— Desculpe se fiz você se sentir menos importante.

— Não foi você. Foi ele. Quando ele quis que eu o mantivesse informado sobre o que você andava fazendo, pensei que era por causa de Stanwick. Pensei que, assim como eu, Og não confiava nele, e achava que Stanwick estava fazendo você perder a cabeça, distraindo você de nosso propósito. Nunca me ocorreu que ele lhe desejasse mal ou que... — Ele olhou para Vitória. — Ele era o culpado o tempo todo, aquele a quem estávamos procurando.

— Ninguém esperava por isso. Quando penso sobre o lugar das reuniões secretas, nas coisas estranhas que ele fazia... Marcus descreveu as catacumbas como praticamente medievais, e não tenho como discordar agora. Achei que Og era só um homem excêntrico, mas na verdade ele estava vivendo no passado.

Ela pôs o copo em uma das mãos dele, para que aceitasse a bebida.

— Você não me contou o plano todo. Fez bem em não confiar em mim.

— Não é que eu não confie em você, Brewster, mas aprendi há muito tempo que quanto menos pessoas souberem de tudo, mais seguro é para todos.

— Vou me demitir. Acho que sou melhor como mordomo.

Ela sorriu.

— Você ainda pode ser meu mordomo.

— Depois de ter quase matado você? Eu contei para Og que vocês iam à casa do Podmore, na noite em que o encontraram morto. Pode ter sido por isso que ele mandou matá-lo. Nunca sujei minhas mãos de sangue, mas sinto que estão cobertas de vermelho agora.

— Não devia se sentir assim. Não foi culpa sua. E espero que continue trabalhando no Ministério. Você tem experiência e conhecimento valiosos.

Ele deu a ela um aceno triste.

— Og arruinou muitas vidas. Suspeito que nunca saberemos de tudo.

Sentado em sua cama, Marcus deu um gole no uísque que o médico da rainha havia deixado para ele. A bala não causara nenhum dano real, e fora removida de seu ombro sem éter ou clorofórmio a pedido dele. Marcus também se recusou a tomar láudano. Não queria ficar sonolento ou adormecer. Queria encontrar o lugar úmido e frio para onde haviam levado Oglethorpe e espancá-lo até que clamasse por misericórdia — e só então Marcus ia decidir se a concederia. O homem havia apontado uma arma para Esme e disparado! Tentou matá-la. Marcus ainda estava tão consumido pela raiva que era um milagre não ter entrado em combustão.

Ele até sentiu certa satisfação em ver Esme desferindo golpes contra o rosto do homem, mas não foi o suficiente. Queria ter o prazer de fazer o mesmo.

Marcus ouviu o ruído de porta se abrindo e a viu entrar. Esme ainda usava o vestido vermelho e estava um pouco despenteada, mas isso só a deixava ainda mais linda. Quando ela se sentou na beirada do colchão, não parecia mais estar zangada com ele. Em vez disso, estendeu a mão e tocou a bandagem com delicadeza.

— Sempre tem que ser ferido no ombro?

Ela deu um beijo no ferimento, e algo dentro dele pareceu se libertar e se espalhar por todo o seu corpo. O que ele sentia por aquela mulher era assustador.

Depois de colocar o copo na mesa ao lado da cama, ele enfiou os dedos pelo cabelo dela.

— Ele ia matar você.

— Eu previ o ataque e já estava saindo do caminho. Mas quando vi você se atirando sobre ele... Nunca o perdoaria se tivesse morrido.

As palavras dela não deviam trazer consolo, mas ainda assim o fizeram. Eram prova de que Esme se importava com ele, pelo menos um pouco.

— Antes eu do que você.

Esme segurou sua mão com firmeza.

— Og ameaçou matar você se seu pai contasse alguma coisa sobre seus planos nefastos. Ele poderia ter recebido clemência se tivesse confessado tudo, Marcus, mas não o fez para protegê-lo.

Marcus inclinou a cabeça para trás e olhou para o teto.

— Não nega o fato de que ele quis matar a rainha.

— Não, mas talvez você fique aliviado em saber que ele não era tão ruim.

— Tanta gente se machucou e sofreu, Esme... Vidas foram alteradas por completo. — Ele voltou a encará-la. — O estranho é que não me ressinto mais pelo que aconteceu comigo, pois me trouxe até você.

Puxando-a para perto, ele tomou sua boca e derramou tudo o que sentia por ela no beijo, esperando que Esme interpretasse o que ele temia dizer em voz alta, porque não tinha certeza de que ela aceitaria as palavras. Palavras que lampejaram dentro dele enquanto levava a rainha pela passagem secreta. Ele amava Esme, aquela mulher que dizia não ser feita para casamento. Será que ele conseguiria convencê-la de que seu futuro poderia ser mais que um casamento de mentira?

Ou será que a intensidade dos acontecimentos desde que conhecera Esme estava fazendo com que ele não enxergasse as coisas com clareza? Muitas vezes, assim como naquela noite, eles chegaram perto da morte e escaparam por um triz. Mas o risco intensificava as emoções, deixava qualquer um mais consciente da fragilidade da vida e acendia a necessidade de viver de maneira mais fervorosa.

Talvez fosse isso que ele sentiu mais cedo: a adrenalina de saber que tudo podia acabar e a necessidade de se segurar ao que era familiar.

Assim como queria se sentir vivo naquele instante, queria que Esme se sentisse viva. Ele precisava se livrar das garras frias e persistentes da morte.

Então ele intensificou o beijo.

Esme sabia que deveria deixá-lo descansar, que Marcus precisava de repouso, e não forçar ombro. Mas era difícil resistir quando aquela boca deliciosa tomava a sua de forma tão provocante e sedutora.

A busca havia terminado. A missão estava cumprida. Não havia mais nada para mantê-los unidos. Ele poderia seguir com sua vida, fazer o que quisesse, ser o que quisesse, e Esme desejava o melhor para ele: uma mulher que o amasse, uma família, sucesso, felicidade. Tudo o que ele merecia.

Então aquela noite era sua última chance de estar com ele. Ela não tinha certeza se ele se dera conta dessa realidade, mas ela, sim. Sabia que não podia ficar muito tempo no mesmo lugar depois de uma missão. Ela precisava sair dali o mais rápido possível, e era melhor que não houvesse despedidas, arrependimentos ou suposições.

Por isso se afastou da cama e, com o olhar fixo no dele, começou a se despir, e sentiu uma imensa satisfação ao ver a respiração dele ficar mais forte e as pupilas se dilatarem em desejo.

— Acho que nunca vou me cansar de ver você nua — disse ele, quando a última peça de roupa dela tocou o chão.

— Temos que tomar cuidado com o seu ferimento — lembrou ela enquanto tirava os grampos do cabelo.

— Não me importo com a dor no ombro.

Ela riu baixinho.

— Você pode precisar dele um dia.

Quando o cabelo dela se soltou completamente, Esme foi até ele e começou a tirar sua calça. Ela acariciou suas coxas musculosas, sua barriga reta, seu peitoral largo.

— Nunca vou me cansar de ver você nu.

No futuro, ela o veria apenas em sua imaginação, então queria fazer amor com ele por todas as vezes que não poderia. Não conseguia imaginar outro homem na sua vida.

Esme se rendeu às sensações quando ele a tocou, despertando a chama do prazer. Ele a deitou de costas e se apoiou no braço que não estava ferido, usando o outro para acariciar, apertar e provocar. Ele se entregava tanto... Mesmo machucado, ele lhe dava toda a sua atenção, todo o seu foco, quando ela não teria reclamado nem um pouco se ele tivesse apenas se deitado e aproveitado os carinhos.

Sem perder tempo, ela estendeu a mão para baixo e acariciou seu membro ereto, deliciando-se com o gemido baixo e torturante que ele soltou. O calor, a solidez, as vibrações dos gemidos que reverberavam pelo corpo dele só a deixavam ainda mais excitada. Dar e receber. Eles se encaixavam com perfeição. Ela o amava por isso. Pela maneira como Marcus permitia que ela ficasse no controle e estabelecesse o ritmo. E então ele seguia a liderança dela, garantia que ela nunca sentisse falta de algo.

Abaixando a cabeça, ele lambeu ao redor de um mamilo. Quando ela gemeu pedindo mais, ele beijou um bico retesado. O calor a consumiu enquanto ele sugava e lambia.

Esme puxou o rosto dele para si mais uma vez, tentando demonstrar pelo toque de seus lábios tudo o que sentia, com medo de que pudesse ser o último beijo, preocupada em não perceber que era de fato o último até ser tarde demais.

Então, ela o deitou de costas com cuidado e arrastou a boca por seu pescoço, pelo peitoral e até o mamilo, onde retribuiu o favor de lambê-lo várias vezes antes de beijá-lo e dar uma pequena mordiscada.

Marcus gemeu baixinho e a segurou pela nuca capturando seu olhar.

— Estou quase explodindo, Esme. Monte em mim, querida. Rápido e forte.

Ela se ergueu sobre o corpo dele e o posicionou em sua entrada. Ela tinha certeza que seria a última vez que os dois estariam juntos na cama, e queria memorizar cada segundo. Devagar, pouco a pouco, ela se abaixou até ser penetrada por completo.

Por um ou dois segundos ela permaneceu imóvel, saboreando a união, lembrando como uma vez acreditara que eles não se encaixavam, mas agora pareciam feitos um para o outro. Então começou a se mover, mais e mais rápido, tentando saciar a urgência do prazer. Via tudo o que ele estava sentindo em seu rosto, como se ele fosse um livro aberto com uma história emocionante.

— Não feche os olhos — ordenou ela.

O calor nas orbes azuis a fez pegar fogo, incendiando suas terminações nervosas, sua pele, seus ossos, até fogos de artifício explodirem por todo o seu corpo. Os gemidos dele se misturaram aos dela, e seus nomes se entrelaçaram como um antigo nó celta.

Consciente da ferida dele, Esme tomou cuidado ao se aninhar no lado ileso do corpo de Marcus.

— É muito bom estar vivo — disse ele, ofegante.

Ela sorriu.

— Sim.

— É melhor ainda ter você aqui comigo.

Eu te amo, gritava seu corpo e sua alma, mas ela não se permitiu dizer nada, não deixou seu coração ter a palavra final. Aquilo só serviria para dificultar ainda mais a despedida.

Capítulo 27

Marcus aguardava uma audiência com a rainha em uma antessala de Balmoral, o braço em uma tipoia e o ombro latejando intensamente. Esme também fora chamada e estava conversando com a rainha. Pelo visto, Vitória queria falar com cada um deles separadamente, enquanto para ele o certo era ficarem juntos. Eles eram uma equipe, afinal. Trabalharam juntos para resolver toda aquela trama.

Foram muito bem-recebidos pelos convidados que desceram para o café naquela manhã. Marcus recebera alguns tapinhas nas costas e garantias de que ninguém havia suspeitado do envolvimento dele na conspiração com o pai. Enquanto isso, ele tentava aceitar o que Esme havia contado sobre a ameaça de Oglethorpe ao pai. Será que o duque teria escapado da forca se tivesse confessado tudo?

Ele ouviu o tilintar de um sino e um criado desapareceu pela porta. Pouco depois, ele reapareceu.

— Sua Majestade vai vê-lo agora.

Endireitou a postura e foi até a sala em que ele e Esme haviam se encontrado com a soberana algumas semanas antes. Com as mãos cruzadas na frente do corpo, Vitória estava próxima da mesma poltrona em que estivera sentada em sua última visita. Ele se curvou.

— Sua Majestade.

Ela acenou com a cabeça e esperou até que o criado fechasse a porta com um estalo para dizer:

— Eu deveria mandar açoitá-lo por ousar tocar minha pessoa de maneira tão imprópria durante nossa fuga ontem à noite.

— Minhas mais sinceras desculpas, mas achei que a pressa era de extrema importância.

— Você estava preocupado com Esme.

Ele permitiu que seu olhar percorresse a sala, procurando folhagens atrás das quais Esme pudesse estar escondida ou sombras nas quais ela pudesse desaparecer.

— Não a vi sair desta sala.

— Ela achou melhor usar outra saída.

Será que todos os malditos castelos escoceses tinham portas e passagens escondidas? Marcus sentiu um aperto no peito que quase o derrubou.

— Por que ela achou melhor?

Vitória se sentou na poltrona com elegância e indicou a que estava mais próxima dela.

— Por favor, sente-se, sr. Stanwick.

O que ele queria fazer era sair correndo dali e vasculhar tudo até descobrir onde Esme estava.

— Você não vai encontrá-la.

O tom da rainha era de convicção absoluta com um toque de pena. Marcus queria provar que ela estava errada.

— Sente-se — repetiu ela.

Será que a rainha ordenaria que ele fosse enforcado se ele saísse dali como um furacão em vez de obedecer? Valia a pena ser visto como um sujeito desleal depois de passar mais de um ano se esforçando para provar o contrário? Ele se deixou cair na cadeira, de repente não sentindo satisfação alguma pelos feitos da noite anterior, porque estava começando a suspeitar que o sucesso vinha com um custo que ele não estava disposto a pagar.

— Esme tem muita consideração por você — falou Vitória.

— Ela é uma mulher incrível.

— Você a ama?

Antes mesmo de serem ditas, as palavras tinham um gosto amargo em sua língua porque ele deveria ter se confessado para Esme antes de qualquer outra pessoa.

— Com todo o meu coração.

— Eu a conheço há muitos anos e ela sempre me serviu bem. Mas esta última missão... não acho que tenha sido fácil. Sinto que devo a ela mais do que posso pagar. Ofereci a ela qualquer coisa que desejasse. Espero que você mereça isso, Marcus Stanwick.

Ele balançou a cabeça em confusão.

— Não estou entendendo.

— Ela pediu que os títulos e propriedades do duque de Wolfford sejam devolvidos ao seu herdeiro. — A rainha pegou o sino na mesinha ao lado e o tocou. — Desejo-lhe um bom dia, Sua Graça.

Marcus nunca havia saído de uma sala tão rapidamente em toda a sua vida.

— Você viu Esme... a senhorita Lancaster? — perguntou a uma empregada.

— Não, senhor.

Todos os criados que encontrou no caminho respondiam a mesma coisa, fossem camareiras, cozinheiros ou cavalariços. Ou John Brown, quando se cruzaram no casarão.

— Lamento, rapaz — disse ele.

— Ela não pode ter simplesmente desaparecido.

Mas Marcus sabia que ela podia. A pergunta era: por quê? Por que ela não lhe daria a cortesia de uma despedida de verdade?

— A carruagem está esperando para levá-lo de volta à propriedade dos Glasford — informou Brown.

A carruagem real que havia sido convocada pela rainha e os levara até Balmoral. Ele não nutriu esperanças de encontrar Esme no veículo aguardando por ele. Enquanto fazia o caminho de volta para os irmãos, ele olhou pela janela sabendo que devia se sentir radiante. Era um duque, o duque de Wolfford. Estava onde sempre pensou que estaria seu destino, incumbido dos títulos de um ducado e um condado. Seria responsável pela administração de propriedades, teria um lugar na Câmara dos Lordes. Sua vida estava de volta aos trilhos; ele havia retornado ao caminho correto. No entanto, tudo parecia errado por causa de Esme. Porque ela não estava lá para comemorar com ele.

Quando a carruagem parou no castelo de Glasford, ele viu o irmão encostado na parede, um pé cruzado na frente do outro. Griff se aproximou quando Marcus saltou do veículo.

— Como foi com a rainha? — indagou Griff. — O que ela queria?

— Me devolver os títulos e as propriedades.

— Nossa! — Griff riu alto e abriu um sorriso largo. — Não esperava por isso. Parabéns, irmão. Ou, devo dizer, *Sua Graça*.

— Pode me chamar só de irmão mesmo.

Estou em desvantagem, pois não sei seu nome.

Pode me chamar de Esme.

Será que tudo o faria se lembrar dela?

— Você também é afetado por essa decisão, lorde Griffith — lembrou Marcus.

Assim como Althea, embora ele suspeitasse que ela preferiria continuar associada às formas de tratamento que acompanhavam seu casamento com um conde e futuro duque.

Os olhos de Griff se arregalaram.

— Não tinha pensado nisso. Será útil se eu tiver filhas. Kathryn vai ficar feliz. Ela ainda é reconhecida como uma dama por causa do pai, mas agora pode ser por causa do marido. Gostei.

A porta se abriu e Althea apareceu.

— Ouvi um rebuliço. O que aconteceu?

— Marcus é o maldito duque de Wolfford.

— Ai, meu Deus! — Ela o abraçou forte, e ele não conseguia se lembrar de ver a irmã tão feliz e sorridente. — Estou tão feliz! Você seguiu um caminho tortuoso, mas ser duque sempre foi seu destino.

Só que Marcus queria que Esme fosse seu destino.

— Esme não voltou com você? — perguntou Griff.

A pergunta doeu e ele sentiu um aperto no peito que achou que o impediria de respirar.

— Não, parece que ela precisava estar em outro lugar.

— Não estou surpresa — comentou Althea. — Antes de você sair para se encontrar com a rainha, ela me deu isso e me pediu para entregar a você quando voltasse, mas não antes.

Quando ela abriu os dedos, Marcus viu a aliança de ouro rosa.

— Ela disse que era da nossa avó — disse Althea, quase em tom de pergunta.

— Sim, estávamos usando-o como uma aliança falsa, já que ela estava fingindo ser minha esposa. Fique com ela.

— Talvez você devesse dá-lo para a próxima duquesa de Wolfford.

Ele negou.

— Não, pode ficar.

— Vou guardá-lo com carinho, então.

O que era melhor que a decisão de Esme... Ele queria que ela tivesse ficado com a aliança. Será que ele tinha significado alguma coisa para ela em algum momento ou o tempo que passaram juntos fora apenas uma consequência do trabalho dela para o Ministério do Interior? Fora tudo uma mentira?

Capítulo 28

Marcus estava em Londres havia duas semanas quando finalmente bateu à porta de Esme. A residência dos Wolfford na cidade estava quase toda em ordem. Ele passou alguns dias contratando empregados, revisando os registros das propriedades, familiarizando-se com todas as mudanças que tinham acontecido desde que sua vida havia virado de cabeça para baixo. E todos os dias ele enviava uma dúzia de rosas com um cartão com apenas "M" escrito para ela.

Embora não esperasse resposta, Marcus precisava que ela soubesse o quanto ele apreciava o pedido dela à rainha, e queria que ela visse que a casa dele havia recuperado sua antiga glória. Fora por isso que ele havia começado pela casa na cidade, e não pelas propriedades no interior. Era mais fácil para Esme visitá-la.

Assim que a porta começou a se abrir, ele se preparou para uma batalha verbal com Brewster. Só que não foi Brewster quem atendeu, e sim um homem mais velho, grisalho e de corpo esguio em uma postura militar. Será que Brewster fora demitido por ter confiado em Oglethorpe?

— Posso ajudá-lo, senhor? — indagou o mordomo.

— Estou aqui para ver a senhorita Esme Lancaster.

O homem inclinou a cabeça, um pouco confuso.

— Acho que você está na casa errada.

— Tenho certeza de que não. Anuncie à dona da casa que o duque de Wolfford está aqui.

— Não há nenhuma senhora ou senhorita aqui, Sua Graça. Somente o mestre da casa.

O quê? Ignorando os protestos do mordomo, Marcus entrou na casa e foi pisando forte até a sala. Tudo parecia igual. O carpete, os móveis, as pinturas nas paredes.

Mas, em vez de Esme, havia um homem alto de ombros largos, usando um traje elegante de calça preta, casaco azul-escuro e colete de brocado azul-claro.

— Peço desculpas, senhor — gaguejou o mordomo. — Ele invadiu a residência. Diz que é o duque de Wolfford.

— Tudo bem, Collins. Deve ser o homem que envia lindas flores. Eu cuido disso — disse ele antes de se virar para Marcus. — Como posso ajudá-lo, Sua Graça?

— Onde está Esme?

— Temo não saber de quem está falando.

— Você não conhece Esme Lancaster?

— Não, Sua Graça.

Marcus caminhou até o interior da sala. Apenas um fraco vestígio da fragrância dela permanecia no ambiente, mas era o suficiente para o peito dele apertar de saudade.

— Como é que você mora aqui?

— Meu empregador disponibilizou esta casa para mim, pois tenho um trabalho a fazer na área e esta residência havia acabado de ficar vaga.

Marcus fechou os olhos com força.

— Você trabalha para o Ministério do Interior.

O silêncio saudou sua declaração. Abrindo os olhos, ele viu a determinação no queixo do oponente — porque era assim que ele pensava no homem agora. O homem não confirmou, nem negou.

— Sabe onde posso encontrá-la?

— Como eu disse, não sei...

— Quem ela é. Sim, eu ouvi da primeira vez, mas não significa que não a conheça de nome ou que não saiba onde ela está agora.

— Não tenho a informação de que precisa, mas talvez eu possa ser útil dizendo que tenho uma casa própria, assim como a maioria daqueles com quem trabalho. Talvez a mulher que está procurando também tenha uma.

Marcus se virou e foi para a porta.

— Então você não vai mais nos mandar flores? — o homem gritou atrás dele.

— Vá para o inferno!

Na primeira noite de novembro, Marcus estava vagando pela residência de Londres. O clima frio havia chegado, e todas as lareiras estavam acesas; as chamas dançavam em cada cômodo pelo qual ele passava. Ele visitara duas propriedades no interior e estabelecera tarefas a serem tratadas pelos gerentes de cada uma, mas não conseguia ficar longe de Londres por muito tempo. Sem dúvida porque queria que Esme pudesse encontrá-lo, caso mudasse de ideia.

Após investigar um pouco, ele conseguira a confirmação de que a residência em que ela morava pertencia de fato ao Ministério do Interior, então o homem que ele conheceu lá também era um agente. O governo devia ter propriedades por toda Londres, para quando precisavam esconder alguém, talvez. Não que isso importasse. O que importava era que Esme não estava mais lá, e ele ainda tinha que descobrir onde raios ela tinha se enfiado. Talvez nem estivesse mais em Londres...

Como era um duque de novo, alguém com certo prestígio e poder, talvez conseguisse saber o paradeiro de Esme com o ministro do Interior.

Cansado de vagar pela casa, Marcus foi até o escritório e se serviu de um copo de uísque.

Acredito que goste de uísque.

Era raro ele conseguir passar uma hora sem pensar dela. Com o copo na mão, caminhou até a lareira, encostou o ombro que ela uma vez costurou contra a pedra e bebeu seu uísque favorito enquanto esperava seus convidados chegarem. Althea, Griff e seus respectivos cônjuges estavam a caminho para jantar, agora que a casa retomara sua antiga glória. Distraído, ele colocou a mão livre no bolso do casaco e deslizou os dedos sobre o soldadinho de madeira. Ele o carregava não como uma lembrança do pai, mas como uma lembrança *dela*. Porque ela o encontrara, porque os dedos dela foram os últimos a tocar no brinquedo antes dos dele. Era tudo o que tinha dela. E quando devolvera o anel para Althea, Esme havia garantido que também não teria nada dele. Aquilo não devia deixá-lo tão triste, mas deixava...

O mais inteligente seria parar de pensar nela, e ainda assim, quando andava pela residência, ele a via lá, vasculhando cantos, buracos e gavetas. Ele até imaginou, apesar da limpeza pesada que havia sido feita, que ainda sentia o cheiro dela de vez em quando pairando no ar. Ela assombrava aquela casa. Ela *o* assombrava. Se ao menos Marcus tivesse tido a chance de dizer adeus...

A quem estava tentando enganar? Dizer adeus não faria diferença. Ele ainda estaria sentindo falta dela da mesma forma.

Tirou o soldadinho do bolso e o estudou. Era tão estranho seu pai ter escondido aquilo... Se algo tão ridículo quanto aquele brinquedo tivesse sido colocado no esconderijo de Podmore, Esme teria escapulido do escritório antes de Marcus abrir a sala. Ela não estaria ali tirando fotos, e ele nunca teria recebido aquele primeiro beijo. Mas o esconderijo de Podmore tinha sido usado como deveria, e então algo que se acreditava ser importante fora encontrado. O duque não tinha sido tão esperto...

— Meu Deus! Talvez ele não estivesse escondendo você. Talvez você seja uma mensagem! — Marcus apoiou o copo em uma mesa próxima e saiu correndo do escritório, quase batendo no mordomo, que estava levando os convidados para encontrá-lo. — Fiquem à vontade. Sirva algo para eles beberem, Smithers. Não vou demorar.

— Marcus!

Althea o chamou, mas ele não respondeu. Disparou pelo corredor e subiu as escadas para seu quarto. Ele não conseguia usar o quarto principal e ainda dormia no que ocupara desde menino. Havia uma caixa com retângulos de madeira pendurada na parede. Cada espaço fora o lar de um soldadinho quando Marcus não estava brincando com eles, e ele sempre fora meticuloso em guardá-los com cuidado e devidamente alinhados. Para facilitar o uso, a caixa saía da parede e depois podia ser pendurada de volta. Mesmo depois de não ter mais os soldados, Marcus manteve a caixa na parede como um símbolo e lembrete do que lhe fora tirado pelo pai.

Ele pegou a caixa da parede e notou a ponta de um papel dobrado enfiado no canto. Puxando o papel com cuidado, ele colocou a caixa de lado e, com mãos trêmulas, desdobrou cuidadosamente o bilhete.

Marcus, meu rapaz, alguns anos atrás eu perdi uma fortuna inteira em uma aposta e precisava de dinheiro com urgência. Fiz um empréstimo com um velho amigo, um sujeito chamado Oglethorpe. Estudamos em Cambridge juntos. Ele me disse para não me preocupar e que algum dia me cobraria o que era devido. Consegui recuperar nosso dinheiro e tinha o suficiente para quitar a dívida, mas ele quis um favor. Disse que me falaria quando eu precisasse pagar o que devia. Eventualmente, esse dia chegou. Ele pediu para que eu fizesse uma dama acreditar que eu queria matar a rainha e convencesse os outros de que ela era minha amante. Ele me mostrou o que homens maus são capazes de fazer e não me deixou escolha a não ser honrar suas exigências para proteger minha família de um mal maior. Fiz um acordo com Lúcifer e temo que nada de bom venha disso.

Com grande pesar,
Pai

— Marcus?

Marcus levantou a cabeça e estendeu o papel para o irmão, observando enquanto ele lia e compreendia o que estava escrito.

— Jesus! — falou Griff antes de erguer o olhar. — Ele era inocente?

— Parece que sim. Eu já sabia que Oglethorpe tinha ameaçado me matar caso nosso pai o entregasse. Ele poderia ter confessado, na esperança de salvar a família.

Os olhos de Griff ficaram marejados.

— Ele não era um pai tão bom assim.

— Esme me disse uma vez que o Ministério do Interior cuida de muitos perigos dos quais nunca ouvimos falar. Talvez pais façam o mesmo...

Griff deu as costas para ele e respirou fundo, tentando recuperar o controle de suas emoções. Ele levantou uma das mãos e Marcus presumiu que ele estava enxugando os olhos. Quando se virou, sua mandíbula estava cerrada.

— Queria que tivessem enforcado o maldito.

Oglethorpe fora considerado culpado de tentar assassinar a rainha, mas também havia sido declarado louco e mandado para um sanatório, onde viveria o resto de seus dias.

— Vou levar a carta ao Ministério do Interior, ver se há algo que possa ser feito para esclarecer as coisas. Precisamos, no mínimo, catalogar isto nos registros da família, para que nossos descendentes saibam a verdade.

— Não é à toa que ele ficava bravo quando eu me envolvia em apostas. É estranho pensar que tínhamos algo em comum.

— Quem sabe agora você tenha pena dos primogênitos e os deixe entrar no seu clube.

— Nunca.

Marcus pegou a carta de volta.

— Vamos contar para a Althea e o restante da família. Estranho... É como se, de repente, um grande peso tivesse sido tirado das minhas costas.

— Você acha que a mamãe sabia? Eu odeio pensar que ela pode ter morrido achando o pior dele.

— Eu odeio toda essa história.

Exceto o soldadinho. Aquele que seu pai, por algum motivo misterioso, guardara por anos depois de jogar fora todos os outros. Que ele havia deixado em um esconderijo em sua escrivaninha — talvez por medo de que, se colocasse a carta no lugar, Oglethorpe a encontrasse e a destruísse. O soldadinho que uma dama e espiã talentosa havia encontrado. No entanto, ela não sabia o suficiente sobre o duque ou seu herdeiro para descobrir o que o brinquedo realmente significava. E ele também não. Talvez se não estivesse consumido pela raiva na época, se tivesse pensado melhor...

Ele sabia que sua resposta não era o que Griff precisava ouvir.

— Espero que ela tenha conhecido a verdade, mas não sei se isso teria deixado as coisas mais fáceis para ela.

— É, tem razão... — Griff apontou para a carta. — Você vai contar para a Esme também, não?

Ele dobrou a carta com cuidado e a colocou dentro de seu casaco.

— Ainda não a encontrei.

— Agora que as coisas estão em ordem, talvez possa se concentrar no que realmente importa: ficar com a mulher que ama.

— Achei que você não gostasse dela.

— Você merece uma mulher que te ame, Marcus, e ela te ama.

— Como sabe disso?

— Porque eu vi o jeito que ela olha para você. É o mesmo olhar da Althea para o Trewlove e da Kathryn para mim. Ela lutaria até a morte por você. E considerando a história da nossa família, esse é o tipo de mulher que você quer ter por perto.

Capítulo 29

A véspera de Natal era a noite favorita do ano para Esme. Quando os coristas cantavam, enchendo o ar de esperança, alegria e amor. Ela costumava passar as noites em sua pequena casa com o jardinzinho perto do parque onde ela levara Marcus naquela tarde adorável, tempos atrás. Quase havia mostrado seu verdadeiro lar para ele, mas sabia que chegaria um momento em que se separariam, e seria mais fácil se ele não soubesse onde encontrá-la.

Ela gostava muito daquela área de Londres reformada por Mick Trewlove. Os menos abastados moravam em casinhas geminadas, mas à medida que suas fortunas aumentavam, muitas vezes conseguiam se mudar para as casas maiores que ele construíra. Os mais ricos residiam, como ela, em casas que não dividiam paredes com outras. Mas mesmo essas casas variavam em tamanho, desde pequenas como a dela até casarões.

Como morava sozinha, Esme não precisava de um lugar grande. Bom, não completamente sozinha, pois ainda tinha a fiel companhia de Laddie. Ele também gostava da música e começava a latir quando sentia a chegada dos coristas.

Ela abriu a porta para saudar o grupo de meia dúzia de crianças que cantava a plenos pulmões. Laddie saiu correndo e cheirou os pés de todos. Estava nevando um pouco, e o chão já estava coberto por uma fina camada branca, deixando a paisagem ainda mais pacífica.

Sua vida tinha sido a mesma desde a Escócia. Serena. A posição de Og não podia ser oferecida a uma mulher e por isso fora ocupada por Brewster, que ainda se lamentava do que ocorrera e teria preferido continuar como mordomo. Esme fez uma pausa necessária de seu trabalho como espiã, de viver nas sombras e tentar descobrir traidores ou opositores do governo. Seus superiores planejavam mandá-la para o exterior, e ela gostava bastante dessa ideia. Sair do país acabaria com a tentação de aparecer na porta de Marcus tarde da noite, quando mais sentia falta dele.

Ela o havia espionado algumas vezes: saindo de sua residência, assistindo à ópera, cavalgando pelo Hyde Park. Se os artigos de jornal e folhetins de fofoca sobre o homem que salvara a rainha estavam certos, ele estava se adaptando bem ao seu papel de duque. Seria mais difícil ler sobre ele durante a próxima temporada, quando as damas disputariam sua atenção na esperança de se tornarem sua duquesa.

O coral terminou a música. Esme tirou um punhado de moedas do bolso e deu uma para cada criança, desejando-lhes um Feliz Natal. Sussurrando alegres, elas partiram para a casa seguinte.

Então, fechou a porta, pegou Laddie e foi para a sala, onde apenas uma hora antes tinha terminado de decorar a pequena árvore que estava em uma mesa perto da janela. Não havia presentes, mas ela já havia recebido o melhor de todos: saber que Marcus estava de volta ao lugar que lhe pertencia por direito.

Ouviu o próximo grupo de cantores subindo a rua, suas vozes ficando mais altas à medida que se aproximavam, e colocou Laddie de novo no chão. Ele se arrastou até a porta da frente, latindo animado.

— Essas vozes são um pouco mais graves, devem ser adultos. Não sei se vão gostar de você farejando eles.

Ainda assim, ela abriu a porta e deixou o cachorro sair. Ele pulou e disparou na direção de um dos homens na parte de trás, que se agachou e fez carinho no animal. Mas algo nele fez seu coração acelerar. A cabeça estava curvada e o chapéu escondia seu rosto, mas a largura dos ombros, o tamanho das mãos enluvadas, a graça com que ele se abaixara...

Então ele olhou para cima, capturou o olhar dela e se ergueu. O coração de Esme quase parou, seus pulmões pareciam ter esquecido sua função. O casaco preto do homem caía muito bem sobre os ombros largos. Ele não estava cantando, mas ela imaginou sua voz, profunda e bonita...

Ninguém mais estava cantando. Depois de enfiar a mão no bolso, ela começou a distribuir as moedas.

— Foi adorável. Obrigada. Feliz Natal.

E então ela esperou. Esperou até o coral se afastar e apenas ele continuar ali. Esperou enquanto ele deu largos passos até estar tão perto que ela podia sentir seu aroma cítrico e picante. Esperou enquanto ele tirava o chapéu.

— Oi, Esme.

Ela fez uma reverência.

— Sua Graça. — *Achei que você viria antes.* Mesmo que tivesse decidido não o esperar. — Está um pouco barulhento aqui fora. Gostaria de entrar e beber um pouco de uísque para se aquecer antes de seguir seu caminho com o coral?

— Eu não estava com o coral. Só não sabia se você abriria a porta se visse que era eu que esperava aqui fora.

— Nunca fui covarde.

— Peço desculpa, mas tenho que discordar. Você foi embora sem se despedir.

— Achei que seria menos doloroso.

— Você estava errada. — Como se ela não soubesse disso. — Mas, sim, eu aceito o uísque.

Ela o conduziu para a sala e foi até o aparador com sua variedade de garrafas, desejando que suas mãos não estivessem tão trêmulas ao servir um copo para cada.

— A rainha disse que você achava que eu estaria apto a ser duque.

Maldita Vitória! Ela não havia guardado segredo do pedido de Esme...

— Pelo que pude apurar dos artigos nos jornais, eu estava certa.

Ele olhou ao redor.

— Esta residência foi um presente de Vitória?

— Não. Na verdade, eu a comprei há algum tempo. Moro aqui quando não sou necessária em outro lugar. Como me encontrou?

— Eu tenho minhas maneiras.

Ele pousou o copo em uma mesa, tirou o casaco e o jogou no sofá. Ela queria que ele não tivesse feito isso. As roupas dele haviam sido feitas sob medida: uma jaqueta preta, camisa branca, gravata branca imaculada e um colete de seda verde-esmeralda, sem dúvida em homenagem à época natalina. Então, ele tirou uma carta do bolso.

— Tenho aqui algo que o Ministério do Interior precisa ver. Pensei que talvez você fizesse a gentileza de entregá-la para mim.

Então ele estava aqui por causa da profissão dela. Ela ficou aliviada. Muito aliviada. *Mentirosa.*

— Você deveria ler — disse ele.

Ela desdobrou a carta com cuidado e leu com atenção antes de voltar a encará-lo.

— Onde achou isso?

— O soldadinho de brinquedo que você descobriu era uma mensagem que eu estava muito... bravo para decifrar. Mas no meu quarto há uma caixa onde eu guardava meus soldados. O bilhete estava atrás dela.

— Og me disse que seu pai acreditava que ele tinha o direito ao trono, mas suspeito que estava mentindo ou delirando. Pendo mais para o delírio. Ele era completamente maluco. Deve ter mostrado a seu pai um resultado pior do que o enforcamento para convencê-lo de participar desse plano falido. Vou providenciar para que isto seja entregue ao ministro do Interior. — Depois de colocar o papel na mesa, ela voltou sua atenção para ele. — Que bom que você estava certo. Que ele não queria matar a rainha.

— Ainda assim, ele teve um papel nisso tudo, então não é tão inocente. Por que você me deixou, Esme?

Ela engoliu em seco e amaldiçoou os arrepios que atravessaram seu corpo.

— Teria acontecido mais cedo ou mais tarde. Mais cedo parecia o melhor. Você é um duque, e eu ainda sou uma agente da Coroa. Você tem seus deveres e eu tenho os meus.

— Você deveria ver minha casa em Londres agora, sem os lençóis cobrindo tudo, com empregados trabalhando e luzes acesas. Quase de volta ao que era antes. Exceto o que foi uma vez... um lugar infeliz.

Não é isso que eu quero. — Ele deu um passo à frente. — Atualmente é um lugar solitário, e eu também não quero isso.

— A próxima temporada deve remediar essa situação. As mulheres vão cair aos seus pés para serem a sua duquesa.

— Não quero uma mulher que caia aos meus pés. Quero uma que fique em seus próprios pés, firme e segura. Uma mulher que me desejou quando eu não tinha título algum, nem honra ao meu nome.

— Marcus...

— Você também devolveu o anel que eu lhe dei.

A mudança abrupta de assunto a surpreendeu.

— Era uma herança. Deve ficar com a família.

— Acho que ele também não era muito apropriado ao seu gosto. Trouxe um melhor para substituí-lo.

Marcus tirou uma caixinha de veludo do casaco e a estendeu para ela. Era uma caixinha bem pequenininha.

— Você não precisa me dar um presente.

— Acho que você vai gostar deste. Mandei fazer especialmente para você. Não é nada do que parece ser.

Bom, agora ela estava curiosa. Esme deixou o copo na mesa, pegou a caixinha, abriu a tampa e encontrou uma aliança de ouro rosa bordeada de ouro puro. O anel também tinha linhas de ouro que criavam pequenos blocos sobre os quais haviam sido pintadas pequenas e delicadas rosas.

— É um anel muito bonito.

— Observe com atenção. É o tipo de coisa que uma agente da Coroa pode achar útil.

Ela pegou o anel e o examinou com mais cuidado, passando o dedo pela parte interna lisa e depois pela parte externa. Então, sua unha prendeu em alguma coisa.

— Tem uma trava minúscula.

— Compartimentos ocultos para armazenamento de mensagens. Abra.

Esme o fez, puxando um dos blocos para revelar um minúsculo pedaço de papel. Ela o retirou com cuidado e descobriu que uma mensagem havia sido gravada em ouro, com caligrafia delicada: "Eu te amo". Ela ergueu o olhar.

— Marcus...

— Leia a nota.

Com o coração saltando, ela o fez. "Case-se comigo de verdade".

Ela fechou os olhos com força, sem conseguir respirar direito. Então, abriu os olhos e balançou a cabeça.

— Não posso. Você sabe que eu não posso.

— Passei mais de um ano lutando para recuperar o que havia perdido e, quando finalmente consegui, descobri que sacrifiquei o que me trouxe alegria de verdade. Você. Case comigo, Esme.

O coração dela explodiu em pedacinhos. Era injusto pedi-la em casamento.

— Como duque, é seu dever providenciar um herdeiro, e eu não posso fazer isso... não posso dar isso a você.

— Quando pediu à rainha que me devolvesse o ducado, você o fez esperando que isso significasse que não poderíamos ficar juntos.

Ela segurou o anel com força, contendo-se para não estender as mãos e deslizar seus dedos pelo rosto do homem que tanto amava.

— Não como marido e mulher... Mas poderíamos ser amantes, suponho.

— Após testemunhar o que minha mãe passou quando achávamos que meu pai tinha uma amante, eu nunca poderia ser infiel à minha esposa.

Ela assentiu.

— É uma das razões pelas quais gosto tanto de você.

— Então não vou ter uma esposa.

Ela teria ficado menos chocada se ele de repente tivesse lhe dado uma bofetada.

— Mas você precisa. Um duque precisa ter uma duquesa.

— Eu já tenho uma no meu coração. É você. Seja ou não sancionado pela igreja ou reconhecido pela sociedade, você é minha duquesa.

— Marcus, não fale besteira.

Ela começou a andar, mas parou abruptamente quando ele perguntou:

— Você me ama, Esme?

— Até conhecer você, eu não sabia o que era o amor. O que era amar e ser amada.

— Até conhecer você, eu também não sabia. Se eu tiver que escolher entre o ducado e você, eu escolho você. Se sua única objeção a se casar comigo é o fato de que preciso de um herdeiro, tenho um irmão. Talvez ele forneça um. Se não, tenho muitos primos. Eu não espero que você desista de sua posição no Ministério do Interior. Ser casada com um duque pode, inclusive, dar acesso a informações ou pessoas que você não teria de outra forma. E quem suspeitaria que uma duquesa é uma espiã?

Ela se virou para ele.

— Você está dificultando minha resposta negativa.

Ele sorriu.

— Ótimo.

Os olhos de Esme marejaram.

— Eu senti muito sua falta. Eu te amo muito. Quero que você tenha tudo o que merece.

— Então me deixe ter você.

— Sim, mil vezes sim! Como você desejar! Quantas vezes você quiser! Mas só se tiver certeza de que não vai se arrepender.

Marcus a abraçou.

— Como posso me arrepender de ser feliz com a mulher que amo ao meu lado?

— Com certeza vamos causar um escândalo na sociedade.

— Sua mãe a mandou para uma escola de boas maneiras e depois para trabalhar na casa real esperando que você conquistasse um cavalheiro. Ainda bem que não o fez, porque você, Esme Lancaster, vai se casar com um duque.

Marcus cortou a risada dela com um beijo. Ah, sim, ela ia se casar com um duque... Mas o mais importante: ela ia se casar com Marcus Stanwick.

Epílogo

Londres
Alguns anos depois

Muito depois da meia-noite, andando de um lado para o outro em seu quarto, Esme nunca sentira um nervosismo tão imensurável. Marcus havia partido para Kent naquela manhã e sua demora em retornar a deixou preocupada que algo terrível tivesse acontecido. Ela devia pedir que selassem um cavalo ou preparassem uma carruagem para ir atrás dele. Se não tivesse um compromisso urgente com a rainha naquela tarde, ela o teria acompanhado. Deveria ter saído assim que deixou Vitória, mas tinha certeza de que ele voltaria a qualquer momento.

Ela girava o anel em seu dedo devagar, um hábito que desenvolvera ao longo dos anos sempre que se sentia ameaçada ou quando precisava tomar uma decisão difícil. Dentro de cada compartimento estava gravado "eu te amo". Ela sempre encontrava força nessas palavras, como se ele estivesse bem ali ao seu lado. Descobriu que o anel não era apenas bom para esconder mensagens, mas venenos também. Uma vez, usara um dos compartimentos para colocar um pó no vinho de um inimigo da Coroa. O homem ficou muito doente. Certo de que estava à beira da morte — sem dúvida porque Esme havia dito a ele —, ele revelou os nomes de seus comparsas em troca do antídoto que ela jurou que o salvaria. Não passava de água com açúcar, e assim como teria sido se ele não tivesse tomado nada, seu estômago melhorou.

Quando a situação pedia, Marcus a ajudava em sua missão, satisfazendo o desejo pela obscuridade e por perigos que às vezes o assombravam. Ele dominava bem os dois mundos, e ela estava segura de que não havia duque melhor em toda a Inglaterra.

A porta de seu quarto se abriu e ele entrou, alto e magnífico como sempre. Sem perder tempo, ele a tomou nos braços e a beijou apaixonadamente como se tivessem passado anos sem se ver, em vez de horas.

Quando se afastou, ele segurou seu rosto e abriu um sorriso brilhante.

— Depois de três filhas, Kathryn finalmente deu um filho para meu irmão.

Lágrimas brotaram nos olhos de Esme.

— Você tem um herdeiro.

— *Nós* temos. — Levantando-a, ele a girou antes de colocá-la no chão. — Peço desculpas pela demora, mas Griff estava fora de si enquanto Kathryn estava em trabalho de parto, e eu precisei mantê-lo calmo. Depois, tínhamos que brindar pelo herdeiro de Wolfford.

Ela passou a mão pela bochecha dele com carinho.

— Você está muito feliz.

— Estou. Tenho você. O título será passado para meu sobrinho. Irônico, já que meu irmão sempre se considerou a segunda opção. Agora, o filho dele será o herdeiro. Tudo está como deveria ser.

— Eu te amo muito.

— E eu senti muito sua falta. — Segurando-a em seus braços, ele foi até a cama, deitou-a e cobriu seu corpo com o dele. — O que Vitória queria?

— Ela gostaria que eu começasse a trabalhar para o Gabinete de Guerra, especificamente para a Divisão de Inteligência. Isso significaria passar bastante tempo na Europa, coletando informações. Sem dúvida, seria muito útil ter um duque poderoso e influente ao meu lado.

— Humm. — Ele começou a acariciar seu pescoço. — Do lado, na frente, atrás. Estarei onde você quiser, querida.

— Nesse momento quero você dentro de mim.

Ele riu.

— É sempre um prazer realizar seus desejos.

E ela se sentia da mesma forma. Haviam trilhado um caminho tortuoso, e ainda assim ela não podia acreditar que estavam onde sempre deveriam ter estado. Nos braços um do outro.

Nota da Autora

Sempre me perguntam de onde tiro as ideias para minhas histórias. Elas vêm de tantos lugares diferentes, e o menor detalhe pode fazer surgir um personagem.

Quando esta série começou a tomar forma, eu a imaginei envolvendo dois irmãos que perderam tudo e como cada um deles se adaptou. No entanto, quando terminei a história de Griff, não tinha certeza sobre qual rumo dar a Marcus. Felizmente, o duque de Kingsland, um personagem que apresentei no livro de Griff, insistiu que eu escrevesse sua história na sequência. Enquanto trabalhava em *Era uma vez uma impostora* e buscava uma informação na internet para a história, encontrei um artigo sobre a câmera-relógio de Lancaster, criada em 1886, que parecia um relógio de bolso, mas na verdade era uma pequena câmera muito bem camuflada. Embora tenha sido feita 12 anos depois do período em que se passa minha história, pensei que uma espiã em 1874 poderia ter acesso a um protótipo. E a partir dessa informação, decidi que a história de Marcus envolveria uma agente feminina da Coroa. A partir daí, a história de Marcus e Esme se desenrolou, fluindo ainda mais quando outras pesquisas me apresentaram a Kate Warne, a primeira detetive mulher a trabalhar na Agência Pinkerton em Chicago. Ela foi contratada por Allan Pinkerton depois de convencê-lo de que uma mulher tinha meios para coletar informações em situações que um homem não conseguiria, que uma mulher era capaz de projetar simpatia e compreensão que fariam com que as pessoas confiassem nela com mais rapidez e facilidade.

Além disso, ninguém desconfiaria que ela era uma detetive, afinal, a profissão era exclusividade dos homens. Ela foi aclamada por ser fundamental na coleta de informações que impediram o assassinato de Abraham Lincoln em 1861. Após sua morte em 1868, ela chamou a atenção do público nos Estados Unidos e na Grã-Bretanha quando vários jornais expuseram seus incríveis feitos. Os artigos promoveram uma maior aceitação de mulheres como detetives e investigadoras em ambos os países.

O anel que Marcus deu a Esme é baseado em uma peça que está em exposição no Museu Victoria and Albert.

Sempre fiquei triste com a história de lady Flora Hastings, a dama de companhia solteira da mãe de Vitória, a duquesa de Kent. Quando sua barriga começou a inchar, surgiram rumores de que ela tivera um caso e estava grávida. Quando negou, ninguém acreditou. Infelizmente, a jovem rainha Vitória se deleitou com as fofocas, e isso a levou a enfrentar duras críticas. Quando lady Flora morreu, descobriram que ela tinha um tumor. Então, Esme trilhou um caminho semelhante, mas com uma rainha mais empática, e eu dei a ela um final mais feliz.

Espero que tenham gostado da série *Era uma vez um ducado*. Agora voltarei minha atenção para os Enxadristas, que são mestres não apenas em investimentos, mas também no jogo da sedução.

Boa leitura!

Lorraine

Este livro foi impresso pela Vozes, em 2023, para a Harlequin.
O papel do miolo é Avena $80g/m^2$,
e o da capa é cartão $250g/m^2$.